U0735931

锐势力
Rui Shili

中国当代
作家小说集

鬼金

著

长在天上的树

ZHANG ZAI TIAN SHANG DE SHU

中国文史出版社

目录
CONTENTS

另 一 半

一

　　傍晚，陈洁莫名地想到郊区的那个精神病院，想到郊区的铁路，想到郊区的秋天，想到……泛滥的记忆，膨胀着，逐渐清晰起来。她简单地画了一点淡妆，就出门了。从静安小区出来的时候，经过一个车祸现场。她没有去凑热闹。她不喜欢热闹。眼睛的余光中，看到几个医护人员把一个血肉模糊的人抬上了救护车。她看到几个血滴，亮晶晶的红色珠子，跌落在地上，摔碎了，开成几朵鲜红的花。她的眼神是平静的。经过那喧闹的人群，她加快了脚步。她的鼻子是敏感的，闻到了那股气味，血的气味，有些腥，有些咸，腥的成分要比咸的成分多一些，重一些。她屏住了呼吸，抵抗着那血液的分子在空气中蛮横地进入她的鼻孔。走了十几步远，她还是回头看了一下，人群散去的空地上，有一星儿萤火虫般的亮光，慢慢地变大，繁殖成一团毛茸茸的光，升腾着。那光让她感觉到柔软，温暖，像一个怀抱。她想扑过去的时候，那光消失了。骤然，整个世界都变得冰冷下来。是那种从心里往外的冷，是那种透彻骨髓的冷。她两手抱着自己的肩胛，向汽车站走去。路人纷纷投来异样的目光。可她不在乎。她在等着通向郊区的十九路汽车。长长的头发被风吹乱了，她用手捋了捋。一股奇特的气味从头发里挣脱出来。她心头一颤。尽管她屏息抵抗，再抵抗，那血的气味，还是霸道地依附在了她的头发上，像一个不散的魂。她皱了皱眉头，一脸厌恶。这件事搅得她心情很不好。她甚至想回去冲一个澡，再回来。这时候，十九路汽车已经开过来了，她被人流拥簇着上了车。她是一个喜欢坐汽车的人，坐上汽车，任汽车把自己带到一个陌生的地方。

光线野蛮地从公共汽车的玻璃射进来，蜂群般扑在陈洁的脸上。她感觉到一阵灼热，她知道这不是先前在小区门口看到的那团光，下意识地用手遮挡着。公共汽车晃悠了几下，钻进了一个隧道之中。黄昏的光线瞬间被甩在了外面。陈洁的眼睛遍布了隧道的黑暗。说是黑暗，也许不准确，只能说隧道里的光线暗淡了。是的，暗淡了。这暗淡让她的心里有一种失落。说不好的一种落差影响着她。她摸了摸脸，脸上留下的黄昏的灼热还没有散去。隧道斑驳的墙壁，让她有一种窒息的感觉。她深深地呼吸了一口。空气是浑浊的，呛得肺部很不舒服。她把呼吸进去的空气又吐了出来，吐了好几下，直到她感觉到肺部舒服了，才停止下来。这时候，汽车驶出了隧道。她的眼睛，突然，不适应黄昏的光线了。有一段时间，短暂的盲。她闭了一会儿眼睛，缓慢地睁开。从隧道出来，不光是光线，还有街道上的喧嚣，哗哗地侵入她的身体。她的身体本能地抵抗，但她无能为力。就仿佛一个正常秩序中转动的时钟，突然，指针疯狂地旋转起来。很多事情不是一个人能左右的。

突然，一个孩子背着书包走过斑马线，从马路中央的一个栏杆跨越过去。陈洁怔怔地看着，那个孩子跨越的过程是缓慢的，先是左脚踩在栏杆上，然后是右脚跨上去，用手撑了一下，翻越过去，像极了电影的慢镜头。那是一个陌生的孩子，因为距离的原因，辨不出性别。现实与梦境重叠了。这几天，陈洁的梦中常常出现这样的画面。她在梦中想看清那个孩子的面孔，但她看不见。她甚至声嘶力竭地呼喊起来。那个孩子都没有回头。梦境中是一个夜晚，月光皎洁，冷颤。那个孩子是赤身裸体跨越马路中央的栏杆的。赤身裸体的孩子就像是从月亮里诞生的，某一个角度甚至能看见他幼小的生殖器。陈洁醒过来后，头有些疼，用手指揉了揉太阳穴，目光探出窗外，月华如水洒落在路上。

她想到了余华小说《活着》里的那句话：

　　……月光照在路上，像是撒满了盐。

盐。

一个坚硬的词语，硌得她，心疼。

盐在她的血液中融化。

陈洁不知道这个梦，想告诉她什么。不知道。

汽车摇摇晃晃，蜿蜒的马路就像一条黑色的河流，把她沉重的肉身带到郊外。

<h1 style="text-align:center">二</h1>

那年秋天，陈洁的丈夫出国了。出国前，他们结束了仅一年的婚姻。这一年来，他们不知道是否有一种叫爱情的东西存在。也许存在。也许是两个孤单的人在一起取暖；也许是两个人生理的需要，才躲进这个叫婚姻的壳里。现在，她又开始一个人了。

有一天，她没有目的地坐上了十九路汽车，竟然在车上睡着了。后来是司机把她喊醒的，说到站了。她揉揉眼睛，窗外的景物是陌生的。她问了一句，这是什么地方？司机说，这是郊外了。你如果是坐过了站，可以坐我的车再回去。她发现司机的目光在上下打量着她。那目光像一双手。她没有说话，下车了。一股新鲜的空气呛了她一下，她咳嗽了几声，然后贪婪地呼吸着，仿佛要把整个郊区的空气都呼吸到身体里，把原有的污浊驱逐出去。那个司机按了两下喇叭，仿佛在召唤她。她没有回头。司机开着车消失在腾起的尘土之中。她还不想马上就回到那个时刻都在发生着凶杀、背叛、情变、火灾、盗案、贪污、失业、造假……的城市。

四周的远山像一匹彩色的马闯入她的视野。她仿佛走进一个童话的世界。她才三十二岁，但这么多年，她确实觉得自己老了。那种老带着一种悲伤和无奈，同时也裹挟着冷漠和麻木。在这种老中，她不知道自己是谁，更多的时候，她认为自己只是喧闹都市里的一具行走的肉身。现在，她觉得自己一下子年轻起来，好像十五六岁，还扎着两个羊角辫，穿着碎花衣裳的小姑娘。这么想着的时候，她抿着嘴偷笑了一下。她喜欢上了这里，自己几乎成了这里的一部分，山的一部分，树的一部分，叶子的一部分，空中飞舞的七星瓢虫中的一只……甚至是这澄明空气的一部分。

一个色彩狂欢的秋，在她的心里蹚出一条不一样的道路。她甚至想到了天堂，想到了永恒。

陈洁顺着一条小路走了一会儿，她看到一条延伸进山里的铁路。她跳下一个土坎，站到了铁轨间那黑色的枕木上。目光沿着铁轨向远处看去，看不到尽头。但她心里知道，是有尽头的。在一个她未知的地方。只要她顺着铁路走，就一定能到达。时间是一个问题。肉体的承受能力是另一个问题。在铁路旁边的草丛里，她看见了一座坟茔，还有鲜艳的花圈围绕着。那种鲜艳让她感觉到沉静。她看了几眼，慢慢地离开了。那是一座没有墓碑的坟茔。她记得，每次她从这座小城市去沈阳的火车上，都会发现窗外枯草丛中掩藏的无名的坟茔。很多。很多。她偶尔会想想，那都是一些什么样的人。她也说不上，她对那些坟茔是那么敏感，即使它们躲藏在枯草深处，她也会看到。是对死亡的敏感吗？她不清楚。看到那些无名的坟茔的时候，她更多是联想到上学的时候，课本里鲁迅小说《药》里面的那只铁铸一般站在枝头上的乌鸦，还有那个花圈。如今，这篇小说已经退出了学生课本。相信很多人读不到了。也许，这个时代人们的精神不需要疗救了。她心里多少有些惋惜。她看着延伸的铁路，心想，走两个小时，在天黑的时候返回。下车的时候，她看了一眼四周，看到了一个温泉旅馆的牌子。她想，天黑后就到温泉旅馆住一宿。这么想着，她坚定地向前走着。

那坟茔在她的心里只是一个过客，没有留下什么。

　　一阵风，树叶从四周飘落下来，它们相互碰撞着，像一股渐渐向海岸边膨胀的潮水，发出哗哗的声音。陈洁伸开手臂，任落叶打在脸上、身上，她竟然张开了嘴，轻巧地叼住了一枚红色的落叶。风过后，一切归于沉寂。她把叼在嘴里的落叶拿下来，看着那上面错综复杂的叶脉，像无数条曲折的道路。她小心地呵护着那枚落叶。这时候，她看见一群羊从铁路穿过。它们蹦跳着，在铁路上停留，相互顶着犄角，嬉闹着。放羊人呼喊着它们，从铁路上过去。还是剩下一只，在放羊人和羊群过去之后，独自从树丛里跑出来，追赶着队伍。那个放羊人还是看了陈洁一眼，就关心他的羊了。陈洁看着那只落下来的羊费力地追赶着，怜悯地想过去抱抱它。她没有。她喊着，等等，这还有一只羊。放羊人听到了，停下来，回过头，等着那只跑过去的羊。看到那只落下来的羊回到了队伍之中，陈洁会意地笑了笑。如果这只羊迷失了方向呢？就像那个《圣经》里的故事。耶稣说，你们试想，如果有人有一百只羊，其中的一只迷失了，难道他不撇下九十九只在山野间，去寻找那只迷失的羊吗？耶稣说，我告诉你们，他找到这只迷失的羊，比他有那九十九只没有迷失的羊高兴多了……

　　羊群过去了。

　　陈洁继续走着，不时站在铁轨上，伸开双臂平衡着，向前走。像一个孩子，是的，她仿佛回到了孩子年代。

　　暮色渐浓，陈洁突然觉得有一道光照在脸上，让她无法睁开眼睛。那光是移动的，跳跃的。在光跳离脸部的那一刻，陈洁四处看着，寻找光源。她看见一个男人坐在山坡上，晃动着手里的一面小镜子。那个男人也看见了陈洁在看他，停止了手里晃动的镜子，从地上站起来。陈洁有些紧张，站着没动。这荒天野地的，与一个陌生男人对峙，她直觉这是一种危险。她转身想离开。这个时候，那个男人已经从山坡山冲下来，站在她的面前。男人三十多岁，面色苍白，脸上的胡茬青刷刷的，靠近下巴颚骨的地方，有一个刮破的伤口，已经凝痂。眼睛明亮，深陷着，目光透着一股混沌。他的显著特征是一个光头。

陈洁警惕地问，你要干什么？你为什么用镜子晃我？

男人说，我在等你。

陈洁惊讶地睁大眼睛，心想，有病。转身就要走。

男人说，我真的是在等你。真的。我不骗人的，骗人我是小狗。

男人甚至"汪汪"地学了两声狗叫。

陈洁想笑，却没有笑出来。

陈洁说，我不认识你，你怎么说在等我呢？你怎么知道我会来这里呢？

男人低着头，看着手里的镜子说，我知道。

陈洁的心里再一次说，有病。

陈洁说，你让开，我要回去了。

男人几乎带着哭腔说，你还不相信吗？我真的是在等你。

陈洁说，我不信。

男人说，你刚才看到那一群羊了吧？你想到了《圣经》里的那个迷羊的故事吧？我就是那一只迷羊。

陈洁怔了一下，心想，他怎么会知道我想什么呢？一定是蒙的。她说，算你说对了，但我还是不能相信你在等我。你这套讨好女人的方法已经过时了。

男人说，不是的。我真的在等你。我昨天晚上做了一个梦，梦见了一个女人会在这个傍晚出现在这里。我就出来等你了。

男人这么说倒让陈洁感到更加可怕起来。她仔细打量着男人，开始怀疑他是人是鬼？她心里敲起小鼓。

男人看出了陈洁的意思，说，你不用怕，我是人，不是鬼。也许有一天我会变成鬼的。你也会。

陈洁还没遇到过这么说话的呢。她忧心忡忡，恐惧袭上心头。荒郊野外的，和一个自己一点儿都不熟悉的人在一起，而且这个人说到鬼。

陈洁面色阴郁地说，我真的要回去了。对了，你叫什么？

男人说，我叫朱河。

陈洁脑子里想着"zhuhe"到底是哪两个字的时候，男人说，朱就是红色的意思，河就是河流的河。红色的河，像血液一样，流淌在我的身体里。你身上也有红色的河。

陈洁觉得这个叫朱河的男人很有意思，很好玩。她开始放松警惕。因为她从朱河的眼睛里没有看到丝毫邪恶的东西。她看到的混沌，更像是一个孩子，一个迷茫的孩子。那混沌背后一定有着湖水般清澈的目光。但她还是不能相信，一个陌生的男人会梦见自己。除非他是疯子。疯子吗？这么想，恐惧再一次袭上她的心头。她尽力与男人保持着距离，已经站到了铁轨外边的枯草丛中。鞋子踩在枯草叶上发出折断的"咔咔"声。

这时候，一列火车呼啸着从远处开过来。

朱河站在铁轨中间，一动不动地看着，甚至敞开了怀抱，喊叫着。陈洁吓坏了，但她还是没有说话。她倒是要看看这个男人到底想干什么，还是做做样子。她的心还是悬到嗓子眼，怦怦地跳着。火车的尖叫声撕裂了旷野的寂静。车轮碾压铁轨的声音碰撞着陈洁的心脏。朱河还是站在那里，一动不动，像一座塑像。

十米……九米……八米……五米……

陈洁快速伸出手，一下子把朱河拽了过来。火车呼啸的风声，像一头猛兽。"嘎嗒、嘎嗒"的车轮声，让周围的山体都跟着震动起来。

陈洁喊叫着："你到底想干什么？"

陈洁这么一拽，朱河的身体一趔趄，摔倒在草丛里。

朱河几乎没有表情地说："我想用我的力量阻止火车的行进，你破坏了我的计划。你……"

陈洁喊了一句："疯子……"

没想到这一句话惹了祸。朱河的目光含着愤怒射向陈洁，几乎要把陈洁穿透似的。他嘟囔着：

"他们都说我是疯子，他们都说我有病，他们……他们把我送到了这个精神病院……他们给我电疗，给我吃那种药片……他们……我没病，没病……现在我被折磨得彻底像一个病人了……像一个疯子……疯子……我是疯子……你也说我是疯子……看来我真的……是疯子了……"

朱河疯狂地揪着地上的枯草和灌木，还用脚踢起地上的泥土。他的小镜子从兜里掉了出来，落在地上，碎了。他先是一愣，怔怔地看着地上镜子的碎片，哭了。"我的镜子……碎了……我的镜子……碎了……"他喃喃着，哭泣得像一个孩子，慢慢地弯下腰，捡拾着地上镜子的碎片。

朱河的手在小心地呵护着那些镜子的碎片说：

"小玻璃们，没摔疼你们吧？"

朱河一片片地捡起来，一个细小的玻璃碴，像锥子一样刺进了他的手指。血滴豆子般蹦出来。他根本没有顾及，而是找了一块平整的石头，在上面，一块块地恢复着镜子原来的模样。

"没办法复原了。"他好像委屈地看着陈洁说。

陈洁说："扔了吧！改天我再过来，给你买一个。"

朱河的眼睛一亮，但瞬间，那亮光又恍惚着，消失了。朱河说："我不要，镜子总是要碎的，现在我要它变成碎末，变成尘土，随风飘逝。这是镜子死亡最好的结果。现在让我来超度镜子的灵魂。"

朱河的话让陈洁感到恐惧，她不知道朱河要干什么。

只见朱河找了一块石头，把那些镜子的碎片，砸碎，再砸碎，直到变成粉末。他抓起那些玻璃的粉末，抛撒在半空中，嘴里还喃喃着什么。陈洁侧耳听着，朱河仿佛在说："尘归尘，土归土，回到你的世界里去吧！在某一天重新还原成镜子。"

朱河突然转过身问陈洁："你叫什么？"

陈洁说："陈洁。"

朱河说："多好的一个名字啊，散去魂灵的镜子，我和陈洁在这里为你祈祷。"

朱河虔诚的样子不容置疑。陈洁倒是感觉到了内心的一片宁静，仿佛被带到了朱河脑海里的那个洁净的世界。她相信朱河脑海里的那个世界是纯净的。这么想，她心里涌动着一丝感动。

　　他们坐在山坡上。夕阳的光像黄金的碎片。开始他们都不说话。后来是陈洁开始说话的。

　　陈洁问，你原来是干什么的？

　　朱河说，在一家轧钢厂当工人。

　　陈洁问，他们为什么把你送到这里来？

　　朱河说，是她。

　　陈洁问，谁？

　　朱河说，我的妻子。

　　两个人沉默。

　　过了一会儿，朱河说，她在一家医院当护士，我怀疑她跟主治医生有关系。我跟踪他们……后来……他们就把我送到了这里……

　　朱河说完，哈哈地笑起来。

　　"一个荒诞的世界……荒诞的世界……我是这个荒诞世界的病人……我是这个荒诞世界的孤儿……"

　　陈洁同情地看着朱河，什么都没说。也许是黄昏的光，让她渐渐把头依偎在他的肩膀上。

　　陈洁说，我觉得你是一个诗人。

　　朱河哈哈地笑着说，你说什么？你说我是一个诗人吗？我不是。我只是觉得这个世界需要诗意，需要一种清洁的精神存在。我从来没想过我是一个诗人。你还是觉得我是一个病人好了，我可不当什么诗人。

　　陈洁看着远处的一个巨大的圆形废墟。

　　陈洁用手指着问，那是什么？

　　朱河说，废墟。原来这里有一个寺庙的，突然有一天被一场大火毁灭了。

陈洁"哦"了一声。

朱河说，据说，烧死了一些人。

陈洁又"哦"了一声。

朱河说，你看黄昏的光在那黑色的废墟上，像不像一片神光？

陈洁说，我没看过神光是什么样的。

朱河说，现在你看到了，我相信那就是神光，神的光芒。

那光荡漾着，重重叠叠的。

陈洁问，你是逃出来的吗？

朱河说，算是吧。但他们已经习惯了，他们知道我还会回去的。因为我无家可归。

朱河的语调是悲伤的。

天渐渐黑下来。

陈洁说，我要走了，去镇上找一家温泉旅馆。

朱河说，我也要回去了，我无处可逃，我是这个荒诞世界的孤儿。你住在城里吗？我有一个冒昧的请求，我可以去找你吗？

陈洁说，可以。

朱河问，怎么找你？

陈洁拿起一片树叶，在上面写上一个电话号码，说，到这里就能找到我。

三

陈洁在车上回忆着，淡淡地伤感着。十九路汽车很快到了郊外的小镇。陈洁去郊外的铁路上，没有遇到朱河。她坐在山坡上，等了很久，心里面乱乱的。她跑到山上的精神病院，看见七八个医生正在抓着一个病人。她四处打听。一个医生说，朱河逃走了。陈洁说，逃走了吗？医生说，逃走了，十几天了，这回看样子他不会回来了。不过这样也好。医生的语调充满了同情。陈洁从山上下来，就像大病了一场。她坐在山坡上，看了一会儿山下的圆形废墟，坐车回了城里。她冲了个澡，湿漉漉地从浴室出来。这时候，电话响了。她接过电话问，你找谁？对方说，你是陈洁吗？我们是在一位死者身上的一片树叶上看到这个电话。陈洁瞬间大脑一片空白。她什么都明白了。明白了。对方说，你还是来一下，确认一下好吗？陈洁哽咽着说，好的。她的声音颤抖着。她想到了出门的时候看到的那缕光。

……

四

这是朱河遗物里留下的文字。陈洁已经把手稿装帧在一个朴素的镜框里，挂在墙上。她喜欢一个人在静谧的房间里听LeonardCohen的歌曲，尤其是他的《I'mYourMan》，音乐像梦一样渗透到她的血液里去。她还专门上网搜了一些LeonardCohen的文字。网上说："LeonardCohen从来就不是快乐的。从他的作品你可以清楚看到，他自怜、愤世、犬儒、沉溺，但从来都不快乐。就像他的一身黑，和嘴边那两道深深的、刀刻一样的法令纹。他很少笑，笑的时候也像是在自嘲，或者讥诮，那不是快乐的表情。他穿西装，黑色的。他穿羊毛套头衫，黑色的。他喝大量的咖啡，烟不离手。他的眼神灼灼逼人，像两口深井反射着阳光。

"LeonardCohen那被酒浸过被烟熏过被火烧过被风吹过的声喉，在冷漠的表情底下，是一股岩浆般的撼人力量，照亮人心最深最暗的底层。"

陈洁总是把LeonardCohen的歌声跟朱河的文字联系到一起，她还打印了几份，每次看过之后，她都会感觉到一个疼痛的心在跳动，而朱河就隐藏在一片虚幻的光影中，跟随在她的身边。

去灯塔船旅馆

> ——有时风平浪静，水面
> 成为映照我的绝望的巨大镜子。
>
> ——波德莱尔

一

从沙漏疗养院出来，开着车拐上 86 号公路。路边都是一些拆迁的房子，残垣断壁，碎石瓦砾。一片荒凉。据说，这里将建成望城最大的药厂。开出了十几公里，一个车祸现场让我目瞪口呆。一只红色的高跟鞋还躺在路边。车辆的残骸，刚刚被装上拖车。伤者也已经被拉走。又开出五六公里，我突然尿急，把车停在路边，在车的右侧挨着护栏的地方，慌忙解决。在沙漏疗养院里，我本来想找厕所的，可是，看到那些老人呆滞的目光，让我恐惧，就几乎忘记了这件事情。再加上，车祸现场的惊吓，现在，我必须解决掉，否则膀胱都要爆炸了，胀，疼了。重新回到车内，我感觉到舒服了很多。但从沙漏疗养院带来的那股子厌恶感，让我无法摆脱。我把音乐放得很大，近八十迈的速度，想尽快回到望城，找一家干净卫生的洗浴中心，好好洗一个澡，而且要那种木桶浴，在水里面撒上玫瑰花瓣。我要泡很长时间，很长时间，把侵入毛孔里的恶心感都逼出来，然后，再涂上浴液，浸泡一个小时左右……我是这么想的。音乐声震耳欲聋了。

路边的树木唰唰地飞过去。

一个黑色的塑料袋头颅般挂在树枝上。

上午九点多，来沙漏疗养院采访。还有一个隐秘的原因是，我想考察一下这里。邛与的意外离开，让我感觉到我老了。衰老。枯竭。行走的干尸。

院长是一个五十多岁的男人，头有些微秃，戴着一副棕色眼镜。我的突然来访，让他惊慌。但他看上去是一个老练的人，很快平静下来。向我介绍疗养院的发展前景。这是一个安静的地方，我有些喜欢。我甚至幻想，我老了，在这里有一个房间，看看书，写写字。适当劳作，种种花，除除草。我的走神，让院长再次惊慌。我看到院墙上高架着铁丝网。我心里黯然。我问，为什么有这些网？好像精神病院似的。院长说，你还真说对了，这里以前就是精神病院，后来，搬迁了。一时还没来得及拆掉。我"哦"了一声。他陪着我，从饮食住宿还有娱乐方面都参观了。我在口头表扬了他的能干。他笑了笑。这时候，有人来找他，他歉意地说，对不起，我还有事。他在拒绝我吗？我想。我说，你忙，我随便走走。他诧异地看了我一眼，对来找他的人说，你陪陪记者同志。那人是一个中年女人，看上去有些瘦。白色的制服包裹着她羸弱的身体。她陪着我，我多少有些不自在。她说，我姓夏，在这里一年多了。你叫我夏姐好了。我被逼叫她夏姐。我是出于礼貌。她陪着我参观了一会儿，我借故上厕所，企图甩掉她。当我从厕所出来，我看到她忠诚地等在门口。我可以说是从厕所里逃出来的。那里面简直不堪到我无法形容的地步。苍蝇，还有蛆虫。尽管撒了石灰，但那些蛆虫还在。都秋天了，怎么还有呢？姓夏的好像看出我的厌恶，说，这里马上要重新盖了，老人们出来进去的不方便。我"哦"了一声，想想刚才差点儿被一群苍蝇扑倒，我就要吐了。我想逃走。几棵树是这院子里唯一的风景。几个老人在院子里，有的发呆，有的在看天，有的在锻炼身体。还有一个老人趴在地上，看蚂蚁打架。我经过他们的时候，没有人注意我。他们沉浸在他们的世界里。一个花坛，里面的花已经凋谢。一只黑猫蹲在里面。花坛后面是一个长廊。一个坐在轮椅上的老人，头发灰白，在那里，看上去是那么孤独。

山谷里，有火车鸣笛。

我听到喊叫声。回身，我看到一个老人被绑在树上，另一个老人跪在地上喊着，上帝啊，救救我们大家。夏姐说，他们总是喜欢玩这个游戏。那个被绑起来的老人说自己是耶稣转世，来拯救这个世界的。被绑在树上的老人满脸络腮胡子，瘦削的下巴，像一把刀，看到我经过，老人说，耶稣复活。我是耶稣。跪拜我，我将拯救你。老人眼睛看着长廊里那个轮椅上的人。夏姐斥责老人说，胡乱说什么话？闭上你的臭嘴。老人说，我胡说了吗？我看着地上那个跪在地上的老人，是那么虔诚。他看到我们在看，从地上起来，从花坛里拿过来一个自行车轮胎，挂在绑在树上的老人的头上。我疑惑地看着。夏姐说，这是光环，戴上这个光环，耶稣就转世了。我笑了笑。只见被绑起来的老人从树上，慢慢滑下来，垂死之态。跪着的老人跑过来，给松绑。老人看着我们说，戏演完了。两个老人坐在树下抽着纸烟。那个信徒，跑到花坛里，蹲在那里拉屎。夏姐说，去厕所。老人说，厕所太臭了，再说，我也来不及了。你想让我拉裤子里吗？你给我洗吗？夏姐无奈地摇了摇头，陪着我继续走着。这时候，那信徒从后面蹿过来，手里拿了一个苹果，塞进我的皮包里。跑了。想想他刚刚……我一阵恶心。

山谷里的火车再一次鸣笛。

二

到了望城高速公路口，我才把音乐关掉。前面排了十几辆车，我等在后面。拿出手机看了看，有三个未接电话。分别是陈昌、马晓岚、肖庆山。我犹豫要不要给他们回电话，但我放弃了。如果他们真有事的话，还会打过来的。把手机放回包里的时候，我惊呆了。那个苹果还在包里面。红色的，像假的，像一个玩具。我抓过来，握在手里，沁凉遍布我的掌心。让我相信那不是一个玩具。我正想着怎么处理这个苹果的时候，前面的车辆已经移动了，后面的车辆在疯狂鸣笛。我又把苹果放回到包里，开动车辆，缴费，过横杆，向前开了几百米，一个 L 形转弯，就下了高速，出现一个十字路口，红灯，我在等的时候，又看了眼那个苹果，就像看着一枚炸弹似的。红灯亮的时候，我决定左拐，去望城的那座桥上。

这时候，肖庆山打来电话问，林红，你的采访怎么样了？下周是否可以交稿？还有疗养院很有钱的，你看看能不能给报社拉些赞助……

我一下子就火了，说，你让我卖×吧。

肖庆山说，你吃枪药了吗？你们部的创收，还有一大截没完成，我是替你们担心，到时候，可能连工资都开不出来……

我还没有熄火，说，开不出来工资，我就卖身，但那是为我自己。如果，你怕报纸开天窗的话，我手里还有一篇采访望城道德模范的大稿，再说这也符合主流。

肖庆山说，不提这事了。你的声音怎么有些不对，是感冒了吗？还是在疗养院里被那些老人给传染了？

我说，没事。

肖庆山暧昧地说，要注意身体哦。

我果断挂了电话。我觉得肖庆山的声音是脏的。我有些口渴，看了看车里那个矿泉水瓶。空了。我吞咽口唾沫。那个苹果在车内散发出香甜的气味，是芬芳的。如果不是那个老人给我的，我会不洗，就抓过来，吭哧咬上一口，解解喉咙的干渴。我现在要面对的是处理掉这个苹果。是的，消灭它。其实，这是个很简单的问题，比如，扔出车外，任其他车辆碾碎。但我还不想这样，我好像需要一个仪式似的。如果，我对人说起这件事的话，很多人都会嘲笑我，虚张声势了，甚至是神经质的。有病。但我不怕，邝与教会我很多，甚至这种莫明其妙的仪式感。就像做爱的前戏，而且他是一个喜欢前戏的人。

我开着车来到桥上，停下来，感到身体的虚弱。

望城近年来的环境确实变化很大，河水变得清澈了，也能看到蓝天了。我倚在桥栏上，看着流淌的河水。一些秋天的树叶漂浮着，顺流而下。我突然有了一种想哭的冲动。我想哭，想哭。一根粗大的神经震颤着，但，我忍住了。除了偶尔经过的车辆，桥上只有我一个人。那个样子好像随时都可能纵身从栏杆翻越过去，跳进河里。这河的深度足可以湮没我的肉身，呛水而亡。那些鱼群还有水鬼们簇拥着我，像迎接女神一样。我看不到自己的表情，但我笑了。我知道。这一笑就释然了很多，我从包里把那个苹果拿出来，灵敏的鼻子仍能闻到水果的香味，但我不会深入去呼吸它的香味。我小时候，是在苹果园里长大的，每到秋天的时候，我躺在苹果树下，那简直是醉了。我拿着苹果感到它是死的，是的，死的，冰冷的。我的手随时都可能被冻僵。我胸部倚着栏杆，看着河水，一些落叶和游客们遗留下来的垃圾，在水面上。我在等，我在等，它们流淌过去，我像扔一个皮球，把苹果扔进水里，扑通一声，砸在水面上，溅起一个水柱，然后是漾动着的涟漪。水流不急，涟漪围绕着苹果这个圆心，扩散得很大，很大。惊慌的鱼群四处逃散。水草中潜伏的水鬼竖起了耳朵。水面恢复了平静。那个苹果在漂着，像一个浮标。水鬼们窃窃私语，游过来，托着苹果，在水下行走，看上去就像托举着月亮或者太阳，到了我看不见的桥下。我来到桥的另一侧，等待着苹果漂流下来，我等着，等着，我是焦躁的。我没有等到。

我看不见的桥下，有一个漩涡，苹果在那个漩涡里面被水鬼们疯抢着……

我点支烟，眼睛不离河面。水光激滟，映得我的眼睛有些花，我怀疑，那苹果已经漂流过去了。我狠狠地吸了几口烟，把烟头弹进河水里。我嘲笑自己的行为，神经质地笑了笑。我骂了句自己，有病。

天有些阴，我腹部的刀口丝丝地痒疼，像有蚂蚁在里面咬我。我裹紧衣服回到车里。

陈昌发来短信问，你晚上回来吃饭吗？

我回了句，晚上还有饭局。会很晚，到时，我去我妹妹的春山丽舍住。最近好像有人找她的麻烦，我们研究一下，看看怎么解决。

我知道我在撒谎。我必须撒谎，因为我怕我从沙漏疗养院出来之后的情绪影响我们的关系。我不想吵架。而且我觉得把那种情绪附加在别人身上，也是一种罪。何况，我的心里面一直藏着一个邛与。他的离开，让我感觉到孤独、痛苦，甚至是绝望的。

陈昌回了两个字，好吧。

三

我需要音乐，可是我不喜欢车载音乐里的嘶喊了。我查看手机微信，看到有人推荐灵魂乐（女生篇）。我点开，那声音一下子就进入到我的内心，让我变得安静下来。阿黛尔的，我有些熟悉，我以前听过。我想起来有一个视频，是她的演唱会。那个微胖的女人，后来好像还把鞋脱了，光脚在舞台上唱。在讲述某首歌的创作经历时，含泪哭泣。我找出耳机，插上手机，塞进耳朵，听。那些音乐流淌进我的身体里，跟我的灵魂汇合。

我突然厌恶起这座城市，厌恶我所经历的那个朋友圈。他们是脏的，在权力和性的彼此交换中享乐。自从那次手术后，我刻意在回避着这个朋友圈。其实这座城市不叫望城，是邛与小说里一个虚构的城市。他说是绝望之城。我能理解他说的。他就像一个旁观者，游离在体制之外。是冷静的，也是冷漠的。他还说过，人与人彼此寻找的不仅是肉身，还有灵魂相通。他还警告我说，别把自己在那个染缸里弄得面目全非，连人都不是了。

我当时还跟他辩解，说，你就干净吗？你只是一个愤怒的郁郁不得志的家伙，一个理想主义者，一个在文字里堆砌你理想国的家伙而已。我以为我的话刺激到他了，但这次，他没有发火。对于他，留给我的是疼痛。是我身体上的一道疤痕。但我并没有因此而怨恨。如今，他逃离了这座城市。他没说去什么地方。他是害怕延迟退休，才从工厂里逃跑的。他说如果六十岁退休的话，他可能已经死了，即使不死，退休后还能干什么？老胳膊老腿的，看女人眼里都没光了，活着还有什么劲呢？他就这么悄无声息地，像盐消失在水中。也许他找到了另一具肉身来安放他的灵魂。我不嫉妒。但也许他的离开是对我的忏悔，是去寻找可能的自我救赎。我更愿意相信这个。我苦笑着。发动汽车，沿着公路，向卡尔里海驶去。那里距离望城一百二十多公里。在那里我是一个陌生人。想想跟他相处的那段日子里，竟然有种梦幻感。

好久没去卡尔里海了，我对路线有些不那么熟悉，我看不到路牌上有指向卡尔里海方向的字样。在路边加油站，我停下来加油，问那个老头去卡尔里海的路是否正确。那是一个邋遢的老头，满脸灰色胡子。头发也白了。两只眼睛是混沌的，好像睡不醒似的。他看上去就像是外国影片里的角色。老头说，丫头，你走错了，但这也不能怪你，是前面修高铁，去卡尔里海的路被堵死了，你必须绕到 77 号公路，有一个转弯，右面的那个，再经过一个盘山道，下山之后，在那里有个大广告牌，顺着开，就到卡尔里海了。我"哦"了一声，说，谢谢。给了油钱，还有几毛的零头，老人要找给我，我说，算了。老头也没说什么，坐在他的躺椅上，看书。我注意了一下，那是一本叫《真相》的小说，很厚。我对老头肃然起敬。我没有马上离开，我说，有可以喝的水吗？我车里喝的水没有了。老头放下手里的书，站起来，说，瓶子呢？我灌给你。我从车里拿出瓶子递给老头。我无法判断他的年龄，但我从他看我的眼神里看到了一种光。那是一种生命的本能。是激情的。也是男人的。我顺手拿起那本书，翻看了一下。瑞士的作者。腰封上溢美之词是我厌恶的。我翻看目录，那个结构让我感觉到特别。多少勾引起我阅读的欲望。瑞士的作家里面，我好像记得一位。我想了想，之前跟邝与闲聊的时候，说起过。是谁呢？我想。几乎绞尽脑汁了。这时候，老头拿着给我灌好的水瓶，递给我。看到我拿着那本书，他说，一个朋友送给我的，我不太喜欢外国小说。我这朋友是一个奇怪的家伙，就喜欢书，我也有很多书，我跟他说，如果他在我将来的葬礼上给我念悼词，我就把全部的书都送给他。可这家伙逃离了望城。真希望，在我临终的时候，他能出现。我从老头的言语中判断，他同样是一个孤独的人。但我从他的话里好像感觉到了什么。我没有问。我装好水瓶，上车。老头还站在那里看着我。我摇下车窗，向他摆手说，再见。老头从椅子上拿起书，说，你要喜欢的话，送给你了。其实，我年轻的时候，干过一件荒唐的事，就是放生我的书。我问，放生吗？老头说，是啊。就像现在这样，我把这本书放生给你了。但我更多是把书放生在一些公共场合，然后离开。我笑了笑。恬静的。老头拿着书的手伸进车窗，我接过来。我说，谢谢。老头看着我，我低下头，发动汽车。老头还站在那里，看上去像一个孤独的塑像，脸上的皱纹，是他的命里经历的沧桑的痕迹。我心里柔软了一下，对他说，如果你的朋友不回来的话，等你百年那天，我可以做你悼词的诵读者。如果你相信我的话。老头的目光瞬间被水雾弥漫。我掏出采访本，写上电话号码，撕下那页，递给他。我说，希望我能荣幸为你诵读你的悼词。我笑了，就像在说一个笑话。可是，老头的表情是严肃的，庄重的，伸手接过我纸条，看了看，塞进上衣口袋。我心想，这是一个好玩的老头。我再一次说再见。摇上车窗。按着老人说的路线行驶着。那本书就像一个朋友，在旁边的座位上，陪伴着我。我想问问老头说的那个人是不是姓邝，但我没问。

　　从望城出来，天就没有那么阴了。驶离加油站，还没到77号公路的路边，我看到一座屋顶上举着红色十字架的基督教堂。这么多年，一直有人劝我皈依，但我都拒绝了。尤其是我手术住院的那段时间，还来了几个教堂的人。我让陈昌赶他们走，我说，这只是手术，不是……我不需要你们来引领我，我不相信天堂。其中有人说，祈祷也可以缓解疼痛的。我说，我需要疼痛。

我继续向前开着。拐弯的时候，我想起来那个瑞士的作家了，是迪伦马特。是邝与对我说过的一个作家。他还借过我一本《迪伦马特小说集》。我尤其喜欢那篇《法官和他的刽子手》。

一列绿皮火车从公路旁边的铁路上开过，我看了看时间，这是通向卡尔里海唯一的一列绿皮火车。我看到有人的头部从车窗里伸出来。我看到无数个头从车窗伸出来，看着我。我恍惚了一下，差点儿刮到路边的栏杆，惊出一身冷汗，连忙放慢速度。把车窗降下一半，新鲜的空气入侵进来，我呼吸着。四周的山已经满山都是秋了。五颜六色，层次分明，像画了。在一个高处，我停下车。下车。带着我的手机，拔掉耳机。那灵魂乐的声音漾动。山披着一件华丽的袍子。在一块石头上，我坐下来，我看到山下是一个湖泊。湖面上漂浮着几个古香古色的木头房子，有些仙境的意思了。我点支烟。不时有大卡车拉着矿石从我身边公路经过。我蹙着眉头。在他们开过去之后，我才舒展我的眉头。有鸟儿在林间嬉戏鸣叫。我还看到一只松鼠，在树上跑来跑去，就像是一个精灵。草木的气息淹没了我。我成为草木的一部分，成为这山的一部分。山鬼穿着鲜艳的裙裾在树林里舞蹈。我吓了一跳，我怀疑自己的眼睛。当我揉了揉眼睛，已不见了山鬼舞蹈的身影。丛林里，哗哗的落叶声，像她们离去的脚步。我站起来，这样我看到山下的湖面，面积更大，更广。悠悠中我听到几声木鱼的声音。我知道这山上的庙堂端坐着佛。我是一个没有信仰的人，但我敬畏神灵。

其实，神和人都不是自由的，他们同样渴望着慈悲和怜悯。

这是我后来悟到的。

我耳朵里听到一阵铃铛的声音，清脆，在山谷里回响。我转身，只见一大群羊，从公路上下来，领头的是一只黑公羊，长长的胡子。铃铛就挂在它的脖子上。它就像是这羊群里的王者，傲慢凛然地在前面走着，后面两腿之间晃动的巨大睾丸，证明它作为雄性的霸主地位。牧羊人怀里抱着一只幼小的羊羔，在后面跟着。羊群经过我，一股腥膻味，刺鼻，辣眼睛。

我看着羊群，站起来，问，师傅，这能有多少只啊？

牧羊人说，一百多只。

我问，怀里怎么还抱着一只啊？

牧羊人说，刚生下来的，还走不动。你看，黑羊后面的那只犄角上有红色油漆的就是它妈。

那只母羊好像听明白他们的谈话，还回头看了眼牧羊人怀里的羊羔，咩咩地叫了几声。但那只小羊羔，没有回应。它像熟睡了似的，在牧羊人怀里。

我问，这山下是什么湖啊？

牧羊人说，大望湖。

我"哦"了一声，继续问，我刚才怎么听到有木鱼的声音呢？

牧羊人说，在离湖近一公里的地方有一座大望寺。

我问，那湖上漂着木头房子，是干什么的？

牧羊人说，这湖被人承包了。那些房子是出租给游客的。

黑羊领着羊群走出了，很远。

牧羊人追赶着。

四

我上车，继续开，十几分钟，我看到路边一个去大望湖的箭头指引。很不起眼的一个路牌。我掉转车头，拐了进去。路面不平，坑坑洼洼的，好像是被山洪破坏后，再没人修过。路边的树上绑满了红色的布条。在风中飘舞。也许是饿了，车子颠簸起来，我的胃很不舒服。我想过退回去，可是，都走到半路，我决定还是去看看。树叶脱离树枝，这秋之帝国将变得光秃秃，飒飒飘落的叶子，让人感觉到痛感。那些树叶蝶群般扑到我的挡风玻璃上，多少影响了我的视线。我开动雨刷器把它们从玻璃上清除掉。即将哀亡的蝶群。前面的道路看上去是那么幽深。我看了看时间，下午一点二十分。这时候，从前面的幽深的道路上，出现一辆摩托车。小型的那种助力车。等她们靠近的时候，我看到她们，两个丝袜短裙浓妆艳抹的女人。其中一个女人头发染成了红色，看上去像一只发情的火鸡。我摇下车窗，探出头，问，前面的路能不能上去车。红发女人看了看我，说，没看到我们吗？要这种车。越往前面走，越窄，你的车开不进去的。我闻到她们身上难闻的香水味。我说，谢谢。另一个女人说，你再开五十米左右，那里有一个地方可以停车，然后，你可以走过去。你是到湖上，还是去大望寺？我说，我只是在山上，看到这里，想来看看。那女人"哦"了一声，驾驶着她的摩托车带着红发女人从我的车边擦身而过。我又开五十米左右，果然，看到一个停车场。我倒进去。停好车，从车上下来，我深深呼吸了一口，顿觉整个身体的污浊都被涤荡得一干二净。我沿着一条一米多宽的小路，向前走。我多少有些恐惧。尤其是，林间深处的几座墓碑。我嘲笑自己，女人就是胆小。我继续走，我看到了那个湖。我眼前豁然开朗。湖面上的房子古香古色的。我看到湖边也有一栋那样的房子。在房子前面，还竖了一个秋千架。我踱步到秋千架前，坐上去。我感觉到累了。我看到湖面上的房子里有人影晃动。一条木船在那些房子之间给房子里的客人送什么东西。划船的是一个女人。在一个房子前，我看见有一个白发的老太太，给了女人什么。女人从船上站起来接。船在水中晃动着。女人把东西放到裙子的口袋里，继续工作。

我饿了，来到秋千架后面的房子趴在窗户上往里面看了看，没人。我又回到秋千上，荡来荡去的，好像回到了少女时代。面前水波荡漾。我看着划船的女人，她在干什么。我看那些房子里住的人。原来，划船的女人是在给他们送充电池。一个方形的匣子。坐在房子平台上的客人会接过去。门没有开的，女人就放到平台上。女人穿着一件灰色的裙子，赤裸着两腿。我看着，想起加油站的老头送我的那本书《真相》。我不禁想，如果不工作的话，可以在这里住上几天，看看书，听听音乐，喝点儿米酒……我又想到了邛与。某一种环境中，我总会想起他。女人划着船回来了。女人看了看我，眼神里透着一丝凛冽。女人不说话。我问，还有空的房间吗？女人摇了摇头。我看着女人能干地从船上卸下那些充电池，搬到房子旁边的一个棚子里。女人看上去，很美。一种冷峻的美。几乎没有表情。头发在脑后扎成一束。有几缕头发凌乱在脸上。我坐在秋千上看着女人干活。我的肚子叽里咕噜响起来。我问，有吃的吗？我买。女人没理我，仍在干活。等女人干完了活，看了看我，好像我占了她的秋千。我不好意思地从秋千上下来。女人坐上去，荡来荡去，看着湖面。我想，这女人怎么这样？她赤着脚的，在秋千上，裙子在微风中飘舞。女人突然停下来，从连衣裙的兜里拿出一个苹果，坐在那里吃着。女人还示意我是否也吃一口，我拒绝了。我就像当年怀孕时那样，想呕，我反应是那么强烈。

我站了一会儿，看到旁边的躺椅，躺上去，仰头看着天空。真蓝啊！

我记得有一次我的采访人请喝酒，把我灌醉了，我从饭店出来，给邛与打电话说，天真蓝啊！天真蓝啊！后来，邛与跟我说，我好像不会说别的似的，就那么一句，天真蓝啊！天真蓝啊！我蜷缩在他的怀里，说，你坏。人家不是喝醉了吗？想到这些，我鼻子一酸，眼泪悄无声息地从眼角淌下来。我记得第一次，我们做爱，我给他起了名字叫"兽"。

女人从秋千上下来，来到湖边，从水里拉出来一个鱼篓。这时，我才注意到水边有很多鱼的鳞片，闪闪发亮，眼睛似的。有一股腐臭的味从水边吹过来。我厌恶地皱了下眉头。但那腐臭味很快就被风吹散了。我站起来，脱了鞋，来到湖边，我试探着，伸进水里，凉，刺骨的凉。我脚趾上为邛与涂的红色指甲油已经斑驳了。我再次试探着，有些适应那水的凉了。两只脚在水里面，洗濯着，拍打着水面，溅起的水花亲吻着白皙的脚踝。那女人看了我一眼，低头从鱼篓里拽出来一条一尺多长的黑鱼。黑鱼在她的手里挣扎着，活蹦乱跳的，好像知道即将来临的杀戮。女人抓着黑鱼，往石头上"啪啪"摔了几下。黑鱼昏死过去。女人用手指刮着鱼鳞，食指和拇指伸进鱼鳃，一勾，把鱼鳃拽出来。扇形。鲜红。淌着血的。女人甩到水里。我看到水被染红了一块。女人的食指就像一把刀，刺进鱼腹，一豁，鱼腹破裂开来，只见，她从里面掏出鱼的内脏。红白相间。同样甩到水里。我看到鱼白色的鳔，浮在水面上，像一颗子弹。女人把掏空了内脏和鱼鳃的鱼，放到水里面晃了晃，血，丝线般散开。血水荡漾。女人把鱼挂在秋千旁边的一个钩子上。我看到那黑鱼仍在痉挛地抽搐着，尾部摆动，翕动着嘴。女人把鱼篓又放回到水中，里面还有几条鱼，在扑腾着，我看到水花溅起。看着女人如此冷静，我心里有了一丝惊惧。我不去看女人。我看自己的脚。

从认识邛与，我才开始注意保养自己的手和脚。有一次，邛与说，手和脚是女人的第二张脸。我说，你不会是恋脚狂吧？邛与说，不是。你应该是完美的。你为什么这么说？我说出来你不要生气。刚才，在我翻身到你上面的时候，我感觉到你的脚跟刮到我的腿，是那种粗糙的。我害羞起来。我没有想到他是一个如此心细敏感的男人。又是如此要求完美。我还是生气了，不吭声，阴沉着脸。我心里说，我还没要求我呢？你竟然这样……我把他从身上推下去说，你去找你心里完美的女人吧。去吧。邛与说，不是说不生气的吗？我说，你太敏感了，都让我感到恐惧了。他说，我也憎恨我的敏感，但没办法。他看上去很委屈的样子，几乎要哭出来了。我心软了，安慰他说，我不生气啦。那天，他竟然一直都没有勃起。我尝试用各种办法，但都没有效果。而他看上去并不沮丧，搂着我，跟我说他朋友的故事。说到望城一个海子似的人物，在某一个火车隧道里结束了自己的生命。还说到一个朋友在一次诗歌朗诵会上，跟一位女人在旁边的沙发上肆无忌惮地做爱。我确实遇到过几个男人，跟他们上床，但邛与是特别的一个。跟他之后，我断了跟其他男人的联系。为什么？我也不清楚。

我的脚在水里面撩着水。我看着女人抱来一捆柴火，在岸边点燃，先是烟腾起，然后，火焰蹿跳。她用一根木棍插到收拾好的黑鱼嘴里，往黑鱼的身体里深入，直到从尾部出来一个木棍的尖部。她把鱼放在火上面烤，不时，翻转着。我闻到鱼肉的香味。我更加饿了，吞咽着唾沫。两只脚从水里面拿出来，水珠滑落。我穿上鞋，竟然感到一丝冷。我蹲在女人的火堆旁，目光贪婪地看着那被火焰舔舐的鱼。女人放到鼻子下面，闻了闻，又放到火上，继续烤着，不停地转着手里的木棍。我说，这条烤鱼卖我吧。女人沉默。神情专注地在烤鱼，鱼皮已经焦糊了，变硬。我几乎看到鱼肉的香袅袅地从鱼身上飘出来。我翕动着鼻子。我目光看到湖面上的房子，有两个男人，在门口钓鱼。另一个房子，一个女人开门，出来，把一个红色的胸罩晾晒在衣架上。我看到她白色真丝睡衣内的身体是光着的。我也有同样的一件白色真丝睡衣。那上面曾沾满了邛与的精液。手术后，我躺在床上，那上面又沾满了我的血。出院后，被我扔掉了。

这时候，女人把烤好的鱼递给我。我诧异地看着，说，给我吗？女人沉默。我在接过女人手里的木棍的时候，碰到了女人的手。真凉。我说，我给钱。女人不吭声，站起来。我吞咽了一口唾沫。张嘴咬了一口，热气烫到我的舌头了。我太性急了。我哈着气，在安慰自己的舌头。不那么疼了。我咬着鲜美的鱼肉，咀嚼着。我的职业让我几乎吃遍了望城所有的美食，但都没有这烤鱼好吃。我放慢速度，品味着。只见，女人又回到水边，从鱼篓里拽出来一条同样的黑鱼。这次她没有像上次一样，手里多了一把刀。刃光闪闪。她刮了几下鱼鳞，切开鱼皮，慢慢削下一片鱼肉，放到嘴里，咀嚼着。我惊呆了。女人低头吃着，没有看我。我以前也吃过生鱼片，但我每次吃都恶心，就放弃了。我看着女人吃得津津有味的。我吃到一半的时候，裸露出来的鱼刺，白色的。我看到女人只削了一半鱼肉，然后，把鱼扔进湖水里。又拽出来一条，我能看到在女人削着鱼肉的时候，那鱼的痉挛和抽搐。她只吃尾巴和鱼鳃之间的那一段，然后，就抛到水里面。我几乎能感觉到那鱼的疼痛。而那女人仍旧一丝表情都没有。把刀子插在一个木墩上，刀子颤动。她坐在秋千上，荡来荡去。

我记起邝与给我讲过的一个故事，说有一个地主喜欢吃新鲜的牛肉，生牛肉，他就养了几头牛，每天都从牛身上割下来一块生吃。每割完一块肉，就让那牛休息，等着那块被割下来的肉长出来。这样，每次他吃到的都是新鲜的。

我想到刚才那女人吃的鱼，难道也是这样的心理吗？

我无从猜测。

五

我手里只剩下一根鱼刺了。我放到火上烤，鱼肉的香味和骨头的味道被烤出来，几乎要焦糊的时候，我放到嘴里，脆生生地咀嚼着。

这时候，我听到摩托车的声音。

我看见刚才看到的那个红头发独自骑着摩托车过来。在湖边停下，高跟鞋一扭一扭的，包裹在短裙里的屁股摆动着。她向那女人走过去。向她比画着。我才意识到，女人是一个哑巴。女人眼神里有刀子似的。红头发在一个小包里翻着什么，一盒东西掉在地上。我看到是避孕套。她把一张十块钱的纸币递给哑女，自己上了船，在船上等着。哑女不情愿地起锚，划着船向水中的房子而去。那红头发掏出一面小镜子照着，在脸上涂抹。哑女把红头发送到两个钓鱼的男人那栋房子。其中的一个男人，站起来，搂着红头发进了屋。哑女划着船回来了。我注视着水中的那栋房子，在摇晃。另一个男人坐在外面，像一个把门的，手持着钓竿。我发现躺椅旁边有一个望远镜，我拿在手里，注视着那个钓鱼的男人的表情。迫切的，焦躁的。突然，有鱼咬钩了。他连忙拽着钓线，等把鱼拽上来，他谩骂着什么。我在望远镜里看到那条鱼的一侧是裸露着鱼骨的。我笑了笑，想到哑女吃过后扔到湖里的鱼。男人没有把鱼扔进湖里，而是从鱼钩上摘下来，拿过一把刀子，切削着鱼的另一侧，把切削下来的鱼肉放到嘴里大口咀嚼。

哑女坐在秋千上荡来荡去。

我看到跟红头发进屋的男人，出来了，满脸沮丧。吃鱼肉的男人，把手里的刀和鱼递给出来的男人。独自进屋了。

我移动着望远镜，看到了，远处山巅上的寺庙。看上去很小的一座，也就跟水中的房子差不多一般大小。望远镜里，寺庙屋顶的檐兽清晰可见。

我的手机在这时候，响了。那首阿黛尔的歌被我设成了铃声。我看见哑女在秋千上愣了一下。我放下望远镜，看手机上马晓岚的电话。我犹豫了一下，还是接了。还没等我说话，马晓岚就蹦豆似的，说起来。

"你上哪去啦？打你电话也不回。出事了，你不知道吗？原来跟我们在你妹妹春山丽舍打麻将的老关，被抓起来了。你妹妹那个店，我记得就是找老关贷款的吧？是不是还有老关的股份？你看看，怎么让你妹妹脱身吧！"

我说，老关的被抓可能是望城反腐的一个信号。至于我妹妹的事，我管不了。

马晓岚说，你在媒体干了这么多年，总认识一些头头脑脑的吧？你就不会……

我说，这个时候，谁还敢……

马晓岚说，你怎么变得冷酷了？

我说，是吗？

马晓岚说，怎么不是？对了，你不会又跟那个邝与在一起吧？难道你被他害得还不够吗？肚子上挨了一刀。你家陈昌还不知道，要知道了，会怎么对你……

我说，管好你自己吧。我的事不用你插手。

马晓岚说，好，好。我狗拿耗子多管闲事了。

我恨恨地摁了电话。

我气哼哼的，在平复自己的情绪。我心里说，一个让我刻骨铭心过的男人说从心里面剔除就能剔除的吗？我关了手机。

只见哑女从秋千上下来，蹲在红头发的摩托车旁，手在上面拽了一个什么东西，扔进湖里。又回来，坐在秋千上，荡来荡去。

我突然想尝尝那生鱼片的味道了。

我喊着，喂，你那鱼能否给我一条吃生鱼片，像你那么吃。

哑女好像没听见，继续在秋千上荡来荡去。

要不是后面发生的事情，我本来打算在这里度过一夜的。

我点了支烟，又拿起望远镜看着山上。僧人在寺庙门前打扫着落叶，很轻，好像那些落叶也是有生命似的。

"姑娘，讨口水喝。"

我吓了一跳，回头，看见一个手里拿着斧头，背上背着一捆柴火的老人，站在我们身后。斧刃的光，刺眼。

哑女从秋千上跳下来，回屋，端着杯水，走出来。老人一饮而尽，说，谢谢。把杯子还给哑女，说，姑娘，你在山里要注意了，听说，有人采蘑菇被熊瞎子给舔了。

砍柴人说完，背着他的柴火走了。

哑女站立目送着。

那个红头发站在木头房子上，开始喊了，喂……喂……过来接我……

其中的一个男人还对她搂搂抱抱的。

哑女故意装作没听见，悠闲地坐在秋千上，荡来荡去。不知道什么时候，她嘴里多了个泡泡糖，她嚼着，不时吐出来一个大大的泡泡。红头发气急败坏地在木头房子那边跺脚，还拿出一条纱巾，黄色的，冲着哑女挥舞。红头发开始喊我，喂，那个女的，你喊她一声，她可能又聋了。我也故意装作听不见。哑女还在秋千上荡来荡去，甚至还站起来，站在秋千上大幅度地荡起来。我都听到风声了。我在望远镜里看到红头发急得都要哭了。男人还在不停地纠缠她，撩起她的短裙。另一个男人坐在那儿吃着生鱼片。

我又点了支烟。看着。

哑女慢悠悠地解开缆绳，划着船，靠近那房子。停靠在房子跟前。那吃生鱼片的男人站起来，跳到船上，对哑女动手动脚的。哑女拿起船桨，一下子就把他拍到水里了。他在水里挣扎着喊着救命。他的头在水里沉沉浮浮的。在即将沉入水底的时候，哑女伸出船桨，救了他。他慌张地爬上了房子的平台上。狼狈不堪。浑身湿漉漉的。那红头发手里拎着两双高跟鞋，跳上船。行驶到水中央的时候，船不动了。

可以听见红头发的喊叫，你要吃人啊？我这一趟活才五十块钱，你要三十。你要是嫉妒的话，也脱裤子卖啊！

船一动不动，凝固在水面上似的。

过了一会儿，红头发说，二十，二十，就二十，赶快把我送到岸上去。还有人等着我呢。

哑女划着船回来。红头发跳下船，直奔她的摩托车，打了几次火，都没着，才发现钥匙不见了。她扑向哑女，说，是你把我的钥匙拿走的吧？还我。哑女回到秋千上，荡来荡去。红头发把哑女揪下来，说，还我钥匙。哑女目光凛然地看着红头发。红头发说，还我钥匙。哑女伸出手。红头发掏出来十块钱。哑女摇了摇头。红头发说，刚才他们两人，本来说好一百的，但两人非要降下去二十。你说我都来了，能怎么办？他们一人才给我四十，你也少收我十块不行吗？来的时候，上船不是给你十块了吗？哑女又要回到秋千上。红头发连忙拿出二十块钱说，给你。赶快把车钥匙给我。哑女摇了摇头。红头发说，你什么意思啊？没看到车钥匙吗？难道是我落在那房子里了？反正我不管，我给你钱了，你要帮我。哑女看着红头发，来到摩托车旁边，扯下两个线头，对了对，打着火了。红头发骑上摩托车，嘴里还说了一句，小财迷。我这卖身的钱叫你搜刮去多少了。以后你这里的生意我不做了。说着，骑车走了。

哑女站在湖边怔了好长时间。

钟声在树林间行走，在草丛上，在石头上，在隐藏的山鬼的裙裾上，在水面上，在屋顶上，在树梢上，在飞翔的翠鸟的翅膀上，在僵死的鱼眼里，在鱼肉里，在鱼刺上，在刀子上，在船上，在秋千上，在望远镜上，在裸赤的脚上，在……

钟声，是的，钟声，来自山上的寺庙。

我几乎不能相信自己的眼睛，目瞪口呆，皮肤上起了一层鸡皮疙瘩，全身的汗毛都跟着竖起来。

只见，哑女来到了船上，打开船舱，从里面爬出来一条碗口粗的大蛇。灰色的。哑女抱着它，就像抱一个亲密的男人。两人翻到湖水里。哑女一只胳膊搂着大蛇，蛇头仰在水面上，芯子火焰般在嘴里进进出出。哑女和大蛇在水里嬉戏着，贴着蛇头，好像在说话。我几乎要小便失禁了。瑟缩在躺椅上。哑女划着水，和大蛇向刚才红头发下来的那栋木屋划去。木屋前，那个戏弄哑女的男人还在那里钓鱼。当他看到哑女和大蛇，他惊呆了，喊叫起来，你是人还是鬼？哪来这么大的蛇？他的喊叫，把同伴也惊出来了。那同伴拿起鱼竿，在手里，警惕起来。哑女距离木屋两米多远，停了下来。在大蛇的背上拍了一下，那大蛇从水中一跃，就跃到了那木屋门前……两个男人吓得妈呀妈呀大叫起来，其他木屋里的人被尖叫声惊动，但他们的位置让他们什么都看不到……拿着鱼竿的男人，挥舞着鱼竿，来打……没想到，鱼竿折断了。他对着另一个男人喊，刀子，刀子……那把还切在鱼身上的刀子，被男人就近抓在手里，与大蛇对峙着。那折断了鱼竿的男人握着半截鱼竿，吓得逃回到屋里，透过窗户向外面看着。哑女的嘴里发出嘘嘘的声音。大蛇向手拿着刀子的男人爬过来……只见男人哆哆嗦嗦，脸色苍白，魂不附体，手里的刀子也握不住了，掉在木板上……他跪在大蛇面前，求饶着，磕头。头磕在木板上，砰砰砰的。哑女这时候不见了。我纳闷哑女哪去了？只见哑女不知什么时候绕到了木屋的后面，押着那个男人从屋里面出来。那男人也扑通一声，跪在了木板上……两个男人鸡啄米似的跪在那里不停地磕头……

哑女拍了拍大蛇的头。哑女一个猛子扎进水里，大蛇紧随其后，向岸边游过来。

我仓皇拿起我的包，从里面拿出五十块钱，扔到躺椅上，择路而逃，找到我车停放的地方，开车从这里逃走。

我从小就惧怕蛇。

直到车开到卡尔里海，找到那家我跟邝与住过的灯塔船旅馆，登记，拿过钥匙，进入房间，躺在柔软的床上，我才多少平静下来。

六

尽管平静下来，我还是不能相信，我看到的一切。我仿佛进入了异境。可是，我打出来的嗝，是我吃的烤鱼的味。这又告诉我，我经历的是真实的。我静静地在床上躺了一会儿，想起什么。起来，下楼，来到停车场，打开车门，拿起副驾驶座位上的那本《真相》。回来的时候，我看了看四周，好像这里的游客比往年的稀少了很多。看上去，树下和沙滩上的人多是一对一对的情侣。我黯然了。已经是下午四点多钟了，海水在涨潮。我听到来自大海内部轰隆轰隆的声音，它们仿佛在摧毁着什么。我看到那些在海边躲避海潮的人，我听到她们的尖叫。破碎的浪花在退去，回到海的帝国之中。汇聚着力量，再一次涌上来。我本来想去岸边走走，让海浪打湿我，浸润我……我放弃了。我到了房间门前，才想起刚才急于出来，把房卡落到房间里了。我喊着，服务员，服务员，我的房卡落屋里了，帮忙开开门。我看到墙上因为下水道泄漏留下来的污渍，形成的图案，像一头猛兽。服务员过来，我搭讪着说，今年的生意怎么看上去不如往年……服务员说，公款旅游都没有了，再加上经济危机，旅游的人越来越少了。我"哦"了一声。回到房间里，打开窗帘，让即将来的日光照射进来。记得那次，跟邛与做爱后，他光着身子站在窗前，说，日光并不会因为一个国家的经济衰退而改变，不会。而且，这些问题也不是作为个体的人能改变的，还在于整个国家的宏观体系的把握和开掘……

我在窗边的沙发上躺下来，从这里可以看见远处的海滩。一艘货轮在大海之中航行着，但看上去一动不动。这也许就是没有参照物的原因。我看不到大海的蔚蓝，我看到的更多是黑暗，我无法形容那黑暗的面积，大海有多大，那黑暗就有多大。还好，天是蓝的。我看到一架飞机在天上飞。我对飞机是敏感的，之前的某段时间里，关于飞机的新闻，铺天盖地了。我还记得我为那些失联的人牵肠挂肚了很长时间。有一个失联的人是望城的。领导派我去采访，我拒绝了，还被扣了五百块钱奖金。我是一个容易被其他情绪传染的人。我怀疑自己有轻度抑郁症。尤其是，今天从沙漏疗养院出来。

翻了翻那本《真相》，我看到里面被画得乱七八糟的。那不像是阅读，而是食字。一个个用眼睛吃下去。确实很好，拿在手里沉甸甸的。我还不能静下来，翻看，我看到那些画上去的线条，很像我此时的心境。但在结尾处，看到被画上去的一句话："有两种东西能否赋予一个人生活的意义，那就是书和爱情。"我傻笑着，喃喃说，谁还相信这样的话啊？除了那个"兽"。我翕动着鼻子，透过书页，我食蚁兽般，深入进去，深深呼吸着。我闻到了那"兽"的气息。

在 646 页末行是这样一句话：

书就好像是人生……从来就不会真正地结束。

下面的空白处，我看到写着这样的话："……只有经历生命中的黑暗，人们才会知道光明存在的重要……一个病入膏肓的人，物质对于他还有意义吗？这就是最好的回答。他需要的是自我忏悔，自我安慰，自我救赎……而这些更多是在阅读中得来的……"

我笑了，这，这就是"兽"的思考方式。他总是充满了忧患的意识，好像他是万能的救世主似的。这也是我喜欢他的原因。他的思考和行为几乎是一致的。他是一个真实的人。一个不合时宜的人。就像前面说过的，哪个男人会说出我脚跟的粗糙。没有。他们在那个时刻，更关注的是我的身体，嘴上说爱我，下面却暴徒般进入我。他们征服我的只是我的身体，我的性欲而已，让我即将衰老的身体不再荒凉而已，而已。很多人也是拔×走人，没有任何痕迹留给我。没有。我子宫的记忆里只存在那只"兽"。那个要钻到我子宫里让我生下他的人。也正是这个人，让我宫外孕，肚子上挨了一刀。那只是一个幼小的人形，五官还不清晰，就窒息在我的子宫外面。我是通过彩超看到的。看到的那一瞬间，我哭了。

我腹部的刀疤隐隐作痛。

我把书压在腹部，书的重量多少缓解了我的疼痛。过了一会儿，我站起来，打开窗户，任海风吹进来。我呼吸着海水的气息。近海的蓝呈现在我的眼前。一个赤裸身体的小男孩在海滩上奔跑着。一个浪几乎吞没他，他跑着，还是被海浪推倒在沙滩上。但他很快又爬起来……海风很大，我又关上窗户。我还记得我们有一次，也是在这海边不远处的一处礁石群里，亲吻着，我们目睹了一起谋杀，是的，谋杀。他当时几乎不能相信自己的眼睛。后来，他说，那简直就是《局外人》里面的翻版。他等着成为证人，可是没有人找他。

我点了支烟。

我想喝点儿什么。

我打电话给吧台说，来杯咖啡。我报了房间号2666。我要求服务员说，能否用蜂蜜给我调制。

服务员说，没有蜂蜜，只有方糖。

我说，那就算了，什么都不放好了。

用蜂蜜调制咖啡是他教我的。

海面上的那艘巨轮还在那里，耸然不动似的。白色的海鸟在浪花之上飞，好像在窃听大海帝国的阴谋。

我回到沙发上，找了烟灰缸。

我看到自己赤裸着脚，还有那斑驳凋落的指甲油。红色的。我从包里找出来那小瓶的指甲油，在脚趾甲上涂抹着。指甲油竟然有一股苹果的气味。我刚涂完左脚的小趾，用嘴吹了吹。

敲门声响起。

我说，来啦，我扶着沙发站起来，单腿蹦着，就像小时候跳皮筋，来到门口，开门。门外不是服务员，而是一个中年男人，看着我说，打扰了，我在发广告，最近这海边上的村子里挖掘出一具一百多年的清朝干尸，在做展览，您感兴趣的话，可以去看看。中年男人递给我一个小册子，说了句，谢谢。转身，去敲别的房间的门。走廊里是空寂的，那中年男人让我感到一丝恐惧。我连忙关上门，回到沙发上。我随手翻看着那个小册子，上面的图片显示：

> 干尸面部呈黑色，五官能看清，身着清朝官服，梳着长辫的头发上还有饰品，头部下方枕着大团白色的棉花。

再一次敲门。

这次我问了，谁？

送咖啡的。

我才一蹦一蹦地来开门。

我说，给我放到沙发旁边的茶几上。我不方便。我又单腿蹦回沙发那儿。看到那个小册子，我说，把这个刚发我的小册子，带走。你们旅馆怎么能让发广告的随便进入呢？再说还是这样的广告。

服务员说，我们也无奈。她拿起那个小册子走了。

我继续涂抹着右脚。鲜红欲滴。像几颗小小的樱桃。红色映衬得我的皮肤更加细嫩白皙。我轻轻地伸开双腿在沙发上，端过咖啡，喝了一口，我几乎没有吐出来，好苦。好苦。我蹙着眉头，咽下去，嘴里还残留着那苦。第二口，可能是适应了，我开始感觉出那苦中的咖啡香味。也许是咖啡因的作用，我感觉到身上的疲乏得到少许缓解，有些亢奋。我看着鲜红的脚趾甲，我突然不知道这样为了什么？为谁？为那个逃离的邛与吗？

其实，这一路上，我都在企图让自己变得释然，让自己卸下来自另一个人生命中的黑暗。

七

黄昏。

我坐在沙发上，海边的人看上去更多了。三三两两的。我不想出去。那大海的黑暗之心隐藏在潮水下面。悸动着。咖啡喝了一半，有些凉了。我拿起水壶烧水。我发现没有烟了。从工厂下岗那年，我被招聘到报社，我写稿的时候，需要烟。如今，我已是一个烟鬼。我想忍受一会儿。

水烧开，我兑了些，在咖啡杯里。味道寡淡了。

我突然厌恶透过窗户照进来的强光。赤脚来到窗前，拉上窗帘。屋子里变得肃穆，安静。但光仍透过窗帘，只是稀疏了。我坐在那里，像这个房间的一部分。我奇怪的是，住过的宾馆房间里，从来没有看见过钟。那些钟都悬挂在吧台后面的墙壁上。那里的时间是全世界的时间。伦敦。纽约。巴黎。东京。首尔。北京。

我看了看手机，快六点了。

这当然是北京时间。

我又在沙发上躺了一会儿。

隔壁房间。女人的尖叫。好像要告诉全世界，他们在……我甚至感觉到壁纸上的灰尘震颤着落下来。我做爱的时候，更是无声的。我喜欢肢体语言。我更像是一条濒死的鱼。邛与也问过我，怎么不叫？还是我不会叫床？我玩笑地叫了几声，床，床，床……我说，这算不算叫床。邛与笑了说，这是一个老掉牙的笑话了。我说，我的尖叫，在我的身体里。我喜欢用牙齿撕咬着邛与的肩膀，有时是他的乳头。我高潮五次的那个夜晚，邛与的肩膀都血肉模糊了。我在波涛上颠簸的身体几乎散架了。而他疲惫地躺在那里，看着我。不时，亲吻一下我的眼睛。看我侧面的脸。他说，我的侧脸真美。我说，正脸就不美吗？他解释说，我不是那个意思。我说，我就是这个意思。我总是喜欢看他一脸无辜的样子。他有时候是木讷的，寡言的。而我倒是有些聒噪，喋喋不休。他说，你是开心果。我没有想到，他是那么笨啊。我在手机上念了几个脑筋急转弯，他一个都答不上来。我笑话他。他说，这叫大智如愚。我笑。他说，这么多年，心里都没有找到一盏灯，我是他的灯。我说，我都给你点多少次灯了。我暧昧地笑着，手指在他的身上滑动。他说，你点灯的时候，总是光芒四射。他笑着模仿我高潮的表情。我在他的脸上打了一下，说，以后不许你看我。再看，就把你的眼睛挖出来。他做出恐惧的样子。他抿着嘴唇，亲了一下我的嘴唇。他说，我可是兽，野兽。我会怕吗？也许，像盲人一样做爱，其他的感官都会复活。

时间似乎消逝了。世界在那一刻是凝固的。我们像两个囚禁在琥珀内部的人。

我看出他是爱我的。不像其他男人那样只钟情我的身体。我从他的眼神里感觉到，他有些怕我。像一个胆怯的孩子。即使，他刚刚征服我，但还是胆怯的。会害羞。我身体的紧张悸动还没有褪去，他眼神里的忧郁，让我母亲般地想爱护他。我相信，这是装不出来的，是他与生俱来的，真实的。有一次，他说，这个房间就是一个小小的极权社会，你完全是一个独裁者，同时也是被压迫者……我笑，说，那么我让你变成压迫者好了。他说，即使那样，你仍旧是一个独裁者。体位改变不了什么的。我看出他的弱小，我看出他会对我"报复"。他真的变成了"兽"。

他竟然从我的后面，强行侵入到我的身体里。结束后，我生气了。我厌恶这样，我从来没有尝试过。我恶心。我冷若冰霜。他开始哄我，亲我。我阻挡他的讨好。我严厉地说，再这样的话，我就杀了你。我火烧火燎地疼。泪珠挂在眼角。我真的生气了。我说，我不是独裁者吗？有我这样的独裁者吗？你才是，你是一个内心黑暗的人，一个暴力的独裁者。你侮辱我了。他沉默。我凛然。我的痛苦在慢慢消退。他不说话，下床给我用蜂蜜调制咖啡，端给我。我拒接。他就端着，站在那里，一动不动，就像是一个做错事的孩子。我心软了。我说，你错没错？他说，我错了。我说，你就是兽。他说，是，我就是兽。我问，还敢不敢这样了？他说，不敢了。我说，你发誓。他说，我发誓。那天窗外下着雨，突然一道蓝色的闪电射进来，雷声在屋子里炸开。我们都惊悚了。我说，看到没？如果你说话不算话，这闪电会惩罚你的。他说，好。这时，我才接过他手里的咖啡，喝了一口。

我说，你是坏人。

他说，我是坏人。

我说，你要忏悔。

他说，我忏悔。

我看着他的样子，扑哧笑了。

他回到床上，我握着他的物件说，再敢，就把它割下来，喂狗。他的身体痉挛一下，抱住我，在我的怀里哭泣。一个哭泣的男人。我问，你哭什么？你还委屈了？他哭。哭。他说，我的黑暗第一次呈现给你。只因为我爱你。我说，你不是说我是你的灯吗？相信，我会照亮你的。

一阵沉默，满屋子我们的气味飘荡。

隔壁的声音仍旧不绝于耳。

因为孤独。我来到窗前，拉开窗帘。我体内的时间要流动起来，而不是停滞。我不能因为我，或者因为他，而让整个房间变得空。床是空的。但我没有办法。就像我的父亲在我上中学的时候，离开了我、我妹妹、我母亲。父亲因为脑瘤。我没有办法。父亲弥留之际，总是幻觉，宇宙就是无数个脑瘤组成的。它们秩序井然，但，有时也有流星坠落。父亲最后被瘤子吞噬得只剩下一个骨架，才离开的。他是坚强的。没有喊过疼。也没有注射过哌替啶。形销骨立。他残喘着说，回到婴儿的模样，沉我于水中，我也许会重生。那个中学语文教员的父亲，就这么离开了。

夜已经悄然降临。我看见一个穿着荧光雨衣的人，在海滩上跑步。

我的第一次，我的处女之花被采摘之后，我经历了死亡。那是我高中的时候，某个中午，那个我喜欢的男孩邀请我去他家。我们偷食禁果，缠绵在床上。突然，有人敲门，是他的母亲回来。他和我都吓坏了。我们躲进壁橱里，我们抱在一起，没想到的是，男孩有心脏病……等他母亲离开的时候，我发现他已经僵硬在我的怀里……我把他从壁橱里拖出来，给他穿上校服，我就像一个杀人犯，学着电影里的行为，抹去我的痕迹……我从楼上跑下来的时候，我打了120。后来想想，我竟然是那么冷静。那么冷静。简直不可思议了。那件事发生后，我对母亲撒谎说，有男老师对我性骚扰。我要转到别的学校。正好我要转的中学校长是我父亲当年的学生。我从此离开了那所学校。这件事情让我多少变得性冷淡。中年后才所改观，尤其是遇上邝与。我再一次活了过来。

那个穿荧光雨衣的人，跑远了。

黑色的大海变得恐怖起来，一望无际的黑，无限延伸着，没有尽头。冷漠坚定的大海不会因为个人的想象、记忆、死亡而改变。那大海的顽固的自我，因为不可能干涸而更加不朽，更加不可撼动。是啊，没有什么可以动摇，海的存在。没有人可以窥看到大海真实的黑暗心脏。那黑暗的中心，即使有灯塔的存在，但那只是一星的微光。是的，微光。

我按了墙壁开关，让屋子里充满光。我转身，背对着大海。我尝口冷了的咖啡，更加寡淡。我因此感觉到身体的冷。我在被子里蜷缩了一会儿。我的眼泪流出来。但我没有哭出声。没有。无声的，任眼泪流淌。我不知道哭了多长时间，身子都哭软了。枕头是湿的。黑暗中，大海像兽群悄然侵入我，遍体鳞伤了。我惊悸，战栗着，爬起来。我饿了，我想吃些东西。我冲了个澡，是那么细致，身体上的每一个毛孔都被我清洁了一遍。我变得轻松了很多，释然了很多。但我同样不知道，这个夜晚是否可以安眠。我下楼，餐厅里是冷寂的。一个外国人，中年，坐在那里看着一本书。在等待什么。我瞟了一眼。一本翻译成中文的小书。手掌大小。服务员过来，问我点什么。我看了看，菜谱。只点了一杯咖啡，还有几块蛋糕。餐厅里的音乐是爵士乐。那个老外看了看我。我低头，颔首。我深 V 的衬衫，可以看到白皙的乳沟。我的身上散发着浴液的香味。尽管那是一种廉价的浴液。咖啡和蛋糕上来了，我切着蛋糕，慢慢咀嚼着。我又一次瞟了一眼那个老外手里的书。我的视力一直很好。我看到书名《浴室》两个字。老外冲着我笑了笑。我点头。这时候，我看见一位年轻的女人走进来，坐在老外的身边。老外放下手里的书，两人说着话。亲昵得让我嫉妒。我简单吃完，去海边走了走。海风很大。那个穿荧光雨衣的人又往返回来，从我的身边经过。我呼吸着大海的气息。无边无尽黑暗的海凝固一般。我双臂抱在胸前，慢慢走着。海风几乎要侵入到我的骨头里。我又走了一会儿，回到宾馆。我的身体里还残留着海的黑暗和冷。我启动空调，躺在沙发上。邛与曾经跟我说，埋葬大海的也许只有天空，那么埋葬天空的是什么？星辰才是我们安息的墓床。我拿过放在茶几上的《真相》，盖在脸上，我从里面呼吸着油墨的味道，还有邛与的气息。我深呼吸。我仿佛感觉到了。房间里充满着粗重的急促的呼吸。海的声音撞进我的身体里。我惴惴的身体在那声音中战栗，我啜泣着。直到啜泣的声音被海的声音湮没。我抚摸着腹部的伤疤，感受着来自身体的温度，手指数着上面鱼骨般的针痕，像我身体的另一瓣女性之花，但它是经过缝补的，我的手指无法进入。无法。我幻觉自己的手指变成了手术刀，重新切开我的肌肤，白色的肉，白色的脂肪，细密的血管蔓延着……我竟然变成一个没有痛感的人。邛与离开之后，我多次在某一刻，心死了。是我杀死了我的心。眼泪从眼角滑落，它们，是我哀悼自己的蝴蝶。我没去管它们，任它们飞。飞在着灯塔旅馆的黑夜之中，同时，被染上黑暗。我的手指从伤疤开始下移着，我找到了我，是的，我。邛与说，那里是他通向我灵魂的通道。我的手靠近通道，在茂密的黑色水草中，在近乎老迈的褶皱里，我寻找着我的春天。在八月即将结束的时候，我跟我自己做了一场没有秋天的爱。十几分钟，极为安静，我哀悼着我。用这样的方式，寻找邛与存在于我身体里的灵魂。肉身静止。那些被染上黑暗的蝴蝶，抬着我轻盈的肉身，在黑夜中走出旅馆，沿着沙滩，把我送到海水之中……漂浮着的我……是的，我……闪电雷声大作，暴雨倾盆而下……我是这黑暗之海里光洁的肉身，我在靠近那大海深处的黑暗之心……我仿佛在完成邛与的愿望，去爆破，是的，爆破深海里的黑暗之心……

一队一队人形，来到海边。

他们冷漠地看着海面上漂浮的尸体，冷漠，无动于衷。

八

我在灯塔船旅馆里睡了一夜，噩梦连连。睡梦中，邛与出现，他说，接受别人的黑暗，也是对自我的救赎。我们在梦里，缠绕着，交媾着。他哀求着我，再来一次，再来一次。就这样，一次次。我疲惫地从梦中复活过来。我听到海水的潮声，在潮声中，仿佛看到一条蓝色的道路。我终于释然了。

大海是那么蓝，像天空一样。我躺在 2666 房间的沙发上，翻看着手机，我窥视到邛与的微信更新。

是一首诗：

灵魂乐

这三月额头上的雨滴

悄然。那些企图减肥的人

在泥土里埋下种子

模仿芽的身体

告诉春天

这可能是一个谎言

更大谎言不是我

而是来自春天内部

的荒诞

玻璃是从地里长出来的

谁信?

我只好在网上播放我喜欢的灵魂乐

不惊扰睡在左侧的我

我怀揣着一柄小刀

在雨夜来临之前

侵入青草最后的梦境

斩首那端坐于冬日的王

蓦然回首

枝头上多了无数只眼睛

——破门而入的月光

这就是我的灵魂乐

有大象之死

也有草木枯荣

第二天,我开车,绕道,躲过望湖,返回望城。

那本《真相》的书被我遗忘在了灯塔船旅馆。我打电话回来问了服务员。她们说,打扫房间的时候,没看见。

2015 年 3 月 18 日午后
2015 年 3 月 30 日改

向 南 方

一

晌午，王南方睡觉起来，浑身酸软地疼。每个关节都像被拆开过似的。他还是爬起来，在意识里，把每个关节再一个个地装上去，动了动，还好。

他去厨房，给自己简单做了点吃食，垫拨了一口。回到屋子本想再睡一会儿，可是，看见屋角堆放的秦楚楚的脏衣物，他想，不能睡了。因为秦楚楚总是把脏衣物堆成一堆，等他来洗，要是他不给洗的话，秦楚楚就会从里面挑出干净的，再穿在身上。他弯腰捡起那些脏衣物，放到一个大洗衣盆里，来到院子的水龙头下面，在盆里放了些洗衣粉，把脏衣物泡上了。

邻居五奶奶看见了说："南方，又给你媳妇洗衣服呢？"

他答应着。从五奶奶的口气里觉察到了一丝的讥讽，他不在乎，或者说他已经习惯了这样讥讽。在这个大院人的眼睛里，他就是秦楚楚的佣人，是一个"气管炎"，是一个家庭妇男，甚至是一个窝囊废，面瓜，没有一丁点儿的爷们样。为了秦楚楚，他都甘愿承受这些光荣的别称。

他回屋拿了洗衣板，坐在院子里开始搓洗秦楚楚的那些脏衣物。那里面有秦楚楚的内裤、丝袜、胸罩、裙子，还有一件旗袍。当他发现那件旗袍的时候，他吓了一跳。我怎么把这件旗袍也泡上了呢？他喃喃着。他还记得有一次他把这件旗袍洗得皱巴巴的，惹得秦楚楚大动肝火。后来这件旗袍就只好送去洗衣店。他伸手捞出水里的旗袍，抖了抖上面的水，还好，没有完全湿透，他轻轻地把旗袍放到一边，感觉不妥，拎着旗袍进屋了，藏到一个口袋里。他想，一会儿洗完了盆里的那些东西，就把这件旗袍送到洗衣店去。要秘密的，不能被秦楚楚知道。要被她知道了，说不定又是一顿劈头盖脸的大骂。秦楚楚骂人的话，都是南方的方言，他一句也听不懂。但从她脸上的表情，可以看出来她是在骂人嘞。王南方暗自庆幸没有被秦楚楚发现，心中窃喜。他喜欢秦楚楚穿着旗袍的样子，看上去就像是电影明星。这样想着，脸上浮现出知足的笑容。他回到院子里，坐下来，大把地一件件地搓洗着那些东西。中午的日光很毒，晾上一会儿就会干的。他从盆里一件件地拎出那些湿漉漉的衣物，抖了抖，水珠溅到他的脸上，他感觉到一丝的凉爽。日光下，他晾晒那些衣物，从每一件衣物上，仿佛看到秦楚楚身体的某一部分。他咧嘴笑了笑。晾完衣物，他把大盆里的水倒了，回到屋里。他感到身体有些虚弱，虚弱得出了一身的汗。他坐下来喘了一口气，想起应该把那件旗袍送到洗衣店去了，要是秦楚楚回来发现了，又要跟他急眼了。他拿起那件旗袍，抓过秦楚楚剩下的一根油条，大口地嚼着，腮帮子一动一动的，走出家门。

大晌午的日头，毒得狠。王南方找路边有树荫凉的地方走着。稀疏的树荫，多少还是有些作用的。街上几乎没有什么人。这么热的，毒的热天，不让人活嘞。几条野狗吐着舌头，在街上争抢着一根骨头。撕咬得血肉模糊的。王南方吓唬着它们，想把它们轰散了。它们已经咬出了仇恨，恨不得置对方于死地。还是有一条狗看了一眼王南方，心里说，你谁啊？它还是认出了王南方，就是那个一天在街上招摇的秦楚楚的男人。那狗蔑视地转过头。王南方弯腰捡了一块石头，扔过去，没打着。又捡了一块石头，用了狠劲地扔过去，还真砸中了一只狗头。这回那些狗不干了，一起向王南方冲过来。王南方吓坏了，拼命地跑。要不是瘸子阿三的一声口哨，那几条野狗一定会把王南方给撕了，吃了。王南方蹲在地上喘着气，恨不得也像狗似的，把舌头也伸出来。瘸子阿三一身破烂的衣服，蓬头垢面的，像从天而降似的，呵斥着那些狗，你们怎么能欺负人呢？你们这些狗日的。王南方可是镇上的好人，你们不能欺负好人，知道了吗？都给我滚蛋，小心我砸烂你们的狗头。那些狗就像小鬼见了阎王似的，四肢哆嗦着，低着头，散开了。阿三看着王南方的狼狈样说，起来吧，狗让我赶走了。王南方语无伦次地说，谢谢，谢谢。那件柔软的旗袍从口袋里滑出来，掉在地上。阿三讪笑着说，又给你老婆洗旗袍去啊？这镇上，就你老婆一个穿旗袍的女人，你就不怕那些狼啊，狗的，真的把她叼走了啊？王南方不知道怎么回答，屁声没吭。瘸腿阿三摇摇头，走了。

王南方想着瘸腿阿三的话。那话就像一块石头，在他的脑子里怎么都化不开。他嘴里喃喃着，怎么会呢？怎么会呢？他把旗袍从地上捡起来，掸了掸上面的灰土，有些心疼地看着旗袍，嘴里咒骂着那些该死的狗。

王南方朝洗衣店走去，腿上的肌肉还突突地跳着。不时还回头看看，害怕那些野狗再追上来。

这件旗袍是秦楚楚自己带来的。结婚的那天，她穿的就是这件旗袍。以后，三天两头的，她都会拿出穿上一穿，自己对着镜子看，扭扭腰。有时，也会穿着旗袍到街上走走。街上的男人看见了，眼睛会放光，像黑夜里的动物的眼睛，冒着幽幽绿光。一些十几岁的少年会骑着自行车，在街道上堵截她，贴近她，闻她身上的气味，还有看她扭动的屁股。那是一个令整个蓝镇颤抖的屁股。其实，她昂着头，挺着胸脯，看上去更像一只彩色的大鹅。有人会在王南方下班的时候，悄悄地告诉他，你老婆今天又在街上浪了，像个婊子，你可要看好你老婆了，她可不是一个省油的灯。王南方心里还美滋滋的，很受用。但人们老这么说，王南方心里有些不好受了。他就哀求秦楚楚说，你不要这样好吗？秦楚楚说，我愿意，谁也管不着。王南方知道自己的话在秦楚楚的耳朵里连个屁都不顶。他扑通一声，给秦楚楚跪下了，说，我求求你了，你不要脸面，我还要脸面在这个镇上活人嘞。秦楚楚挥手给了王南方一个响亮的耳光，你说，谁不要脸了？你说谁不要脸了？我怎么不要脸了？王南方跪在地上哭了。过了一会儿，秦楚楚看着可怜的王南方，说，我以后少上街，行了吧？王南方才从地上爬起来。这之后，人们倒是很少见到秦楚楚穿着旗袍在街上走了，可秦楚楚开始天天泡在赵五一开的麻将馆里。

二

　　王南方来到洗衣店门前，只见洗衣店的门关着，窗户也上了栅板。他透过缝隙往里面看去，先是一怔，连忙闭上眼睛，心怦怦地乱跳。他像做贼似的，连忙蹲下来。本来他想逃开的，可是一想到这旗袍要是不洗好的话，回去秦楚楚又要生气了。他吞咽了一口唾沫，在窗户下面蹲下来，看着地上的蚂蚁爬来爬去。他甚至找了一个草棍，阻挡着那些蚂蚁的走动。一只蚂蚁顺着草棍爬上来，爬到了他的手上。他连忙甩开了。这一甩不要紧，手捧到了墙上，他哎呀一声。只听见，屋里脸盆掉在地上的声音。还有一个尖细的、像一条鞭子般的声音传出来，谁在外面偷看？小心老娘挖了你的眼睛。王南方再次想逃，可是，店门已经打开了，从里面走出来一个女人，一头湿漉漉的头发，手里拿着一条花色的毛巾正在把头发擦干。一件蓝色的连衣裙包裹着她的身体，透着一股水的湿气。齐膝的裙子下面是两条短粗的大腿，有些刺眼。女人一看是王南方，一脸的怒气，没了。

　　女人说，王南方你都看到了什么？

　　王南方说，什么都没看到。

　　女人说，那你蹲下来干什么？你一定看到了。你说你看到了，我就不追问了。

王南方支支吾吾地说，真的，我什么都没看到……

女人说，没想到，你王南方这么老实的人也干这缺德事。

王南方说，我没干缺德事……我没……真的没……

女人说，你没干缺德事，你磕巴什么？

王南方说，我……我……我就看了一眼，连忙就蹲下来了。

女人说，你还是看了。

王南方从地上站起来，说，我不是有意的，我来给我家秦楚楚洗旗袍，我以为你关门呢，就顺着窗缝看了一眼……就看一眼，谁想到你在洗澡……再说了，看在眼睛里又拔不出来……

女人说，你个王南方怎么也变成流氓了？小心我告诉你家楚楚。

王南方紧张了，脑门子都出汗了。

王南方说，别……别……我求求你了……

女人说，你既然这么说了，我就饶了你，也就是你王南方，要是别的男人，我非挖出他的眼睛不可……

王南方把旗袍递过去，说，帮忙把这个洗洗，明天早上我来拿。说着王南方掏出二十块钱。

女人说，你以为我是机器啊？干什么这么猴急的？

王南方说，你又不是不知道秦楚楚那个人，她要是找不到这件旗袍，还不撕破我的脸啊？

女人同情地看了眼王南方，发出长长的一声叹息。

女人名叫曹晓燕，几年前丈夫在外打工死了。一个人带着孩子在镇上开了这家洗衣店，兼给人做些衣服什么的，勉强维持着日子。她丈夫德良，王南方也认识，是中学的同学。德良没出去打工的时候，也在一起玩。德良死后，王南方再见到曹晓燕，也就点点头。毕竟，寡妇门前是非多。主要还是街上的那些烂舌头。男人倒没什么，女人就受不了了。德良死的时候，王南方还没跟秦楚楚结婚。从曹晓燕的眼里，王南方多少还是感觉到了什么，但他回避着。

刚才，他看到曹晓燕在洗澡，一盆水，从头上泼下来，那些碎玉般的珠子从头上落下来，在她白嫩的身上滚动着，颤颤的乳房，一耸一耸的。

这是王南方活到三十四岁，看过的第二个女人光着身子。第一个是秦楚楚的。心里的那股子漾动不一样。像火在蹿跳，烧得心里面热热的，连血液也跟着烧起来，在血管里发出哗哗的声音。还有，刚才曹晓燕说的那句话："……也就是你王南方，要是别的男人，我非挖出他的眼睛不可……"什么意思？什么叫"也就是你王南方"？

王南方正在发愣，突然，曹晓燕说，还傻站着干什么？帮我把栅板摘下来啊？

王南方缓过神来，把窗户上的板栅摘下来。摘板栅的时候，他往窗户里面看着，脑子里还是刚才看到的情景。这也奇怪了，连王南方自己也想不明白了。自己哪出了问题？

"栅板摘了，你倒是把窗户帮我打开呀？你想热死谁呀？"曹晓燕说，扭转身子走进去。

王南方打开窗户，趴在窗台上，看着曹晓燕在屋子里走动，一股清爽爽的凉气，在屋子里流动似的，直扑到他的脸上，身上……舒舒服服的。王南方看见曹晓燕拖鞋里的脚指甲上竟然抹了红色的指甲油，像几个红樱桃。

曹晓燕一边干活，一边说，怎么不敢进来啊？怕我吃了你啊？对了，我自己做的凉皮，你进来，我给你盛一碗。你晌午吃饭了吗？

王南方说，对付了一口。

曹晓燕说，你在钢厂干那么重的活，再加上上夜班，熬的都是心血啊，可不能对付，别人不照顾你，你自己也要照顾你自己啊。

这话说的，让王南方心里面热乎乎的。

曹晓燕说，我现在是想疼人，都没得疼了，那死鬼说走就走了。

王南方安慰着说，会好起来的。

曹晓燕说，好个屁。

曹晓燕放下手里的活，过了一会儿，从厨房端出一碗凉皮，里面拌了麻酱还有黄瓜丝，闻上去就清凉凉的。

曹晓燕说，你不敢进来吃，就在这吃吧。

她递给王南方，又回去干活了。

王南方开始还有些不好意思，端着碗，怔了一会儿。

曹晓燕说，怎么？怕我下毒药了啊？

王南方说，不是，不是。

王南方大口地吃起来。

曹晓燕问，南方，你一个月能开多少钱啊？

王南方说，两千多吧。

曹晓燕说，你自己留个心眼儿，别都交给秦楚楚，都让她扔到赌桌上了。我这么说，不是挑拨你们夫妻关系啊。

王南方说，你是好人，我知道的。我也是好人。

王南方傻笑着。

王南方突然想起什么，说，我得回去做饭了，要是秦楚楚中午回来吃饭，发现没有饭的话，又要闹翻天了。

王南方把碗放在窗台上说，我走了，明天早上下班我来取旗袍。

王南方鬼一样消失了。

曹晓燕站在窗边端着王南方吃剩的空碗，看着王南方在她泪盈盈的眼中，慢慢地变成一个黑点儿。其实，近两年来，她越来越感觉到秦楚楚骨子里的那股子南方的霸气。这股霸气，透着南方的潮湿、润朗，让她矮了很多，很多。

三

秦楚楚这个时候，在赵五一的麻将馆里，是那么狼狈。她输得没钱了。这段时间，她手气就没好过。她从烟灰缸里拣了一个烟屁儿叼在嘴里，用打火机点着。火苗一蹿一蹿的，差点燎了她的头发。

那三个男人看着秦楚楚说："还玩吗？你都没钱了。"

一个人说："要不你……"

秦楚楚说，滚蛋。你想得美。

秦楚楚到北方三年多，说话已经有了北方的硬气。甚至是杀气。

另一个男人看着秦楚楚，眯着眼睛笑了笑。

"要不我们玩脱衣服的吧？你输了你就脱衣服……"

秦楚楚犹疑了一下，说："脱就脱，谁怕谁。"

麻将继续哗哗地搓起来。十分钟没到，秦楚楚就输了一锅。

男人们看着她，都不说话。其实，他们的眼睛在说话。"怎么样？脱吧。"他们的目光像手，在等待着抚摸。

"脱就脱，有什么了不起的。"

秦楚楚开始脱了外面的一个罩衫。

男人们的目光哗然了，发出嗡嗡的苍蝇般的声音，扑了过去……

脱掉外面罩衫的秦楚楚身上只剩了一个黑色的蕾丝胸罩，紧紧地兜着她的乳房。锁骨和乳沟形成两个同方向的三角。小肚子上没有一丝儿的赘肉。她的腰那么细，一把都可以掐过来。皮肤是那么嫩，那么白。男人的目光在她的皮肤上打滑，就像落在了大理石上。

秦楚楚叼着烟屁，说："来——我们继续。"

男人们还没缓过神来呢。他们还是第一次见到皮肤这么好的女人，嘴里发出啧啧的叹息声。

秦楚楚看着他们贪婪的目光，表情是严肃的。

"你们还想看就再来一锅儿。"

男人们异口同声说："来……"

其中的一个男人说："我去一趟厕所。"

另一个男人开玩笑说："老七这一定是直了……去解决……"

他们哈哈地笑起来，透着野兽的喘息声。

整个麻将馆里的人的目光都被秦楚楚的样子吸引过来，就好像秦楚楚是一块磁铁，把他们的目光的碎屑都吸过来了。

"南方女人就是不一样……仙女一般……像画上的人儿……那细皮嫩肉的，看着就让人心里面痒痒……"

有人感叹着。

很多人围了过来，像一股热浪扑过来。

秦楚楚也觉得脸有些热，但她骑虎难下。她嚷嚷着：

"没看过吗？你们的家里没有吗？你妈没有吗？有什么稀罕的？"

秦楚楚就像一枚炸弹，轰炸了整个麻将馆，也轰塌了那些男人的心。烟尘滚滚而起。

赵五一有个傻儿子，正对着风扇在吹，手比画着，仿佛在与转动的风扇作战。骚动的气氛还是影响了他。他转身看到了秦楚楚的样子，跑过来喊着，我要吃奶。

整个麻将馆里哈哈的笑声就像一锅沸水，煮得秦楚楚很不舒服。

桌上剩下的两个男人喊着围过来的人群里的一个人说：

"你来玩吧，我看老七还没解决完。"

这个人有些战战兢兢地坐下来。

牌局继续。

麻将馆这一锅沸水，仍在咕嘟咕嘟地沸腾着。其中也有女人嫉妒的目光。她们心里说，这个不要脸的女人。她们的目光是愤怒的，恨不得马上就扒光这个女人。这个南方来的女人。

这时候，一个细小尖脆的孩子的啼哭声，从门外传过来。

秦楚楚怔了一下，透过玻璃看见一个女人领着一个三岁大的孩子。那孩子嘴咧得像瓢似的在哭着。小孩哭得声嘶力竭。可是那个领着他的女人仍无动于衷，一脸气哼哼的表情。秦楚楚像受了刺激，手里的牌抖动着，停止下来。

男人们说，出牌啊！

秦楚楚仍旧一动不动，手抖得厉害。

孩子的哭声仿佛让她复活了一样……打开一道闪着幽暗光线的门……

秦楚楚站起来，说，不玩了，你们爱咋地咋地。今天，我不玩了。

秦楚楚站起来就往外走。

他们的目光，他们的声音跌跌撞撞地追赶过来，一个个摔得鼻青脸肿的，她都没有回头。

"我们还等着看……你怎么不玩了……"

这话里，让秦楚楚感觉到了对自己的侮辱，对自己南方的侮辱。也许是那孩子的哭声让她惊醒了，她麻木太长时间了，三年了……

这其中还有别的事情。

秦楚楚跟着那对母子走了一段路。只见那对母子拐进了一家超市。秦楚楚就站在外面等着，日光晒得她几乎要枯萎了。那对母子才从超市里走出来。男孩的嘴里含着一根棒棒糖，脸上笑逐颜开的。小鼻子小眼睛都挤到一块了。秦楚楚又跟了一段时间，神神秘秘的，像一个女特务。

男孩的母亲回头问，你跟着我们干什么？想拐卖孩子啊？

秦楚楚没有说话，扭身走开了。

女人骂了一句，神经病。

秦楚楚听了那话，没有生气，也没有离开多远，而是躲在路边的一棵柳树后面窥看着。目光的嘴唇，在孩子粉嘟嘟的小脸蛋上亲着，吻着，恨不得，含在嘴里。此刻，她心里面的那股子稀罕劲，像一根绳子，在拧紧，拧紧，再拧紧，让她几乎透不过气来。眼泪唰的绷不住了，从眼眶里，跳出来。阳光从树梢上漏下来，细微的光柱中，她的眼泪，在飞。随着树叶被微风吹动，那眼泪在光柱里，颤抖着。

这时候，突然，有人从后面抱住了她的细腰。她"啊"的一声，说："谁？谁？你要干什么？赶快松开。我要喊人了。"

"别说话，我是老七。我想死你了。你就跟我一回，我就是做牛做马都行。"

"你想得美，你老七也不撒泡尿照照，你老七是什么东西。"

"你……"

秦楚楚感觉到腰间被一个坚硬的东西顶上了。

"信不信，我杀了你？"

"你杀了我吧，反正我也觉得活着没什么意思。你动手吧，要不你就是王八蛋。"

"你个臭娘们，没想到你现在的北方话说得这么地道，不像刚来那阵说的都是鸟语，我们连一句都听不懂。你说说你的鸟语，我喜欢听你说鸟语，软软的，让人心里面舒坦，像糖一样，可以把人融了，化了。干不成你，你就叫几句老七……老七……"

秦楚楚随便说了一句家乡的方言，软软的，饶舌的，尖锐的。其实是一句恶毒的咒骂。

秦楚楚突然喊了一声："王南方……"

老七吓了一激灵，说："哪呢？王南方。"

只见王南方从对面走来，手里拎着一条活蹦乱跳的鲤鱼。老七连忙跑开了。

看见王南方憨憨地笑着，秦楚楚的心先还是坚硬的，慢慢变得柔软起来。

她慢步走过去，说："南方，今晚给我做鱼吃啊？"

王南方说："是啊！红烧鲤鱼，你一定爱吃。"

秦楚楚没说话，两个人并肩走着。那鲤鱼在王南方的手里，扭动着身子，零星的鳞片白花花地掉落在地上，像街道的眼睛。

秦楚楚的胳膊不知道什么时候挽在了王南方的胳膊上。王南方有些紧张，这可是第一次，第一次。从结婚到现在，他们从来没挽着走过。就是去登记的时候，也没。王南方没说什么，心里面像海水一漾一漾的。

四

晚饭后，他们做爱了。这对于王南方来说感觉到有些意外。他很紧张，做得有些仓促。从结婚以来，他们只做了有限的几次。这次是秦楚楚主动提出来的。仓促的王南方不好意思地说，对不起。秦楚楚没有说话，眼睛看着窗外，天空上挂着一轮白月亮。有一股亡灵的气息。秦楚楚说，你睡一会儿吧，半夜还要上班呢。王南方说，好的。王南方的心里面是满满的甜蜜。其实，王南方自从跟秦楚楚结婚以来，心里就没踏实过。她就像丢了魂似的，虚浮在生活之中。这个夜晚，他隐约感觉到秦楚楚的魂回来了。即使做得仓促，但那动作带着占有欲，进入她，仿佛他们是老夫老妻了。但他没想到的是，天上的那轮白月亮，把她的魂又带走了。秦楚楚赤裸裸地走到窗前，看着白月亮。一丝柔软的幽冷。白月亮仿佛也在看着她，这个南方女人。扑簌簌，秦楚楚的眼泪落了下来。一个世界只有一个月亮。不可能掰成两半。不可能。她想起了斯栋。

那生命中的，黑暗的南方。让她逃离到北方来，现在成了王南方的女人。可是，内心仍旧无法逃离和真正的解脱……她的身体还是拒绝对北方，拒绝，对北方的这个男人彻底打开……深植于身体里的血液是庞大的根系，仍旧牵扯着她的南方……血的，肉的，灵的，魂的……化不开。真的化不开啊！这么想的时候，她又感觉到一丝对王南方的愧疚。一个好人。但她管不住自己的魂，管不住啊！她回头看了眼酣睡的王南方，又看了看天上的白月亮。最后，还是把头转向了月亮。月亮像一个白纸片，贴在黑暗的天空上。她的目光在上面描摹着一个面孔。

斯栋是她的表弟。那个时候，他每年暑假都要到卡尔里海海边的她们家来玩。其实，他们两家距离也不远。他妈去美国了。他父亲又找了一个年轻的女人。他孤单得就像一个孤儿。他妈说，绿卡下来，就接他过去。她在一家工厂里的机关上班，下班后就会陪着他玩。卡尔里海那时很蓝，很蓝。在落日的金色的光芒中，海水像浮动的金色液体。一座长长的栈桥延伸进海水中。他们光着脚，在海滩上嬉戏着，追赶着。玩累了，他们躺在沙滩上，看着蓝的天，看飞机飞过。斯栋会问，姐，如果让你给飞机涂上颜色，你涂什么颜色？秦楚楚想了想说，绿色。天空是云的故乡，我希望有一抹绿色存在。你呢？秦楚楚反问。斯栋说，红色。秦楚楚感到诧异，问，为什么是红色？斯栋说，像一抹血，给天空的苍白注入生命的基因……我喜欢红色，我觉得红色是我灵魂的颜色，我要把它涂到飞机上……带到灵魂存在的地方去。从斯栋的话里，秦楚楚感觉到隐隐的哀伤。秦楚楚转移话题问，你在大学里没处个对象吗？斯栋说，没。我不喜欢那些没有灵魂的人。她们被物质包裹着肉身，像一具具行尸走肉。仅仅是肉身……她们用肉身换来她们所谓的幸福……你懂的，姐。秦楚楚嗯了一声。天上的飞机不见了，留下一条长长的烟雾线，渐渐变淡，变没。好像融入了天空的身体里。一轮白月亮在天空上。斯栋说，姐，你看，白月亮，像不像黑夜祭礼上的器具。秦楚楚不懂，觉得斯栋说的话像诗。

秦楚楚从沙滩上爬起来，说，我们回去吧。

斯栋还躺在沙滩上，说，姐，我不想走。

秦楚楚上来拉斯栋的手，说，走吧，天天玩，还玩不够。

斯栋顺着秦楚楚的手臂，站了起来。两个人贴得很近，斯栋亲了一下秦楚楚的脸，然后，跑开了，跑向栈桥。

秦楚楚觉得脸上热热的，那个有力的吻，像一个火炭，在脸上烧着。看着那个羸弱的、奔跑的背影已经上栈桥，手放在嘴上，做喇叭状，对着大海喊着，姐，我爱你。

秦楚楚笑着，看着斯栋的身影。心里面就像金色的海面，漾漾地荡动着，起伏不定。她漫步走向栈桥，依靠在桥栏杆上。海风吹着她的头发在风中飞舞。斯栋转过身来，说，姐，你听到我喊的话了吗？秦楚楚脸红了一下说，你喊什么了？这海潮的声音这么大，我什么都没听见。

斯栋说，你听见了，你脸红了。秦楚楚板着脸说，我说没听见就没听见。斯栋说，那我就再喊一遍。秦楚楚说，别喊了，叫人听见了笑话。斯栋看着秦楚楚的脸色说，姐，你生气了？秦楚楚说，是的。斯栋说，姐，我说的是真心话。秦楚楚说，什么真心话不真心话的，不跟你玩了。我走了。秦楚楚说完，转身，走下栈桥。斯栋发疯地对着海水喊着，姐，我爱你。嗓子都喊哑了，还在喊着。然后，纵身跳进海水里。这回，秦楚楚可懵了，连忙跑上来，也跳进海水里。尽管斯栋也出生在海边，可秦楚楚知道他不会游泳。秦楚楚在海水里游动着，拉住斯栋的手说，你干什么呀？斯栋问，姐，你不喜欢我？姐不喜欢，我觉得活在这个世界上没意思。秦楚楚说，姐喜欢你还不行吗？姐求求你，跟我上岸吧。斯栋笑了笑，脸上闪动着跳跃的泪光。也许是海水的光。斯栋靠过来，亲着秦楚楚的脸。他的嘴唇像一个探测器，慢慢地找到了她的嘴唇。柔软的嘴唇。鲜嫩的嘴唇。摩挲着。用舌头撬开两瓣嘴唇，像海蛇一样，两个舌头缠绕在一起。那柔软的器官成了他们身体的主宰。过了一会儿，秦楚楚冷静地抽身出来说，上岸吧，这样我们都会死在海里的。斯栋说，不。秦楚楚拉下脸说，你还是我弟吗？你还喜欢我吗？你喜欢我，就听姐的话。斯栋憨憨地说，我听姐姐的话。

　　斯栋大三的那年秋天，被学校开除了。他回到卡尔里海这儿。秦楚楚想问为什么，还是没问。斯栋说，姐，我要娶你，我们生一大群的孩子，在这海边，我们带着他们玩。这是斯栋说得最多的话，更多的时候，他是一个人在海滩上坐着，对着浩瀚的大海，一句话都不说。整个人变得更瘦了。秦楚楚偷偷给学校打了电话，电话那边说斯栋违反了学校的规定……斯栋同学在什么地方？警察正在找他呢。秦楚楚上网，还真查到了一些蛛丝马迹。一天夜里，很晚了，斯栋还没有回来。秦楚楚害怕了，去海边找他。看见他孤单的身影，坐在海边。她悄悄地靠过去，坐在斯栋的身边。秦楚楚说，姐不希望你这样下去，姐希望你快乐。世界这么大，我们无法改变什么，但我们只能活我们自己……你说呢？我们安静地活我们自己……姐嫁给你，你要对姐好，你要疼姐……姐才敢嫁给你……姐不希望嫁给一个不快乐的人……

斯栋扑进秦楚楚的怀里，喊了一声，姐。就泪流了，泪流满面了。秦楚楚就姐般地抱着他，心疼着他。疼着疼着，就把他疼到了身上。缠绵。姐，我要你，斯栋说。他们躺在沙滩上，天上还是那轮白月亮。海水的声音淹没了他们的声音。她感觉到他的种子播进了她的身体里……疯狂中，斯栋说了句，我要用我百孔千疮的肉身拯救世界……秦楚楚躺在那里，知道自己将为此付出代价。事后，斯栋站起身，站在海边，点燃了一支烟，他羸弱的身体就像一个刀片切进黑夜的身体。烟头的光亮，一闪一闪的，是那么微弱，渺小。斯栋说，我爱夜晚。夜晚才是一天的开始。秦楚楚的眼泪顺着眼角留下来。这个小男人夺走了她的魂了。她知道。

几天后，斯栋被警察带走了。

秦楚楚在工厂里上班，不知道。等她回到家的时候，邻居们告诉她的。说在海边，警察带走了斯栋。斯栋没有反抗。只是，不时回头看着大海。

秦楚楚一个人去了海边，对着汹涌的海水，坐在栈桥上，呜呜地哭着。她的预感应验了。一个月后，一个电话说，斯栋在监狱里自杀了。在斯栋身上发现一个纸条，写着：姐，我的死亡与任何人无关。我死后，姐要把我的骨灰撒在卡尔里海里。如果有重生的话，我会在海水里看着你，在海边等你，陪伴着你。秦楚楚看到这个纸条的时候，整个人都瘫软了，连哭都不会哭了。她冷静地接过骨灰，抱在怀里，仿佛还感觉到骨灰的余温。她一个人雇了条快艇，举行了一个人的葬礼。那些海鸟是葬礼唯一的参与者。还有，天上的那轮白的月亮。本来，秦楚楚也想一头扎进海里，但一周前，她阵阵地呕吐，医生说，她怀孕了。

……

孩子出生后，她抱着孩子到海边，说，斯栋，你的孩子，你在天有灵的话，你应该能看到……我会好好养他，把他培养成人……

孩子在她说完话之后，突然，大声哭起来。哭声铺天盖地，传出好远好远。秦楚楚也跟着哭起来。

孩子三岁的时候，突然，有一天夜里，浑身抽搐起来。秦楚楚连忙抱着去医院。到了医院，孩子已经不行了。

接连的打击，秦楚楚变成一个精神恍惚的人。每天都游荡在海边，像一个幽灵……

直到有一天，住在北方的姨妈把秦楚楚接来了蓝镇。

灰蒙蒙的苍穹下，远山是那么沉寂、神秘，甚至是阴森的。白月亮隐没了。秦楚楚也想说服自己，把过去都忘了，换一个环境，重新活一次……这一年多来，她有些喜欢北方的庞大，北方的磅礴，北方的肆无忌惮，北方的简单明了……可是她不能……那片南方的土地在招她的魂……还有那个斯栋……她要回去守着他们的魂……

五

秦楚楚失踪了。

整个蓝镇炸开锅了。说什么的都有。更多集中在秦楚楚是南方的小姐，跑到北方来避难了。还有就是秦楚楚被一个男人甩了……也有人说，秦楚楚可能被什么人绑架了……

话题翻飞。淹没了整个小镇。

人们看王南方的目光也变得诡异起来，甚至是幸灾乐祸的。王南方听了他们的话，很生气。他开始骂人了，你们他妈的就不能不嚼舌头，不嚼舌头能把你们当哑巴卖了吗？从秦楚楚来我们镇的那一天起，你们就嚼舌头。秦楚楚嫁给了我，你们继续嚼舌头。现在秦楚楚失踪了，你们还嚼舌头……你们的舌头怎么了？是不是不嚼你们心里难受，小心我把你们的舌头割下来……

王南方在镇上找了一天，没有找到。

王南方又去了临镇，还是没有找到。

王南方只好报警了。

可是，一天天过去，眼看就一个月了。派出所没有消息。王南方上火上得嗓子都发炎了。嘴唇起了几个火泡。说话的声音都是嘶哑的。他去秦楚楚姨妈家，说，楚楚会不会回南方老家了？我想去那找找看。秦楚楚姨妈说，我也不知道。你要去就去吧。这孩子，真让人担心，要是有个三长两短的，我怎么对得起我死去的姐姐啊？秦楚楚姨妈说着，就哭了。王南方说，姨妈，你别哭，我会找到她的。

王南方从秦楚楚姨妈家出来，只觉得天昏地暗的。空中的黑色云朵，急速地行走着，像一群逃亡的动物。走在街上，王南方回忆起那天秦楚楚第一次挽着他的胳膊，还有那天晚上的……现在想想，秦楚楚有些反常。

这时候，迎面走过来一个人说，太子河里淹死了一个人。你去看看，不会是你家楚楚吧？

王南方急匆匆地向河边跑去。跑到河边，一看，围了很多的人。有人在河里打捞。没想到捞上来的不是人，而是一头死鹿。人们说，一定是河上游的养鹿场里跑出来的，掉进河里淹死了。王南方的那一点火星般的希望，也灭了。

一个人坐在河边，心里面一遍遍地说，秦楚楚，你上哪去了？你上哪去了？你要是离开我的话，你也跟我吱一声啊？我知道，你不喜欢我，你从嫁给我的那天起，你就像一个丢了魂的人，我知道，现在算什么？你是我的媳妇，你不明不白就失踪了？我知道，我王南方能娶到你是老天爷给的福分，我不配你……但你总该吱一声……是死？是活？你……

王南方说着说着，眼泪就流了出来。

王南方一边流着眼泪一边说，你可能不相信，你来镇上一年多了，我也知道，路过你姨妈家门前的时候，我看到你坐在窗台上……你看上去就像一个病人，脸色苍白……从看到你第一眼起，我就心里想要疼你这个人了……没想到，有一天，我妈托梦给我，说有一个外地来镇上的女人将是我的媳妇。这镇上，就你一个外来人啊。我妈托的梦，让我激动了好几天。突然，有一天，邻居王大妈过来找我说，南方啊，你妈给我托梦了，让我给你说媒，就是镇上外来的那个南方女人……你说奇怪不奇怪……我妈死了很多年了，还惦记着我的婚事，她竟然相中了你……你说这不是命是什么？我更没想到的是，王大妈去你姨妈家说这事，你竟然同意了。几天后就嫁给我了……我看上去像一个傻子，但我心里有数的，我知道你心里藏着什么，但我不知道是什么，看不见也摸不着的，我无法帮你解开，你一天天去打麻将，我没有怨你……你没有尽一个妻子该尽的责任，我也没有怨你……我相信，我对你好，总有一天你会回心转意的，现在你走了……还是……在没看到你的……我就不会死心，我一定会找到你的……到时候，是离婚还是什么的，我都会答应你的……现在，你还是我的妻子，我就要尽一个丈夫的责任……找到你……

王南方突然想起了什么，弹簧般从地上站起来，擦了擦眼泪。在路上，拦了一辆摩的。摩托司机问，去哪？王南方说，明月寺。摩托司机为难地看了眼王南方说，一百多里地呢，你还是找别人吧。王南方说，我给钱，你要多少？摩托司机说，一百块吧。王南方说，走。妈活着的时候，就说过，明月寺的签很灵的。王南方想去抽一签看看，也许神明能指点他秦楚楚在什么地方。

因为洪水冲坏了去明月寺的路，摩托车绕了很多弯路，两个多小时才赶到明月寺。

明月寺坐落在一个山坡上。王南方给了司机车钱后，对司机说，我再给你十块钱，你在山下找个地方喝点水，吃点饭，一会儿再带我回去。司机说，冲你这仁义，回去我只收你五十。王南方没有听完司机的话，就顺着一条山路向明月寺跑去。

明月寺的香火很旺，香烟缭绕的。

一进寺庙内，王南方整个人一下子就变得安静下来。从里到外的安静。他先买了一炷香，跪在香炉前，拜了三拜，心里在默默地说着什么。然后，开始找抽签的地方。一个中年的和尚坐在那里。王南方轻声说，我想抽个签。和尚指了指身后的菩萨说，先拜菩萨。王南方跪下又开始拜。还往功德箱里投了一百块钱。和尚拿出一打纸签说，施主请抽。王南方闭着眼睛，摸了一个，递给和尚。和尚问，施主想求什么？王南方说，我媳妇失踪了，我想找到她。和尚看了看王南方，又看了看手里的签，说，你将劳苦，她在她的地方，你在你的地方，风筝终落，子嗣归来，谜团方解。王南方听得稀里糊涂的，忙问，什么意思？和尚说，我已说了。施主请便吧。

从明月寺出来，王南方失落落的。他没有得到明确的答案。回到蓝镇，他给同学王启明打电话说，你让你媳妇在医院帮我开一个月的病假。我要去南方……

六

王南方临行前，特意去书店买了一张全国地图，还买了一个放大镜。回到家，把地图铺在地上，趴在上面，举着放大镜，找秦楚楚居住的那个小镇。在蚂蚁般的地名中，他花了近半个小时，才找到那个叫迦南的小镇。进一步放大，那个小镇的形状，像一颗心，隐没在南方的山水之中。看到迦南小镇的时候，王南方的心怦怦地跳着，就好像看到了一个多月来没见到的秦楚楚似的。他的心悬着，随时，都要从嘴里蹦出来似的。他还是像吃了颗定心丸。尽管茫然，他还是很高兴，好像秦楚楚就在那里等着他似的。

王南方很早就躺在床上，却不停地翻身，怎么都睡不着。这没有女人的屋子，好像没有了生命一样，一点儿热乎气都没有。他的身体里，有一条忧虑的隧道。在这条隧道里，他看到的只是秦楚楚的背影。他甚至邪恶地想到了绑架，要不就杀了她。他为自己的想法哆嗦了一下。怎么可以这样呢？他想起以前看到报纸上说，有一个男人把一个女人锁在山洞里，一锁就是三十年。这样的事，他王南方做不出来。迷迷糊糊，还是睡着了。在梦中，各种野兽追赶着他，但秦楚楚就在前面，也不来搭救他。他在梦中，哭泣。

醒来的时候，头疼剧烈，一看钟，已经是早上七点多了。

窗外，下雨了。雨点噼里啪啦地打在玻璃上，每一块玻璃看上去都泪流满面的，让人心碎。

王南方冒雨出门了。雨落在他的身上，像无数根鞭子。他顾不得这些，在雨中匆匆地走着。闪电像空中的树木，亮一下，又消失了。它们隐没在黑暗之中。王南方走在街上，雨水淹没了街道。哗哗的流水，涌进路边的下水道。雨中的王南方看上去是那么孤独，不时瑟瑟地抖一下身上的雨水，或者甩一下头。他没有带伞，这是有原因的。因为，他的心里忌讳这个"伞"字，谐音，散。

王南方等长途汽车的马路在半山坡上。那个角度，可以看到整个小镇的全景。整个小镇在潇潇的雨中，看上去湿漉漉的，有一股悲伤的意味。王南方鼻子酸酸的，几乎要哭出来。他长这么大，还没有离开过这个小镇。这次，为了一个女人，一个南方的女人，他要离开了。也不知道什么时候能回来，也不知道能否找到那个叫秦楚楚的女人。这么想的时候，眼泪真的就从眼眶里流出来了，和脸上的雨水混合在一起，冰凉冰凉的。那个虚无的南方，让他茫然；那个虚无的南方，让他的心悬浮着；那个虚无的南方，让他心怀向往。只因那个女人。

雨越下越大，王南方看了看四周，无处可藏。他就像一棵树木，站在雨中，逆着雨水向上生长……也顺着雨水的方向扎下巨大的根系……一直到那个虚无的南方。

这时候，有一个人影举着伞，走过来，越来越近。等对方走近了，王南方才看清楚是曹晓燕。

王南方说，你怎么来了？

曹晓燕把雨伞靠过来，遮挡在王南方的头上。

曹晓燕说，怎么连把伞都不带啊？看你浇的。这秋天的雨凉，感冒了，看你怎么去南方？

王南方说，没事的。我这身体强壮着呢。

曹晓燕掏出一块手绢，说，擦擦吧。

王南方接过来，擦了擦。

曹晓燕说，你这一走，十天半个月的回不来，在路上可要注意了。吃东西找那种干净的地方，睡觉也要找那种卫生的地方，别光想着省钱。再说了，你没出过远门，这一路上，车的，船的，都要注意了……我怎么婆婆妈妈的了……

王南方不知道怎么回答，只会点头。

曹晓燕说，遇上什么事了，给我打电话。看我光顾说话了，我给你包了一碗饺子，本来送你家去的，你不在，我就想你一定在这等车呢。趁热吃了吧，图个吉利。

曹晓燕把拎来的饺子，递给王南方。

王南方从昨天晚上就没吃饭，真饿了，用手抓过来，狼吞虎咽地吃起来，一边嚼着，还一边说，真香。我只在我妈活着的时候，吃过这么香的饺子。

曹晓燕看着王南方笨拙的吃相，想笑，又笑不出来，内心里一阵阵的酸楚。

曹晓燕说，等你回来，不，是你们回来，我给你们包，让你们吃个够。

王南方说，秦楚楚一定喜欢吃饺子的。到时候，我也学着包，到时候包给秦楚楚吃。

曹晓燕手里的雨伞倾斜了一下。

曹晓燕说，这世道很乱，什么人都有，干什么事，你都要留个心眼了……

王南方说，嗯。

曹晓燕说，到了南方，要是见到人家了，你要好好跟人家说，再怎么说，也是夫妻一场……

王南方说，嗯。

曹晓燕说，别上火，多喝水……这一路可不近乎，路上遇到的人也多，要少说话……

王南方说，嗯。

长途汽车从山拐角处开过来了。

王南方听到声音，连忙把手里没吃完的饺子递给曹晓燕说，车来了，我走了。

曹晓燕说，一路平安。

王南方没有回答，冲着汽车，跑过去。汽车戛然而止，停了下来。王南方回头，向曹晓燕挥了挥手。

汽车门关上了。曹晓燕才喊出来一句，我等你回来。可是，汽车已经从她的面前开过去了。看着汽车的背影，曹晓燕心里说，你这是为了什么呢？你贱。你他妈的真贱。她这么骂着自己，收了雨伞，任雨水淋在身上。

雨中的小镇看上去空荡荡的……

七

王南方坐在车里，昏昏欲睡。他再一次梦见秦楚楚。还是那副不笑的脸孔。两个眉毛紧蹙着。眉眼间，有一种散不去的忧伤。

王南方说，楚楚，我们回家吧。

秦楚楚说，我要回我的南方，再也不回北方了。

王南方说，到底为啥？是我对你不好吗？

秦楚楚说，不是。

王南方说，那为啥？

秦楚楚说，我不想说。你还是回去吧。这辈子算我欠你的，下辈子我要是还做女人的话，我一定会报答你的。

王南方听了秦楚楚的话，就哭了，心一阵抽搐，就疼醒了。摸了摸脸，一脸的泪水。车上的人好奇地看着他。他连忙低下头。尽管两个人在一起生活了一段时间，但秦楚楚还是像一个虚无的影子，缥缥缈缈的。这南方的行程，带给他的是一种未知的酸楚。

车开了一天一宿，司机在一个旅店门前停下来，让大家下去待会儿，买点吃的，喝的。王南方下去买了瓶水，就上车了。还有几个小时，才能到达棕树城。他要在那里坐船。夜晚的窗外，闪烁的灯火像一只只明亮的眼睛，让王南方感觉到陌生，和陌生带来的孤独。那孤独就像一种酸性的液体，腐蚀进他的骨头里去。他还记得那个洞房之夜……他第一次看到秦楚楚……他的心怦怦直跳，好像随时都可能从嗓子眼里跳出来……但那个夜晚，他什么都没干……秦楚楚不让。应该是后半夜，他睡不着，强行爬到秦楚楚的身上，没想到，秦楚楚也没睡，一脚把他蹬到了地上……秦楚楚说，我还没准备好。王南方说，准备什么？秦楚楚说，对不起，我的心里还没准备好。王南方不知道说什么。他们的第一次，是在王南方下夜班后的一个午后……王南方睡醒了，发现秦楚楚没去打麻将，而是一个人坐在床前抽烟，脸上挂着泪珠。王南方问，你怎么了？是不是想家了？秦楚楚哭得更厉害，眼泪噼里啪啦地落下来，扑进王南方的怀里……

王南方美滋滋的回忆随着汩汩的血液奔涌过全身的每个角落……热热的……他下意识地抱了抱自己，就像抱着秦楚楚似的。

这时候，只听，轰的一声巨响，汽车剧烈地震颤着，接着，整个汽车开始坠落……又轰隆一声，王南方什么都不知道了。等王南方醒过来的时候，已经是在医院里。原来是他们夜晚坐的汽车行驶在一座桥上，那桥突然坍塌了。整个汽车从断桥上栽下去……据说，还死了两个人。王南方觉得腿被什么东西绑着，揭开被子看着……几乎要哭出来说，我这腿咋的了？还能动吗？我还要去南方呢……医生安慰说，没有大事，只是，小腿骨折了。过几天挂拐就能下地了。王南方动了动，一阵阵的疼牵扯着骨头，牵扯着心，像一把小锤子在敲打着。这可咋整？这可咋整？他一遍遍地嘟囔着。好像，这一耽误，秦楚楚就会蒸发了似的。他心急火燎的。门口还有保安站岗。一个傍晚，王南方趁保安不注意，挂着拐杖，从医院的后门逃走了。天已经黑了，王南方有些饿，一摸身上，什么都没有了，什么都没有了。他本想回医院去，再一想，要是医院不让走，怎么办？怎么去南方找秦楚楚呢？他心一横，活人不能让尿憋死，就是走，也要走到南方去。王南方忍着饥饿，茫然地看着这个陌生的小镇，他四处打听去棕榈城的路。人们就告诉他，要是走的话，三天才可能走到。一瘸一拐的王南方发愁了，这一条瘸腿，可怎么办？王南方坐在路边，只见一些工人在忙碌。他们在锯着路边的银杏树，刺耳的电锯声，让人们感到愤怒。有路过的老人喊着说，这活了几十年的树，都成了小镇的风景了，干什么要锯掉啊？没有人回答老人的问话。只见一棵棵银杏树轰然倒地，就像一个个巨大的尸体。电锯的声音里，王南方甚至听到了那些树哭泣的声音……他一瘸一拐地离开，在路边的垃圾箱里找了些可以吃的，看了看，还是忍着，吃下去。一边吃着，一边按人们说的，向去往棕树城的公路走去……

王南方坐在公路边，看见一辆通往棕树城的汽车开过来，连忙伸手，挥了挥，整个身体看上去就像一棵倾斜的树。汽车停下了。售票员连忙拉了王南方一把，还开玩笑说，怎么刚从战场上回来啊？汽车关上门，继续行驶。王南方刚坐下喘口气，售票员就过来收票。王南方说，我的钱……售票员铁青着脸说，没钱，你坐什么车？下去。尽耽误我们时间。王南方说，求求你，让我到棕树城吧。求求你们……王南方就差给售票员跪下了。售票员说，没钱，滚下去，司机停车。车停了，王南方拄着拐杖，挪到车门，还没等他的拐杖下去，找到稳固的支点，就被人从身后踹了一脚。王南方被踢出了车门，在地上滚了几下。等他缓过神来，汽车已经开走了。他坐在地上，置身在一片荒芜的黑暗中。那黑暗进入他的灵魂，他在思索着秦楚楚的失踪……不知道秦楚楚在哪里。他躺在草丛里，想象着自己死了……进入一个虚无的世界。也许是责任，让他睁开眼睛。月亮第一次进入视野。他还是要完成他寻找的旅行。他爬起来，找到拐杖，竟然被折断了。他勉强拄着剩下的半截，像从战场上归来的伤员，再一次回到路边。他拦了几辆过往的汽车，都没有停。他有些泄气，顺着黑暗的公路，往前走着。不时，有汽车强烈的灯光照着他，几乎穿透他的身体。更多的时候，他囚禁在灯光的圆圈里，迷茫地眯着眼睛。甚至，有的司机恶作剧地，鸣着几乎能炸开耳朵的喇叭。黑暗中，他的身影变得那么羸弱，没有重量，飘忽着，像个幽灵。他尽力什么都不去想，把注意力集中在前面的路上。偶尔，有汽车经过，他会招招手，渴望奇迹出现。那条受伤的腿像树桩一样，失去了知觉。是的。失去了知觉，就像死了一样，沉寂，没有血液的流动。是的。没有血液的流动，就像一个附属物，沉重、拖曳在地面上。如果没有那条拐杖，他随时都会摔倒。

南方就像一根绳子，在牵引着他……一个横向的万有引力……秦楚楚在那头，他在这头。

他不知道，走了多长时间，突然，有几个光柱困住了他。他听到几声尖锐的口哨声。灯光中，只见几个染着红色头发、蓝色头发的少年，骑在摩托车上，围着他……每一次，摩托车都几乎要贴到他的身上，又离开了。他恐惧地站着，晕头转向，只好一动不动。摩托车后座上的几个女孩尖叫着。她们的尖叫声更加刺激了男生。他们发疯地旋转着，围着王南方玩着惊心动魄的车技。有一个女孩说，谁碾死这个土鳖，我今天晚上就跟谁睡了。真有一辆摩托车冲向王南方，王南方躲开了。他吓坏了，说，你们要干什么？没有人回答。只有摩托车的噪音。女孩说，真他妈的刺激……继续，没碾着……快，对准了……

一辆公路上的巡逻车开过来，王南方才得以幸免。那些少年说，有警车。然后，飞驰着跑掉了。王南方坐在地上，喘着气。从巡逻车下来两个警察，王南方哆嗦着。

警察问，你干什么的？刚才那几个人对你干了什么？

王南方说，没干什么。

警察继续问，你的腿怎么了？

王南方说……

警察问，你这是要去哪？

王南方说，去棕树城。

警察说，走去吗？

王南方说，钱都没了，我本以为能在这路上拦辆车，搭车过去……没想到，一辆都没拦到。

王南方说话的腔调几乎要哭出来。

警察说，把身份证拿出来看看。

王南方说，和钱一起……

警察说，那你得跟我们走一趟。

王南方说，去什么地方？我要去南方……

王南方说，我真的是好人，要不是我急着去南方找我媳妇，我也不会从医院里逃出来，再说了，桥都断了，我们被抢救出来，上哪去找身份证啊？求求你们，放过我吧，我真的是急着去南方……

其中一个年轻的警察对另一个警察说了句什么。又看了看王南方。

另一个警察说，你保证，要是逃犯的话，你一个人担着？

年轻的警察说，我担着。

这时候，一辆大货车开过来，年轻的警察伸出手拦住了大货车。从上面下来一个秃顶的中年男人，对着警察点头哈腰的。年轻警察跟他说了句什么。秃顶司机一个劲地点头说，你放心，我一定把他送到地方。

年轻警察转过身对王南方说，起来吧，这个车会负责把你送到棕树城的。

王南方说，谢谢。

王南方激动得几乎要磕头谢恩了。

年轻警察说，还是免了，你的腿……

王南方说，谢谢！谢谢！谢谢！

王南方一瘸一拐地向秃顶司机走去，不好意思地说，麻烦你了。

秃顶司机说，不要谢我，你要谢这位警察同志。

秃顶司机扶着王南方，上了驾驶室，向下面的警察挥挥手，发动汽车开走了。王南方也向他们挥了挥手。

大货车载着王南方，在去棕树城的路上，距离他要去的迦南小镇，还有很远……

八

公路上除了路灯，四周一片漆黑。这狭长的光带仿佛陷入在黑暗之中似的。大货车还没开出多远，天就开始下雨了。越来越大。几乎看不清前面的路了。

司机说，这鬼天气，真他妈的，不让人活了。

王南方没有回答。

司机又说，看来今晚很难到达棕树城了，我们到前面的一个旅馆住一宿。喝点酒儿，吃点饭，好好睡上一觉，我可不想把我的小命扔在这可恶的公路上……你听说了吗？

王南方说，我就是其中的受害者。当时，只觉得轰隆一声，就什么都不知道了。

司机同情地"哦"了一声。他本来想就断桥的事发发牢骚，这是一般司机的通病，他的牢骚会如滔滔江水，绵绵不绝的。可是，他今天竟然没有。

这时候，司机才想起来问，你这是干什么去啊？猴急猴急的。

王南方说，去南方的迦南小镇，找我媳妇。

司机听到这个话题，有些兴奋地问，她跑了吗？还是你……

王南方说，她突然就失踪了，我找遍了我们镇，都没有，我想她是回老家了。

司机心直口快地说，不会是跟什么男人跑了吧？要不就是骗婚的。她没拐走你什么东西吧？

王南方说，没，结婚她也什么都没要。

司机说，这就奇怪了。还是你虐待人家了？

王南方说，没。

……

天气更加恶劣了。雨几乎要把整个世界都要淹没似的。前方路边出现一座二层小楼，五颜六色的霓虹招牌，闪烁着。再加上，汽车的灯光一晃，看上去，整座旅店，突兀在黑暗之中。旅馆旁边的树狰狞地摇动着……

司机按了几下喇叭，没有人出来。他奶奶的，相好的来了，也不出来接接。司机嘟囔着。他把货车停在院子里，对王南方说，走，下去，吃点儿东西，睡一宿，明天再赶路。这鬼天气，简直要人命。王南方有些为难地说，你去吧，我就在车里待着。司机说，这雨天的夜晚，会冻死你的。王南方说，不瞒你说，我没钱了。我坐的那辆大客车出事后，我什么都丢了。司机说，我请你，这遇上了就是有缘。王南方说，还是别了，你开车挣钱也不容易，你能让我在你这车上猫一宿，已经很感激你了。司机说，说什么呢？兄弟。人这一辈子，谁还没有个难事，这回我帮你，以后要是我遇到了你，也会帮我的。别磨磨唧唧的了。根本不像个爷们，也难怪你媳妇跑了……司机意识到自己说的话捅在了王南方的心坎上。连忙说，对不起。现在你坐我的车，你就要听我的安排，要不，你他妈的就给我滚蛋，你有能耐你就走着去棕树城。麻溜的，赶快下来。王南方只好拿过拐杖，司机伸出手，扶了他一下。雨滴像子弹一样，从天上射下来，打在他们身上。司机又一次咒骂这鬼天气。推开旅馆的大门，只见大厅里七扭八歪地躺了很多人。有一个人还躺在担架上，盖着白色的床单。司机喊着，七巧，我来了。连喊了几句，才看见一个四十多岁的女人，从一个房间里睡眼蒙眬地走出来。女人笑着说，你来啦啊！还没吃吧？我给你准备吃的。女人笑着，指了指司机扶着的王南方说，这个人也是你一起的吗？你从哪弄了个伤员来？司机说，别鸡巴废话，快点弄吃的，再烫点儿酒。这些人怎么回事啊？女人说，你没看见，那躺着个死人吗？遇上大雨，就躲到我这里。没钱，我就让他们待在这大厅了。你们上二楼吧，我马上就给你烫酒弄吃的。

司机扶着王南方上了二楼。王南方在楼梯上，还是回头看了眼躺在地上那蒙着白床单下面的死者。两只脚因为床单不够长，而裸露在外面。旁边的女人怀里抱着一个婴儿，在吃奶。突然，咧嘴，号哭起来。哭声凄厉……回荡在空荡荡的大厅里。仿佛，整栋楼都跟着震颤起来……

七巧拿来几盘熟食。王南方看了，眼睛一亮，胃跟着蠕动了。七巧说，对付吃吧，厨师老婆难产，回家了。王南方还是犹豫了一下。司机也说，吃吧。王南方顾不得了，抓过一个鸡腿，啃起来。司机和七巧看着都笑了。两个人的眼神暧昧地勾搭了一下。七巧陪着喝了几杯酒，就出去了。王南方吃得都打嗝了。说，让你笑话了。司机说，人饿了，有什么笑话的。吃完，司机说，你先睡，我去那边说说话。王南方真困了，再加上疲惫，躺床上就睡着了。他梦见楼下的大厅里的那个盖着白被单的人。慢慢地站起来，被单滑落，竟然是秦楚楚……王南方喊着，楚楚，楚楚，跟我回家。秦楚楚连理都没理王南方，向门走去……转过头来，看了王南方一眼……那张脸又变成了曹晓燕的脸……过了一会儿，门开了，那个人又走回来，变成了一个老人，胡子拉碴的，又躺倒在地上，自己盖上白被单……

王南方吓出了一身冷汗，从床上坐起来。看了看对面的床上，司机没有回来。透过窗帘，看见外面的大货车还在。他心里安妥了很多。躺在床上，怎么都睡不着了。只觉得腿上的伤口疼得厉害。不知道什么时候，又睡着了。司机叫他起床的时候，他才醒过来。那条腿沉重得像一截木桩。

下楼的时候，那些人已经不在了。整个大厅空旷而沉静，甚至还有些阴森。叫七巧的女人看着司机说，这鬼天气，一宿的雨还没有停，你开车注意了。司机说，知道了。七巧说，还什么时候来啊？司机说，过几天。

大货车开出旅馆，奔驰在路上。雨看上去比夜晚更加疯狂。没开出多远距离，王南方就看见路边行走的一队人，能有二十多人，抬着一个担架，白被单上蒙上了一层塑料布。王南方认出他们就是旅馆里的那伙人。看上去，整个队伍有些浩浩荡荡，像行进在雨中的一列出殡的队伍。王南方的心里有一股说不出的滋味。

天上开始飘落雪花。王南方开始还不相信自己的眼睛，说，是下雪了吗？司机还说，怎么可能？这才几月份啊，就下雪？王南方说，你看，不是雪是什么？司机看了看说，真他妈的是雪。雨裹着雪，先是慢慢的，过了一会儿就铺天盖地了。司机骂了一句，他妈的。伸手打开收音机。收音机里说，这是这个地区六十年来罕见的一场大雪。大货车行驶得很慢。前面已经有几辆汽车追尾了。他们走得更慢了。

纷纷扬扬的雪让王南方变得伤感起来。秦楚楚又在什么地方？他的心里在低声地发问，秦楚楚，你在哪里？你在哪里？低沉的发问，像一把锤子，敲着他的心脏，疼痛跟着遍布全身，几乎要让他整个人崩溃。他深深地呼吸了一口，心神才稳定下来。

茫茫的落雪的世界，他看不到光亮，他的目光在迷茫的雪中迷失……他仿佛看到自己的灵魂出窍，奔走在前方的路上……那个灵魂的影子是那么轻盈，好像秦楚楚就在不远的南方等着他。那南方有一股强大的吸引力，像是退潮的拉力，没有人可以阻挡王南方向前冲去……冲到那里……

那雪已不是雪，而是一地的棉花，灵魂的王南方和秦楚楚赤身裸体在上面交缠着……一种深沉的、有规律的脉动，一种巨大的、缓慢低沉的砰砰声，像是从天上传过来……渐渐变得缓慢……他缩小成一个婴儿，噙着秦楚楚的乳房……

王南方的心里一阵漾动，是一股暖流。暖流带来的是他的身体有了异样的感觉，下面的东西硬了一下，又归于平静。

……

棕树城被雪覆盖，部分融化的地方，看上去是那么肮脏，看不清本来面目。

司机把王南方送到棕树城船坞的一个旅馆，说，这里有去南方迦南小镇的船，你去看看时间。司机说着，从兜里掏出五百块钱，说，就这点意思。我也没有更多。

王南方连忙说，大哥，我怎么能要你的钱，这已经够麻烦你了。

司机说，别他妈的废话，拿着。

司机狠狠地把钱塞进王南方的衣兜里。

王南方说，大哥，你留下地址，我回去还你。

司机说，滚犊子。找到你媳妇，好好过日子。找不到，也要好好活着。

王南方不知道说什么，眼泪禁不住流了下来。

司机转身走了，王南方冲着司机的背影，深深地鞠了一个躬。

王南方看了去迦南小镇的时间，要第二天。就在旅馆里睡了一觉。精神好多了，心里有些兴奋。好像马上就能看到秦楚楚了。他打开窗户呼吸着海边的气息。潮湿的，透着一股咸味。

旅馆里，很乱。不时有陌生的女人打来电话。王南方都拒绝了。躺在床上，听着隔壁房间里传出野兽般的叫声。他还是有些躁动。这是人的本能。王南方企图杀死心里那头小兽。混混沌沌，又睡着了。他梦见了一个人，男人，看上去比自己年轻。

王南方问，你是谁？

男人说，我是你父亲。

王南方说，我父亲吗？我从来没见过我父亲。我妈说，我父亲当年去南方出差，船沉了，就再也没回来。我妈说，我父亲死的时候，我还在她肚子里，七个月大。

男人说，你妈说得没错。我是你父亲。我的魂，一直在这南方游荡，不能回去……好像，这么多年，我都在等着你来……现在你来了……我的儿……

男人说着，眼泪流了出来。

王南方说，你怎么不能回去了？

男人说，没有人领我回去……我死后，尸体沉在海里，被鱼们吃掉了。我的魂儿就开始游荡，你母亲接到我的死讯，也没来找我的魂……我的儿，你要带我回去……

王南方还是不相信，问，你怎么证明，你就是我的父亲？

男人看了看王南方，用手指在墙上画了几下。墙上出现一个女人婉约的身影。

男人说，这是你母亲……

那墙上的画还真的是母亲的样子。

王南方对着墙上的母亲说，妈，要是你的话，你就眨一眨眼睛……

只见，墙上的影子，果然，眨了一下眼睛。

王南方潸然泪下。

王南方说，我要去南方找我媳妇，等我找到了，我就回来接你。还是，你跟我一起去……

男人说，儿啊，看到你，我就在你的身上了……

男人消失了。

王南方从梦中惊醒，空荡荡的屋子里，什么都没有。他喊着，父亲，父亲……没有人回答。

第二天早上，王南方坐船去了迦南小镇……

九

结束了。一切都结束了。生命几十年就到了终点……曹晓燕死了。王南方一个人住进了养老院。秋日，中午的阳光落在他的身上。他静静地躺在那里，疾病的折磨，让他没有力气……但，他看上去是那么安详……

护理员进来，扶起他，给他喂饭。他坚持着吃了很多。不好意思地，对护理员笑了笑。护理员擦净他衣襟上的饭粒，转身，走出去……那日光中的身影，恍惚像某一个人……他搜索，在记忆深处……还是想不起，有些沮丧地闭上眼睛。

曹晓燕病了三年，王南方照顾了她三年，她被病魔消耗得只剩下一把骨头了。临死的时候，他守在身边，说，晓燕，要不我们登记领个结婚证吧。这么多年，我对你表示歉意……对不起你……

曹晓燕看着眼前的王南方说，我不要这个形式，不要你的名分，这么多年，有你疼着，我已经很满足了，也算我没白做一回女人。我知道，你的心里，还保存着你那个秦楚楚，只是你不说，作为女人，我能感觉得到……你是一个好男人……她没有跟你的福分，反倒让我捡了一个便宜……

曹晓燕笑了，先是很安静地笑，然后，笑出了声音。这笑声仿佛来自她身体全部的力量。过了很长时间，她才缓过来，说，你不知道我当初多么嫉妒那个南方女人吗？甚至恨她。其实，你去找她，我就知道是没有结果的……你回来了，一条腿，残疾了……这也许就是代价，也许，你前世欠她一条腿……

曹晓燕的眼泪从眼角漫溢出来。

王南方给她擦拭着说，不说了……你好好休息……我会在这陪着你的……

曹晓燕的手紧紧地抓住王南方的手。

曹晓燕说，我要走了……你一个人好好保重……秦楚楚的那件旗袍，我还给你保存着……我当年骗你说，被人偷走了……其实……没……我死后，你还是把我和德良……埋在一起吧……这么多年，他那么孤单，这回……我去陪他了……

王南方老泪纵横地看着曹晓燕，说，那我呢？

曹晓燕说，跟那件旗袍葬在一起吧，你们毕竟是夫妻……如果她灵魂有知的话，她会分一半灵魂陪你的……

曹晓燕眼神有些分散地看着王南方说，你再摸摸我好吗？

王南方的手在曹晓燕的身体上……每一寸每一寸地，抚摸着……当摸到曹晓燕下面的时候，曹晓燕笑了，脸上的笑像花一样，层层地开放着……归于宁静。

曹晓燕就这么安静地在王南方的抚摸中，体温慢慢变凉。

王南方抑制不住自己的泪水……

送走了曹晓燕，王南方也几乎垮了。他给自己找了家养老院。一次中风，让他不能起床。

午后的阳光下，房间里弥漫着静谧的气息。阳光从窗户照进来，洒落在他的身上。毛茸茸的。就像一个人的怀抱。他看见上去，像一个巨大的胎儿……他不能摆脱这日光下撕心裂肺的孤寂。那南方之旅的一幕幕……如电影般闪现……迦南小镇是一个安静的小镇……他四处打听，都没有秦楚楚的消息，在等待的几天里，他常常去海边，面对波涛汹涌的卡尔里海，泪流满面……他的世界，因秦楚楚的缺失，坍塌下来……几乎绝望……

半个多月过去了。秦楚楚仍杳无音信。海是灰色的。世界是灰色的。就是在朝霞中升起的太阳，也灰蒙蒙的。一只海鸟，落在他的头顶，哀鸣了几声，飞走了。他有些恨这个南方，是它把秦楚楚送到他的身边……现在又……

时间又过去半个月。他心里几乎没有了恨，而是感恩。对这个南方。对这个世界。他决定回去了……回到棕树城，回到那个旅馆，他对着空荡荡的房间说，父亲，我们回北方……

王南方闭上眼睛，等待着。他还不想离开。这时候，护理员领着一个四十多岁的男人，他的胳膊上还戴着孝。他们走进房间，护理员轻声说，他就是王南方。他可能睡了。男人坐在床边，静静地看着躺在床上的老人，眼泪禁不住流了下来。他轻声地说，父亲，我来了。母亲终于在她临终说出了这个秘密……

恍惚中，王南方的手突然抓住了男人的手，令他一阵战栗。他望着他，两只手紧紧地握在一起……日光下那撕心裂肺的孤寂，开始变得温暖……两个人的心脏，怦怦地跳着，渐渐地，一个还是那么强烈，另一个慢慢变弱……直到消失……

破　　浪

　　当他一路呼吸着海的气息，来到卡尔里海岸边的时候，时间已经过了午夜。雨已经停了。他一直开着车窗。偶尔会有雨滴进来，湿了他的脸。他也分不清是雨还是泪。这样他会觉得他曾经是这海的一部分，现在，他回来了。回来了。雨停之后，天空是干净的。干净的天空上，悬挂着一轮皎洁的月亮。大海，还有沙滩都被月光镀上了一层银白色。他深深地呼吸着，先是鼻子，然后是张开嘴，几乎要把海洋的气息都吞进自己的身体里。他要让海洋的气息淹没他身体里的污浊。他离开很长时间了，想想有五年了。这五年里到底发生了什么，他不愿去回忆。既然回来了，一切也许是一个新的开始。一个生于斯，也许会死于斯的人。对于未来，他想把自己交给曾经属于他的卡尔里海。

　　在外面世界的这些年，他独自一人的时候，常常想到这里，想到这片蔚蓝的大海。他心里暗暗发誓，如果有一天能回去就尽力回去。如果不能，他的魂也要回来。这样想的时候，整个人就充满了力量。那份虚无就会被驱赶得一干二净。那种悬浮感就会荡然无存。整个人变得踏实下来。

　　也许有一天，要用它来埋葬自己。想想大海就是自己的坟墓，多么气派，多么壮阔。他这么想的时候，就会激动，嘴里会模仿着海水的咆哮，然后，在干燥的空气中，做游泳状，划动着手臂。闭上眼睛，面前就是那片海。他也企图从记忆里剔除这片海，每次都是失败。

有一次，公司组织去海边玩，他假装生病，没有去。公司里的人回来的时候，向他讲述着海的波澜壮阔，海水的蔚蓝……他闭上眼睛，整个人早已沉没在海水之中。他坐在椅子上，眼眶已经湿润。他害怕听到海，更害怕人们提起卡尔里海。来到内陆城市这几年，他一次都没有跟人说过自己是来自卡尔里海。他害怕，他的心会跟着抽搐、痉挛。

他回来还有一个原因，那就是看看余晓。

自从那次事件之后，卡尔里海的年轻人几乎都逃离了海，逃离了船只。他们纷纷离开这片海，去内陆的城市，开始了他们没有海的生活。他们甚至忘记了海的声音，海的气息，海的愤怒，海的吼叫，海的狰狞，海的温顺，海的宁静，海的深邃……他们已经被内陆的气息淹没，蜕变成一个内陆的人。

从卡尔里海坐火车来到内陆的第一个夜晚，他失眠了。没有海的声音。没有海的气味。城市的黑暗是另一片海，让他窒息。躺在旅馆的床上，电话不时地响起。有一个娇滴滴的女孩声音问，先生需要服务吗？他说，不需要。后来实在睡不着了。那电话又打进来。也许因为失眠的寂寞，他说，过来吧。过了一会儿，一个穿着薄纱黑裙的女孩走进来，依偎着他，娇滴滴地说，先生，我一定会让你满意的。他看着女孩黑裙下露出的修长大腿，警惕地问，多少钱？女孩说，三百。他心里咯噔一下，这么贵啊！他问，到底什么服务啊，这么贵？女孩说，先生是逗我玩吧？你不知道吗？他说，不知道。女孩说，就是让你快乐，让你幸福的服务。女孩看着他害羞的样子，也矜持起来。女孩说，先生第一次吗？他说，什么第一次？女孩说，你还是处男吗？他支吾着，不知道说什么，脸上火烧火燎的。

他十五岁的时候，邻居家来了一个女人。人们都说那个女人有病，不让孩子们靠近，说是会传染的。他常常看到那个女人光着脚在海边散步。海风吹着她的长发，揭起她的裙角，露出她细嫩白皙的双腿。他的心怦怦地跳，身体里有一种膨胀的感觉。有时候，女人还会拿一把大提琴，站在海边拉着，忧伤沉郁的乐声传来。伴着海水的节奏，十五岁的他感觉到女人是透着悲伤的。后来有一天，他看着女人在月光下脱光自己慢慢地走进海水中……当他冲进海水里的时候，女人已经不见了。他凶猛地扑打着海水……喊叫着……那一刻，大海像一个魔鬼。他恐惧、战栗着，任海水冲击着他，直到把他冲到海岸上。月光照在他脸上。泪流满面。他爬起来，在沙滩上疯跑着，喊叫着……然后，停下来，对着一望无际的，漂浮着月光的海面，他的身体轻轻颤抖，同时感觉到了勃起……

最后的一刻……他身体哆嗦着……一股热流从身体里喷发而出……他嘶叫着……痛哭起来……

海水是颤抖的，海水上漂浮的月光也是颤抖的……

他面对着大海，双腿软软地跪倒在沙滩上。

现在想想，连他自己也不知道为什么会这样。那女人病态的美，还有被大海吞噬的死亡，几乎影响了他一生。

他向黑裙女孩讲了这个故事。他说，你说我还是处男吗？黑裙女孩没有说话，看了他一眼，眼神也变得害羞起来。他又说了一句，你说我还是处男吗？黑裙女孩没有回答，向他伸出手问，有烟吗？他从一盒劣质的香烟里掏出一支递给黑裙女孩，然后给她点燃。跳动的火苗像一把匕首，照在女孩的脸上，可以看到女孩鼻翼两侧的雀斑。黑裙女孩深深地吸了一口，呛得咳嗽着，佝偻着身子，眼泪都流出来了。黑裙女孩说，那个女人后来怎么样了？他说，第二天……人们在一片海滩上找到了……她的……尸体……她看上去一点痛苦都没有……那么安详……她那么强大，好像整座大海都对她屈服了，变得温顺起来。

黑裙女孩又不说话了。她扔掉手里的烟，双臂抱着自己，坐在床上，她脚趾头上的指甲油斑驳得已经脱落。整个人看上去很冷的样子。过了一会儿，黑裙女孩拉过他的手，在自己的身上抚摸着。他像被电击一般，先是有些紧张，过了一会儿，他的手，还有他的嘴唇，开始在女人的身上花朵般绽放开来。女孩褪去黑裙，赤裸着，站在他面前。她看上去有些紧张。他同样紧张，目光和身体是颤抖的。他还是抱起女孩，就像一个魔鬼，连他自己都不知道为什么会这样。他把女孩放到床上……就在他想……他听到了海潮的声音，汹涌着，先是很远，越来越近……他开始感觉到窗户的颤动，他看了一眼，感觉到海水的巨流，从窗户涌进来……他哆嗦着……退却了……

女孩问，怎么了？

他说，没什么。

女孩说，我不要你钱的，这也是我的第一次。姐姐跟我说，要我练习一下……然后……刚才跟你提价钱，也是……

他说，谢谢你……可是……我……不能……不能……

他感觉到海水涌进了身体，把他漂浮起来……他在接受着海的刑罚……是的……应该是刑罚……那海就像一个巨大的枷锁套在他身上……他越来越恐惧地盯着窗外无边无际的黑暗……在无边无际的黑暗尽头，也许就是那无边无际的海……

女孩竟然哭了。

他慢慢地给女孩穿上黑裙，说，你走吧。

女孩眼泪盈盈地说，你身上有海的气味。

他怔住了，就像被什么戳了一下，尤其是胸口，裂了一个洞。他掩饰着说，我不知道什么海。我从来没去过海边，也不是来自海边。不是……不是……

他变得磕磕巴巴。

女孩说，我也来自海边，我知道的，你不必隐瞒。我不知道你为什么隐瞒。我想的是，一个人不应该隐瞒他的来处……我们即使因为某种原因，离开了我们的来处，但，我们还是与那个来处息息相关的……

他完全愣住了，张大嘴巴。

女孩笑了笑，在他的脸上狠狠地亲了一口。

他还是从兜里掏出三百块钱，放到女孩的手里。

女孩扔下钱，跑出房间。

他怔怔地看着女孩的身影消失在走廊尽头。

那一刻，海水汹涌的声音停止了。一切归于沉寂。黑夜还是原来的黑夜。内陆的黑夜。他悬浮在黑暗之中，直到天亮，才迷迷糊糊地睡着，像死了一样。

他贪婪地吸着，吸着，脱光衣服，他要让海水的气息，从每一个毛孔渗透进他的身体里。他几次跃跃欲试想冲进海水里，还是却步了……他绕不开那个阴影……

星星在海水里的倒影是破碎的。

他甩掉鞋子，脱了袜子。先是在海滩上走，沙子有些硌脚，摩擦着他的皮肤，砥砺地疼痛。过了一会儿，他几乎适应了，就开始在沙滩上，疯狂地奔跑起来，大声喊着，我回来了……我回来了……

月亮在天上微笑地望着他。那微笑是温柔的，透着一种母性的光芒。

他跑得筋疲力尽，扑倒在沙滩上。在身体接近沙滩的刹那间，他获得了一种力量。他抓着沙子，在手掌里揉搓着，然后，从指缝慢慢地滑落……他开始埋自己。那些沙子覆盖着他，只留出两只眼睛……他的耳朵是醒着的，是兴奋的……他在从每一个声音的细部里寻找那曾经属于他的声音……

他想到了余晓。

这个时候，余晓也许睡了。他不想打扰她。他躺在沙子里，呼吸变得急促起来。慢慢地，慢慢地，他复活了……

多年前的一个秘密在他的心里涌起。

是时候了，他想，也许我该交出我。

他闭着眼睛，任由泪水在脸上肆意流淌。

余晓没有睡，这几天，她常常失眠，总感觉有什么事情要发生。她又梦见了那些鬼魂在喊叫，然后从海水中浮出来，赤身裸体地走上岸。那个事件已经过去五年了，这几年发生了很多事情，她也皈依了基督，祈祷他们的灵魂，安息！店里不忙的时候，她会去做礼拜。

此刻，她盯着墙上，一个镜框里贴着一张纸，上面是从《圣经》里摘录下来的话：

> 凡事都有定期，天下万物都有定时。生有时，死有时；栽种有时，拔除有时；杀害有时，医治有时；拆毁有时，建造有时；悲伤有时，欢乐有时；哀恸有时，舞蹈有时；同房有时，分房有时；亲热有时，冷落有时；寻找有时，遗失有时；保存有时，舍弃有时；撕裂有时，缝补有时；缄默有时，言谈有时；爱有时，恨有时；战争有时，和平有时。

她喃喃着，内心获得了安宁。目光移动着，落在一张老照片上。那上面的几个孩子，光着身子在海水中戏耍。那里面有她，还有他。其余的几个都……

她的手指伸出去，在他的身上摩挲着。她仿佛感觉到了温度，身体被电击了一下似的，连忙把手缩回来。她打开窗户，扑面的海风吹进来，像一个怀抱，拥紧她，让她喘不上气来。

一个人影在海滩上晃动……

她有些恐惧，没敢走出去。她甚至想到了古老的传说，说多年前的渔民，遇难了。多年后，又回来了，他们浑身绿茸茸的，顶着海苔和水草，从海水中走上来。可是，他们的亲人已经忘记了他们，他们又伤心地回到了海里……她多么希望他们以另外的方式回来……她会接纳他们的，会的……还有那次事件……她也相信他们会回来……

这么想，她的眼泪止不住就流了出来。

五年。自从他离开后，连一封信都没有。没有。她也没有办法捕捉到他丝毫的音信。也许，他真的把这片海给忘了。这么想的时候，她眼睛湿润，小声地抽泣起来。他可以忘记我，但他不能忘记这片海，人的世界是复杂的，他是否从迷失中找回自己，他迷失了吗？找你的光，也要找你的盐……

余晓在心里祈祷。

她不知道那个秘密同样也与她有关。

她关上窗户，躺在床上，眼睁睁地看着天花板。有他的面孔浮现。她黑夜般的身体开始苏醒、奇异的狂热在她的血液里燃烧。她觉得整个身体漂浮起来，向他的面孔靠近，紧紧地贴上去，交缠着……

她流着泪。

五年了，你终于回来了……你知道我……如果你还不回来的话，我就一直干枯下去，直到有一天化为尘土，在风中飘着，或者在海中漂着，我相信一定会遇到你……你就像丢失了一样，没有任何的音讯，你为什么这么狠心……你不知道我多么想你……还是我犯了什么罪？这些年，我已经在基督面前忏悔我的罪……你……没有你在身边，我就像一个孤儿，和这片大海度日……没有你……大海就是我的男人……

"扑通"一声，从床上掉下来，她才知道是在恍惚的梦中。

摔得有些疼。

她从床上掉下来的声音，惊醒了旁边睡觉的猫。那猫睁开眼睛看了她一眼，爬到她身边，依偎着她，然后又闭上眼睛，安静地睡去。她抚摸着柔软的猫，心头一疼，那疼蔓延，牵扯着泪腺，让眼窝盈盈地热。一滴泪从眼窝流下来，她没有去擦，任由它流着，流到嘴唇，她吸了一下，咂摸着。那泪水里的盐，像海水一样，但没有海水的咸味凶猛，而是柔和的，就像她这个人一样。

余晓在胸口画了一个十字，让自己安静下来。

一阵玻璃碎裂的声音。

余晓惊呆了，浑身颤抖。

一个人影从窗户进来……

是海吵醒了他。是海鸟的声音吵醒了他。他睁开眼睛，看着金子碎末般的光洒下来。他的身体里已经浸透了海的潮湿，还有那股凉。他被浸透了。在他体内，那些内陆留下的痕迹，荡然无存。他欣然地呼出一口气，又吸入一口气。他的胸腔是舒畅的。他有些冷，从沙子里爬出来，像一个迎接日光的亡灵。他复活了。他是这么想的。身体变得轻盈起来。血管里仿佛也流淌着海水、日光。他在海滩上找衣服。还好，那些衣服已经被海水弄湿了，没有被海水卷到海里。他坏笑了一下。他瞬间的幻觉是，如果没有了衣服，他赤裸裸地归来，就像一个婴儿。可他不是婴儿。他只是一个迷途中归来的人。他缓慢地穿上衣服。日光照着他的皮肤，是温暖的。跟着，血液也燃烧起来。海鸟在他的头顶飞来飞去。他打了一个呼哨。一只海鸟竟然落到了他的肩膀上。他怔了一下，接着是兴奋。

他说，乌托邦，是你吗？

海鸟站在他肩膀上，用嘴摩挲着他的耳朵。

他兴奋地喊叫起来，真的是你，乌托邦，真的是你……

他一只手抓过海鸟，亲吻着。

他说，你还记得我，你还记得我。

叫"乌托邦"的海鸟瞪着两只蓝色的眼珠，看着他，眼睛上好像蒙着一层雾水。

那年，他和余晓还上中学。有一天傍晚，他们放学路过海边的一个树林，看到一只受伤的海鸟，把它带回家，经过他们精心的照料，海鸟恢复了飞翔的状态。他们不知道从什么地方听到"乌托邦"这个词的。余晓说，我们就给它起这个叫"乌托邦"的名字吧。从那以后，他们会带些食物，在海边等着"乌托邦"的出现。

离开五年了，他没想到，"乌托邦"还会记得他。他亲昵着"乌托邦"，然后放飞。"乌托邦"在他的头上盘旋着，融入鸟群之中。

他冲着鸟群喊着，我回来了……我回来了……

海鸟的声音附和着他，欢迎他。他跟着鸟群飞跑着，蹦跳着，像一个孩子。

大海就像一块巨大的蓝色布匹，起伏着。

涌起的潮水，就像从蓝色布匹里飞奔不出来的白色马群。他跃跃欲试，幻想骑在那些白色的马匹上。他的骨骼发出嘎吱嘎吱的声音，他的肌肉是痒痒的，他想投入到海水之中……

他仍旧心怀恐惧。就像一根针挑破了黑暗，但光还没有完整地冲进他黑暗的内心。

海水反射的光让他睁不开眼睛。白色的雾缭绕着，裹挟着一朵云，那云像鲜红的血在流淌。他心口钝痛了一下。他看见远处炼油厂的烟囱飘出袅袅的红烟，冲向天空。

这几年，海边多了很多加工厂，让他感觉到陌生。还有多家的酒店度假村什么的。看上去是那么拥挤地侵占着海边的土地。

一座建筑正在施工中，很多工人在半空的脚手架上工作着。这种外来势力的侵入，让他感觉到手足无措，有些茫然。他想，也许自己不该回来。

这么想，他的心情变得沉重。

"乌托邦"嘶鸣着，从海鸟群里冲出来，在他的头上盘旋了几下，朝一个方向飞去。

他跟着"乌托邦"出现在余晓的小店门前的时候，小店的门口站满了人，还有警察。

"乌托邦"落在一棵树上，发出令人揪心的叫声。

他冲进人群。人们看清了他，跟他打着招呼，说你回来了。他没有顾及回应，冲进屋子里。只见余晓躺在床上，血从她的身上流淌着。几名警察在拍照。

警察看着突然闯进来的他，停下了手里的工作问，你是谁？你怎么闯进来了？这里是案发现场，请你出去。

他说，我是她的未婚夫。

他的眼睛是血红的，心脏哆嗦着，扑向躺着的余晓。可是，警察拦住了他。他吼叫着，我要看看她，看看她……你们干什么拦我？

警察说，你的情绪，我们可以理解，但为了尽快破案，早日抓到凶手，请你配合我们。

他站不住了，瘫软地坐在地上。突如其来的打击，让他无法接受。肉身和精神一起坍塌。

余晓躺在那里，一动不动。

他盯着余晓看着。余晓身上的睡衣被撕得稀巴烂，还有脖颈上紫色的伤痕……他看到了墙上的那张照片……

他呜呜地哭起来。

"乌托邦"在外面的树上悲鸣。

只听警察说，死者刚刚被害一个小时。

他心里想，要是自己早点过来，而不是沉浸在……要是自己回来就过来……也许……一切都不会发生……不会……

他眼泪汹涌，悲伤的火花噼里啪啦地爆裂着。整个身体几乎也四分五裂了。

在警察用相机拍照的瞬间，随着闪光灯一亮，他看到余晓睁开了眼睛看着他，看着他。那眼神仿佛在说，你回来了？

他心如刀割，喃喃着，余晓，我回来了，再也不走了，就陪着你……

远处的海水发出咆哮的声音。声浪撞击着，山崩地裂一般，整座房子都跟着颤抖起来。

凶手两天就抓到了，是附近建筑工地上的一个民工。

警察安慰着他说，早日让死者入土为安吧。

他借了一辆三轮车，拉着余晓的尸体，向海边走去。到了海边，他把余晓放到一片树荫下面。用手在她的脸上摸了摸，好像在安慰她，不要急，马上……他背上余晓，开始往一个山崖上走去。到了山崖上，海风呼啸。"乌托邦"竟然也飞了过来。他喊着，乌托邦，你要好好照顾自己……我们走了……到另一个世界……

他说完，背着余晓，跳进了大海里……

海面上溅起巨大的浪花。

海水中，他就像一条大鱼，拉着余晓，绕过红色的珊瑚礁，穿行在水草之间。这时候，五颜六色的鱼群跟过来，围绕着他们。

这巨大的，海的闺房！

他说："这是一个我梦寐以求的地方，现在我终于带你来了，余晓。没想到。你……你还记得那次事件吗？本来那天，我们去挖珍珠，到时间就要回到船上的，可是，我挖到了一颗巨大的珍珠，我不想交回去……我想把它留给你……我就在海底找一个藏它的地方，我找了很多地方，终于找到了一个山洞……我把珍珠藏在一个岩缝里，在上面用刀子刻上了你的名字，用海泥涂抹着……现在想想，那就像你的墓碑……这真的是预兆吗？还是……现在，我就要带你到这个地方去……那真是一个好地方，我们在那里建造我们的海底宫殿……我没想到是这个结局，没想到，真的没想到，我本来想回来，把那颗珍珠找出来，献给你作为我们新婚的礼物……可是，现在……那就是我们海底的家……

"我藏好那颗珍珠，返回海面的时候，我看见我们的船失事了……海面上都是尸体……我吓坏了……我游了三天三夜……才回来……我觉得我是有罪的，所以，我回来后就逃离了这里……但宿命中我还是回来了……没想到你……现在好了……我们终于可以在一起了……不离不弃……还有这海……我们就守着它……"

他拉着余晓，突然，听到了一阵琴声。他看过去。他看到那个女人坐在一块礁石上，拉着她的大提琴，乐声悠扬。他先是一愣，心想，她怎么会在这里……怎么会……

接着，他看到父亲，还有二孩，小五子……

他们都在这里。

他说，余晓，你看，他们都在这里，他们在欢迎我们呢。

余晓挣脱他的手，向他们游过去……

对一座冰山的幻想

我们锋利，因为我们要知道，但他永远是分散而安静的。

——里尔克

一

公元 2006 年的秋天，北半球的中国有一个叫鬼金的男人正在东经 123 度 41 分，北纬 41 度 19 分的点上沉迷于一次对冰山的幻想。

这也许是他在这个秋天里唯一的一点点乐趣。是的，乐趣。人应该在生活中寻找一点乐趣，也许一些人正在寻找，也许一些人还在寻找的路上，对于鬼金这个男人来说，他找到的乐趣就是对一座冰山的幻想。有点意思。这么想的时候，他有些激动，他脸上的汗水竟然唰地一下消失了，仿佛又透过皮肤回到他的身体里。他甚至听见那些汗珠坠入身体的声音。是的，坠入。他知道自己的身体是一个被掏空的身体，像一个器皿。他点了一根烟，看着淡蓝色的烟雾缥缈在眼前。在淡蓝色的烟雾中，他看见一座冰山缓慢地升起，越来越巨大，几乎要覆盖了他，要侵入他的身体。他哆嗦了一下，急忙扯过一件衣服穿在身上，甚至谨慎地系上每一个纽扣。他得意地看了看自己，心想，也许这身衣服可以对付那侵袭而来的冰山。那冰山仍旧存在，但不再增长，停在淡蓝色的烟雾中，看上去是那么巍峨，可以看见料峭的白霜。

他这样想着的时候，那座冰山开始移动，向窗口的方向。他有些焦急，他伸手在虚无的空气了抓了一下，却什么都没有抓住。他大声地喊叫着："冰山，你不能走，不能，在这个炎热的秋天，只有你能陪我度过……"他喊叫的声音仿佛被冰山弹了回来。那声音变成绝望的一部分，再一次回到他的身体里。

冰山耸然不动，仍旧巍峨，没有丝毫融化的意思。没有。

他咧嘴笑了笑。在他笑的同时，从冰山散发出来的冷气扑在他的脸上，侵入他的身体。他感到一件衣服有些单薄，应该再穿上一件，或者把冬天的羽绒服找出来。他眼睛看了看刚才拽衣服的衣架上，还有一件衣服，但那不是他的，不是。那是一件裙子。那是一个叫小寂的女孩的裙子。他不知道这件裙子是什么时候挂在他的衣架上的，他不知道。红色的裙子挂在衣架上，像火焰的形状。

他感到了火焰的炙热。火焰，火焰。他嘴里喃喃着。

这个时候，伴随着他的喃喃，他整个人也成为那火焰的一部分。他走过去，扯过那件裙子，有些变态地抱在怀里，甚至翕动着鼻子，闻了闻裙子上的气味。那气味仍在。淡淡的香水味，淡淡的女孩子的气味。这些气味让他感觉这件裙子留在他的屋子里的时间不长,也许就在昨天，或者前天。他不能确定。但他能肯定裙子留在他的屋子里的时间不会很长，不会。他把脸埋在裙子之中，只觉得两行热泪流出来，浸湿了那件裙子。随着眼泪流出来，隐隐地可以听见他喑哑的哭声。

二

在辽宁省本溪市武山街的一栋房子里，我怀抱着一件女孩的裙子，低声抽泣。

电脑里传出许巍的歌曲，仿佛在为我的哭泣伴奏，这个女孩真的使我变得轻盈了吗？

屋子里的冰山在移动着，在一种无形的力量下被控制着。至于是什么力量，我不知道。

我泪流满面地抱着那件裙子，涕泪成声。此刻，那已经不是一件裙子那么简单了，它在我的泪水中变得真实，变得充满一个人的体温。小寂的体温。我在这一刻感觉到了。我身体颤然地抖了一下，但我仍紧紧抱着，不想松开。小寂曾经说过："抱着我，紧紧地抱着我，你的怀里是我最温暖的地方，其他的地方对于我来说都是冰山。就这样抱着我，让我像冰块一样融化……我希望就这么死在你的怀里……"

那天，她说的话使我感到突兀，她为什么会有这样的想法，我连忙对她说："你说什么呢？赶快呸呸吐几口唾沫，这样的话多不吉利。"小寂淡然地笑了笑，没有吐那几口唾沫，而是我为她吐的。尽管这样，晦气还是找来了。

一阵敲门声，急促得要破门而入。

小寂紧紧地抱着我说："我怕……"我说："别怕，有我呢。"我说这话的时候，我的心里也没有底。因为我不知道敲门的人会是谁。敲门的人与我有关还是与小寂有关。我都不知道。但我明显感觉到了小寂在我怀里抖动的身体。她再一次对我说："我怕……"她怕什么呢？我不知道，其实对这个女孩我了解得不多，我们在一起的时间多说也就半个月吧。我说："我去开门，看看是谁。"小寂抱着我说："别去，别去……"小寂在哀求着我，仿佛我开门的话外面的人就会把她带走。我看着小寂可怜的样子，不忍心去开门。她把头依偎在我的肩膀上说："你真好……"她竟然把嘴伸过来在我的脸上深情地吻了一下。我有些慌张。这是我们在一起相处这么长时间一直没有的，尽管我对这个来历不明的女孩有着某种渴望，但我没有去行动，没有。我不喜欢主动去要求别人为我做什么。每个夜晚来临的时候，我都在控制着我的蠢蠢欲动。

敲门声更加强烈，我甚至听到了外面的喊叫声："开门，快开门，再不开门我就把这扇门砸烂……"

我抱着小寂，没有去迎合她给我的吻和她的嘴唇。小寂的脸色看上去很不好看，苍白如纸。她的脸上水亮亮的，一脸的泪水。她好像预感到了什么似的，不让我开门。

门外的人开始砸门了。

我知道那是一扇质量还算可以的防盗门，他们一时是砸不开的。我不明白的是，小寂为什么这么害怕我开门。这只能说明她害怕外面敲门的人。那外面敲门的人会是什么人呢？他们与小寂到底是什么关系呢？我在猜疑着，那就像一个迷宫，我什么都猜不到。门外的砸门声把我的情绪搞得有些暴躁，我骂骂咧咧起来。我松开小寂，她又一把拉过我。我说："你到底想怎么样？你到底害怕什么？难道门外的人能把你吃了吗？不是还有我吗？他们也不能光天化日之下吃人吧？"小寂被我的恼怒惊呆了，倚在墙上流着眼泪。对这样的一个女孩，我知道我可能有些过分了。但是，我真的受不了外面的砸门声了。我胸腔里像安放了一捆炸药，随时都可能爆炸。我快步走到门口，透过猫眼向外面看了看，只见三个彪形大汉和一个戴眼镜的中年男人站在门外。一个彪形大汉正抬起脚使劲踢着房门。这几个人我都不认识。他们干什么？他们是为了小寂而来吗？还是敲错了门？在我的心里，我更希望他们敲错了门。可是，不是。我回头看了眼小寂，她的身体顺着墙壁在慢慢地下滑着，坐在了地上。眼神呆滞。她整个人绝望得像一尊雕像。我想不管怎么样，我不能叫这些人再砸我的门了，必须有个说法。我猛地拉开门，一个大汉被闪了一下，趔趄着险些摔倒在地上。还没等我开口说话，他们已经冲进屋里。那个中年男人走到小寂的身边说："小寂，我们回家吧！我会对你好的，我再也不打你了，不会了……"我怔怔地看着小寂，她面无表情，眼神就像窗外那迷茫而凄楚的天空。那几个大汉虎视眈眈地看着我，好像我要是有什么动作的话，他们随时都会把我打倒在地上。他们都握着拳头。我点了根烟，狠狠地吸了一口，然后吐出来。透过吐出来的烟雾，他们的身影变得模糊。那个男人几乎是在哀求小寂说："我们回家吧！回家吧！"小寂仍然坐在地上，无动于衷。那个男人跪在地上，一只手要去摸小寂的手，被小寂打开了。小寂声嘶力竭地说："你还有脸来找我吗？你还有脸吗？我再一次流产了……你知道吗？你简直就是一个畜生……畜生……"小寂愤怒地说着，在男人的脸上就是一记响亮的耳光。男人说："你打吧！你打吧！"男人突然呜呜地号哭起来。男人的哭声吓了我一跳。我在猜测这个男人的身份，他不可能是小寂的父亲，那么这个男人是小寂的丈夫吗？看上去这个男人的年龄要比小寂大很多，很多。但在这个社会里，什么都是有可能的。其实我更希望这个男人是小寂的哥哥什么的。可是，不是。小寂就像一个死人坐在地上，满脸泪水。她光着脚，脚趾甲涂抹着粉色的指甲油。那经过精心修饰的脚趾甲，是我喜欢的。能给我的心里带来痒痒感觉的小脚，光滑细腻。我扔掉抽完的烟，又点了一根。我想说点什么，但是我说什么呢？我不知道。我无话可说。那几个大汉的目光在注视着我。他们的目光使我很不舒服。

这时候，那个跪在地上的男人站起来，向我走过来对我说："大哥，求求你劝他回家吧！以前都是我的不对，我不该打她，现在我知道我错了。"妈的，他竟然叫我大哥。我眼睛看着他，从他的眼睛里我看出来他是小寂的男人。我的目光透过男人的目光看着坐在地上一动不动的小寂，我应该说什么？我不知道，真的不知道。此刻，我的心里真得有些舍不得这个和我在一起生活了十几天的女孩。不对，应该是女人。我对男人说："你们把她带走吧！"我的话就像命令似的，那几个彪形大汉一起冲过去，把小寂架了起来。小寂在挣扎着，使劲地踢着她的小脚。我怔怔地站着，心疼地看着那几个大汉架着小寂走出门去。小寂看着我喊叫着："救救我，救救我……"小寂的男人看着我，从衣服都里拿出一沓钱递给我说："这些天，麻烦你了，就这么点意思，你别嫌少……"我推开了他的手说："不用，她是一个好女孩，你要好好待她……"我说的声音有些哽咽，我的眼睛里竟然涌着泪水，我转过头去。我看见小寂还在蹬着她的小脚。她还在喊着："救救我……救救我……"我能怎样？我只能呆呆地看着他们把小寂带走。

门开着，我怔怔地站立着，俨然一个纸人。我的心里就像这个空荡荡的房间一样空空荡荡，弥漫着失落的气息。一种心情像冰山慢慢地浮出海面，如镜子般明亮的冰山仿佛就在我的面前，我隐隐看到小寂就隐藏在冰山里面……

三

我承认我是一个无所事事的人。在这座城市里还有几个所谓的狐朋狗友。还有我要承认的是我是一个穷人，那些狐朋狗友常常因为可怜我，而把我叫到各样的饭局去，去美美地改善一下。也许只有在这些狐朋狗友的面前我才不会觉得丢了尊严。也只有他们才不会背后里说我这个人很"狗"。

那天晚上，我抽了很多的烟，把屋子里搞得烟雾缭绕。直到我把窗户打开，伸了一个懒腰，打着哈欠，我才躺到床上，慢慢地入睡。我承认我失眠了，像一条失眠的鱼，在茫茫的黑暗中，寻找一根可能栖息的水草，可是没有。我起来找烟抽，可是烟盒已经瘪瘪的了，被我扬手从窗户扔下去。也许就是这个被扔出去的烟盒，使我变得很兴奋。说兴奋可能还不太准确，应该是亢奋。或者说是我的绝望和沮丧。时间、睡眠、贫穷、自卑等等都是我的迷墙。我怎样才能快点入睡呢？我必须把自己搞得疲惫。怎么搞呢？我在地板上做了一百多个俯卧撑，出了一身的臭汗，然后我坐在地上，又做了五十多个，我感觉还差那么一点点，我开始倒立拿大顶。真的，我几乎瘫软。我躺在地上恢复了一会儿，跑到厕所里，冲了一个热水澡。我真的疲惫了，眼皮在打架。我赤身裸体回到床上，熄了灯。我就要找到睡眠的乐趣了，快了，马上。很快我就睡着了，沉浸在睡眠的深处。这一觉我竟然睡到了第二天上午十点多钟，要不是马达的电话，我可能还在沉沉地睡着。那电话铃声就像闪电划开我睡眠中的黑暗，我看见了光亮，有些无可奈何的光亮，有些叫我恼怒的光亮。因为我睡得正香呢。我嘴里骂了一句："他妈的，谁的电话，打扰老子睡觉。"我的谩骂是徒劳的。电话铃声仍响个不停，像一只大街上叫嚣的鸡。我没有睁开眼睛，伸手抓过电话，我几乎是愤怒地说："谁啊？谁啊？我在睡觉呢！""鬼金，是我，马达，今天中午有一个饭局，我想到了你，你来吗？"马达在电话里说，"都几点了，你一定闭着眼睛接我的电话，你睁开眼睛，一会儿就过来，我们订的饭店在水塔路的王记大骨头馆，别太晚了。"马达是一个很磨叽的人。在他的话语中，我闭着眼睛，几乎再一次睡过去。我懒懒地问："都有谁啊？"马达列举了一大堆的名字，除了他马达，我没有一个认识的，但为了那顿丰盛的宴席，也为了我的饥肠辘辘，我对马达说："我去。"我撂了电话，慢慢地睁开眼睛。我为什么要慢慢地睁开眼睛？因为我感觉到了照射进屋子里的日光的强烈，我要让日光也缓慢地一点点进入我的眼睛，叫我的眼球有一个适应的过程，否则，我的眼睛叫日光刺瞎了怎么办？就在我接电话的时候，我已经感觉到了日光的饱满，像一个女人的身体叫我想入非非。那种感觉是模糊的，毛茸茸的，透着迷茫。我睁开眼睛的第一件事情就是看挂在墙上的钟，十点四十了。我诅咒地骂了一句。从床上起来，我听见肚子里骨碌碌地响起来。我安慰着我的肚子说："别急，马上就要有一顿大餐等着你呢，到时候你就管够地吃。"我的手拍了拍肚皮。他仿佛听懂了我的话似的，不叫了。

　　大概十一点钟的时候，我下楼骑上我的摩托车向水塔路，我被邀请的饭局冲去。我已经饥肠辘辘。在我从工具厂下岗以后，在老婆离开我以后，饥饿已经成为我生活的一部分。在我搞不到钱吃饭的时候，饿上一两天是常事。我相信我的胃已经适应了。同时我也要感谢我的胃。还好，这两天我没有对不起我的胃，因为我从厂里搞回我最后一个月的工资，三百块钱。我可以奢侈地享受一个星期了。看到了吗？我竟然说到了"奢侈"这个词。可见没有钱的日子里我是多么狼狈不堪。也许是我对这顿饭局的期待，使我感到一种巨大的喜悦。是汹涌澎湃的那种喜悦。

四

在大街上，我骑着摩托车，穿行在人群和车辆之间。我在享受着温暖的日光，我开始喜欢这座小城市了。其实我也没去过什么大的城市，就去过一次北京，是为了见一个朋友。那次我剃了一个光头，在北京站的时候被警察叫走了，他们怀疑我是潜逃的罪犯，要看我的身份证。我掏出我的身份证给他们，过了很长时间，他们把身份证还给我说："你可以上火车了。"从那次起，我开始厌恶大城市，开始喜欢起我生活的这个小城市，喜欢起这个小城市的灰色。灰色是小人物的颜色。我是这么认为的。

尽管我饥肠辘辘，但是大街上那些日光中晃动的女孩是不容错过的，我可以先把我的眼睛喂饱了，通过这种间接的方式来满足我饥饿的身体。日光很好地照耀着她们。她们就焕发出特有的光彩，红扑扑的，很茁壮，很结实，像一个个毛茸茸的桃子，叫人垂涎三尺。我开始放慢速度，享受着她们桃子般的身体。是我的眼睛在享受。还有，我的耳朵也在享受，在享受着她们的笑声。从她们的身上我感觉到了一种美好，生活的美好。在那一刻，她们就是天使。突然有一个女孩好像发现了我在看她们，她和其他的女孩窃窃地说了什么。她们的笑声戛然而止。她们的脚步变得急匆匆的。我仍旧保持着我的速度。摩托车行驶的速度和分享她们美好的速度。那些女孩子的身体对我构成了威胁，侵略般地被占据我的内心。我蠢蠢欲动。我甚至小声地吹起了口哨，我只能小声，因我还不是一个流氓，还不够坏。不够坏的男人总是不被女孩子喜欢，她们不会对老实巴交的男人投怀送抱。不会。可以说，我欣赏她们的美丽，在某一个瞬间柏拉图地爱她们一次。这样我已经很满足了。

可是没有想到的事情还是发生了，因为这些美丽的女孩我闯祸了。我没有看见我前面的一个人，我的摩托车竟然把她刮倒在地上了。我也纳闷她软绵绵地就倒下去了，像中了子弹。还是她装的，企图讹我些钱。就在这一刻，我吓出了一身冷汗，我心中那美妙的柏拉图也瞬间破灭了。我的注意力完全集中到这个被我撞倒的女孩身上。看着她躺在地上，一动不动。我几乎要哭出来了。我停下摩托车，蹲在她的身边喊着："你没事吧？你没事吧？"她没有说话，也没有动，就像死了似的。"妈的，她真的死了吗？看来我真的闯祸了。"我这样想着，真想扇自己两个嘴巴。我小心翼翼地把手指放到她的鼻子下面感受着她的鼻息。还好，她还有气。我的心一下子落了地。我盯着她看着，她长得很瘦，穿了一件灰色的裙子，头发有些零乱，但那张脸看上去还不错。是一张叫男人满意的脸。只是她的脸色蜡黄，像一个肝炎病人。她的腿。我开始看她的腿了。我惊呆了，我看见了鲜血从她的腿上淌出来。显然那是我的摩托车刮破了她的腿。一个伤口像小孩的嘴一样咧着。我找不到可以给她包扎伤口的东西。我怔在那里。她就像睡着了一样，静静地躺在那里。

　　我纳闷，我就刮破了她的腿，她为什么会像一根草似的倒在地上，而且躺了那么长时间。后来，我才知道她为什么会这样。被我那么一刮，她开始觉得腿疼，但很快就忘记了疼痛，竟然躺在马路上睡着了。

　　当我把她从地上抱起来，向医院走去的时候，她在我的怀里苏醒了。她看着我说："你是谁？你干什么抱着我，快放下我。"我看着她说："我骑摩托车不小心碰倒了你，刮破了你的腿，就是这么回事，我想送你去医院处理一下你的伤口。"她在我的怀里挣扎着说："放我下来，放我下来……"我只好把她放到路边说："你看你的伤口还在流血，你没感觉到吗？"她这才看了看她的腿，几乎麻木地说："是啊！真的流血了。"她麻木的态度使我怀疑她是一个不知道疼痛的人。这要是别的女孩早就大惊小怪地喊叫起来或者大声哭泣了，而她没有。她从背着的一个有些肮脏的皮包里拿出一块纸巾，慢慢地擦着伤口上的血。我张大嘴，惊呆地看着。她的冷静使我骇然。"她不会敲我竹杠吧？我身上可就剩下二百多块钱了，这些钱花没了，我以后的日子还不知道怎么过呢。"我这样想着，心里恨意顿起，目光从她的腿上移开，开始看她。她的眼睛，她的酒窝，她细白的脖子是那么好看。我恨意顿消，开始庆幸我竟然撞到了这么好看的一个女孩。哈哈，我这样想是不是有些小人的意味？当时我就是这么想的。我说："还是去医院处理一下，简单包扎一下，再打一针破伤风。"她抬眼看了看我，把沾满血的纸团扔到路边的草坪里。她说："不用，这么点小伤算不了什么，小时候在农村的时候，要是哪破了个小口只要往上撒些黄土几天就会好的，只是这城里没有那样干净的黄土，没有。"她叹息了一下，她的眼神里好像对农村充满了向往和回忆。"所以我说，还是去医院包扎一下，消消毒，也好，真的要打破伤风的针，你知道吗？前几年，我还在工具厂上班的时候，有一个工友不小心弄破了手，他开始没有在意，可是后来那个伤口就开始溃烂了，没几天就死了，医生说他就是死在破伤风上。"我这样说着，看着她。她脸上竟然没有一丝对死亡的惧色。没有。我开始感到恐惧，她就像一个深渊，让我摸不到底。也许是因为她的好看，我没有直接说："你想怎样？"我仍在坚持着要送她去医院。这样的坚持可能是我想跟这样的女孩多待一段时间吧！哈哈。如果当时有一面镜子的话，我真想看看我丑陋的嘴脸。我的心里竟然有那么一点点的坏。哈哈。"你真是一个好人，你是我到本溪后遇到的第一个好人。"她说。我说："是吗？好人能看出来吗？我自己觉得我不是一个好人。""你是。"她坚定地说。"谢谢你了，我还是第一次听人说我是好人，我都感动了，我真想哭。"我笑着说。她也面带笑容地说："至于吗？说你是一个好人，你就感动得要哭，至于这么夸张吗？""哈哈！"我笑了笑。"那要说你是一个坏人呢？你会怎么样？你会哭还是笑？"她问着我。我用手挠了挠脑袋说："我不哭也不笑，我哭笑不得。""你这个人真逗，还挺幽默的。"她说。我眼睛看着她："不说这些了，我们还是去医院把你的伤口包扎一下，那样我才会心安理得。"她说："是吗？"我说："是的。""如果我不去呢？你会怎么样？"她说。我说："我会充满内疚。""你不光是一个好人，你还是一个有意思的人。"她这样说着，我的心里甜蜜蜜的。"那好吧，我跟你去医院包扎伤口。"她趔趄着站起来，她咧嘴了。我看出了她感觉到了伤口的疼痛。我走过去搀扶着说："真对不起，是不是很疼？都怪我没长眼睛，你知道吗？当你说我是一个好人的时候，我真想扇自己一个嘴巴，我算好人吗？我因为在看别的女孩子，不小心把你给撞了，你说这样的人是好人吗？"她没有说话。她的伤口还在流血。我说："你用纸巾简单包一下吧，别叫风吹着，进去细菌。"她不好再蹲下，拿出一块纸巾递给我说："你帮我包吧！"我蹲下身，慢慢地帮她包着伤口。我摸到了她细嫩白皙的腿，软软的。可以说，除了我那离开我的妻子以外，我从来没这么摸过一个女人的腿。很快我包好了，我有些怀疑地再一次问她："我算一个好人吗？"她说："反正你比我遇到的那些人要好，要好上很多倍。"

我骑着摩托车，载着她到了医院。她趔趔趄趄地要从摩托车上下来，我看了她说："如果你不介意的话，我可以抱你下来，背着你进去。"她看着我，没说话。但我从她的眼神里感觉到了她的默许。我没有抱她，也就是说我错过了一次抱住她细腰的机会。我微微蹲下身子，背起她向医院的门走去。她趴在我的背上说："你就像一个哥哥。"一句哥哥叫我心凉了半截，完了，看来没戏了。

我把她放到急诊室的椅子上，开始楼上楼下地跑着，累得我满头大汗。等我最后把交款的单据给医生的时候，医生才开始处理她的伤口。她只是紧蹙着眉头，表情严肃。我在她的耳边轻声地说："你要是疼的话，你就在心里大骂我几句。"她笑了笑，一只手紧紧地抓住了我的手。我懵了，整个人几乎要飘了起来。那可是一只温软的手啊！她每抓紧一下，我就知道她疼了。特别是医生拿着镊子夹着沾着酒精的棉团在清理伤口的时候，她的手紧紧地抓着我，指甲几乎镶嵌进我的肉里。可以说，在那一刻，她的疼痛传染了我。我真想心疼地搂紧她，来分担她的疼痛，但我没敢去搂紧她，我只能在心里默默地分担着她的疼痛。在她抓住我的手的那一刹那，我的心跳过速。过了那一刻之后，我已经开始把她的疼痛在虚无中转移到了我的身上的某一个部位。但我还是感到有些心有余而力不足，在那一刻我希望所有的疼痛都是我的。

从医院出来，我看着她说："你住哪？我送你回去！"她的脸色比医生处理她的伤口的时候还要痛苦。她眼睛里几乎含着眼泪说："我没处可去。"她瘸着一条腿站在日光下俨然一尊倾斜的雕像。我犹豫了一下说："如果你不怕我是一个坏人的话，可以住到我那去。现在我一个人住。"她笑了笑说："你就是一个坏人也不错，说不定我是一个坏女人呢？"我说："我喜欢坏女人。"她竟然笑出了声，她的笑声是那么动人，在日光下荡动着。我说："只要你不怕就行，你都不怕，我怕什么？"我把她抱上摩托车，载着她向我家的方向驶去。这时候，我想起来了，我是为了那顿丰盛的宴席才出来的，没想到在路上竟然捡到了一个女孩。尽管我不知道我们以后会发生什么，但我对我们的未来充满希望。哈哈。我心里还是不舍得那顿丰盛的宴席，我在路边的一个公共电话给马达打电话说："你们的宴席还没散吧？"马达吼着："你干什么去了？鬼金。就等你了，我大力向人家推荐你，说你能写小说，还会讲黄色的笑话，人家都期待你的出现，想看看你是一个什么人物呢。你快点过来吧！"我说："有件事情，我跟你说一下，我刚在路上捡了一个妞，我和她一起去，行吗？""没问题，你就快点过来吧！把你捡到的妞也带来，快点，就等你们了。"我说："噢了。"我从电话亭回到她的身边，她看出我一脸坏笑说："怎么一脸坏笑呢？"我怔了一下说："是吗？现在我的脸上是一脸坏笑吗？""是的。"她说。我说："那就对了，因为有一顿丰盛的宴席等着我们呢，还不用我们花一分钱，你说我能不高兴吗？"她笑了笑说："白吃吗？"我说："别说得那么难听，好吗？有点伤自尊。尽管我是一个穷人，可我还有穷人的自尊的。"我说得有些严肃。她看着我说："你生气了吗？我跟你开玩笑的。"我说："我不爱听。""好了，我不说了，哥哥。"她有些撒娇地说。她，她竟然又叫了我一声"哥哥"。真郁闷。我突然想起一件事应该向她说明，我说："你到我那去住可以，但我不能保证每一天都有饭吃，你知道吗？我是一个穷人，连我自己的温饱都很难保证，吃了上顿没有下顿，你要有这个思想准备。""那我就跟你一起饿着或者跟你一起想办法弄钱……"她笑了笑说。她的笑里面带着一丝的妩媚。

在载着她去饭店的路上，我在想："我就这么便宜地捡了一个女孩吗？她是一个什么人呢？她有什么企图吗？她是干什么的呢？"

五

我是扶着她走到饭店楼上，本来我想背着她或者抱着她，但是我没，我怕马达那张臭嘴说我坏话。还有，我不想把我们的关系搞得那么暧昧。我们进到房间里的时候，大家都站起来了。我感觉到那些男人的目光都集中到了她的身上。那是一种贪婪的、不怀好意的目光。马达连忙拉过两把椅子叫我们坐下。马达的眼睛也上下打量着她。马达开始把我介绍给大家，一个劲地夸我，好像我是一个人物似的。也许在那些人的心中我狗屁不是。后来马达对我说："你介绍一下你带来的这个姑娘吧！"马达对女孩喜欢说成"姑娘"。而我喜欢说成"妞"。我看了眼她说："还是你自己介绍吧！"她的眼睛盯着桌上的那些丰盛的菜肴看着，我碰了她一下才缓过神来。她说："我叫小寂，寂静的寂，第一次来本溪，就认识这么多朋友，很高兴认识你们！"她说话的时候停顿了一下，我感觉到她是对着满桌的菜肴咽了一口唾沫。"好了，欢迎小寂姑娘来到本溪，大家为她的到来干一杯！"马达举起酒杯说。干了那杯酒之后，马达对大家说："吃菜……吃菜……"小寂贪婪地吃着，看来她真是饿坏了。我也风卷残云地挥舞着筷子，专挑好的吃。整个酒桌上仿佛就我们两个是吃客。那些人愣愣地看着我们，目光里充满了鄙视。可是我不在乎，我来干什么？不就是来吃的吗？还是马达叫住了我说："鬼金，别光吃了，给大家讲一个黄笑话吧！"我看了看小寂，只见她好像吃饱了，用一块纸巾擦着嘴角。我说："那我就讲一个不太黄的吧！"马达说："不行，一定要讲一个一级黄的。"还是旁边的一个男人说："这有一位姑娘，我们还是收敛一些吧！"马达瞪了那个男人一眼说："那你讲吧！"

我说："有一个主持人问：猫是否会爬树？老鹰抢答：会！主持人又说：举例说明！老鹰含泪：那年，我睡熟了，猫爬上了树……后来就有了猫头鹰……"

我讲完的时候，只有小寂笑了，其他的人都没笑。

我连忙说："不讲了，你们都不笑，还是喝酒吧！"我举起杯说："我敬大家一杯，感谢啊！"我扬脖喝了，手举着杯子示意我干了。这时候，马达小声地在我的耳边说："你小子长能耐了，在大街上都能捡到一个姑娘，什么时候把她拿下啊！"我流氓般地笑了笑说："会的，要是能拿下的那一天我一定告诉你，到时候你要请客，好好地给我补补身子……"我声音很小地说跟马达说着。马达喝过酒的脸有些发红，他点着头说："一定……一定……"

房间里的电视正在报道一个消息，我侧耳听着：南极地区海域中最大的冰山，同时也是目前世界上最大的冰山——B－15A日前发生解体崩裂，巨大的冰山一分为三。

我看见那冰山崩裂时的情景，心猛地痉挛了一下。小寂也看见了，她竟然大声喊叫起来："你们看，那冰山崩裂得多好看……"

大家的视线被冰山崩裂的情景吸引了。

小寂可能是因为激动，竟然紧紧地抓住我的手。

这顿宴席以我和小寂的酒足饭饱而告终。可是我和小寂的故事还没有完。

六

在路上，小寂还跟我说起那冰山的事情，她说得很激动。她说："你知道吗？这些天老是梦见一座冰山，而我就像一个死人似的被囚禁在冰山里，我走不出来，我甚至赤身裸体用我的体温去融化那座冰山，可是白费，那是一座巨大的，在不断生长的冰山……""好奇怪的梦，怪不得你刚才那样大喊大叫，你一定希望你梦里的冰山像刚才电视里的那座冰山一样崩裂开，然后你就能从里面出来了。"我说。"是啊！希望这是一个好的预示，叫我今天晚上别再梦见那该死的冰山，要是梦见也要像电视里的那样崩裂开来……"她说。她刚才说什么了？她说了赤身裸体。哈哈！她赤身裸体的形象在那一刻遮蔽了冰山的形象，我仿佛看见她扭捏着细腰从冰山里走出来。

我没马上载着她回到我的家，我怕邻居看见了说我的闲话，那些烂舌头说不定会把我们的关系说成什么样呢！我想最好是天黑了，我悄悄地把她带回家。哈哈！我这样说的感觉像不像领一个应召女郎回家啊！就当那么回事吧！看看我想得多美。我想想都好笑，有一瘸一拐的应召女郎吗？

我对她说："我们在街上兜兜风，真的吃得太多了，消化消化。再说了你第一次来本溪，我领你看看这座城市，也许你会遇上更多的好人。"

"好啊！不过你是我到这座城市后遇到的第一个好人。"

"你又来了。"

"我说的是真的嘛。"她娇滴滴地说。

我载着她去了望溪公园，去了儿童乐园，去了滨河路的公园，去了小华山公园……我们就这样转着，差不多这座城市的公园我领她转遍了。傍晚的时候，我们在站前广场上歇息着。因为她腿上的伤，她侧身坐在摩托车上，而我坐在旁边的一个椅子上，慢慢地抽烟。我看着她，她看上去有些憔悴。几缕头发耷拉到脸上，她解开头发，晃了晃，就像电视里做洗发水广告那样，任头发垂到肩上。傍晚金黄的日光落在她的头发上，落在她的身上。我有一种说不出的冲动。她发现我在看她说："你看什么？"我有些不好意思地说："没看什么。"她笑了笑说："是不是我很

103

丑？"我连忙说："不，你很好看。真的。"她向我要了一根烟，慢慢地抽着，她那飘忽、乌亮的眸子在注视着我，她的眼神里藏了很多我不知道的东西。我想知道，但我没敢去问。我想，也许晚上，我们激情过后，她就会趴在我的胸脯上对我说她的身世。也许。就这样，我们在享受着傍晚温暖的日光，直到黑夜来临。

火车站的钟敲响了八下，我骑着摩托车载着她回到了我居住的小区。为了不惊扰邻居的目光，我背着她上楼。她说："这辈子你是第二个背我的男人。"我有些嫉妒地问："那第一个是谁？"她说："是我爸爸！"她说着，把头贴在我的后背上。我的脚步很轻，很怕声音大了，邻居会从猫眼里看见我背着一个女孩。我竟然有一种做贼的感觉。也好，真能做个贼就好了，而且我偷回来的是一个可以说得上是活色生香的女孩。我心里别提有多美了。

我的心里到现在都这么认为，小寂是我捡回来的一个女孩。

我背着她说："我现在的样子像不像猪八戒背媳妇？"她轻声地笑了笑说："你倒挺会联想的啊。你有点抬举你自己了，你可比猪八戒难看多了。"我嘿嘿地笑着说："我有那么难看吗？"很快我背着她就到了家门口，我掏出钥匙，打开门，连鞋都没有脱，就把她放到了床上。她四周看了看说："真像一个猪窝，等我腿好了，我给你好好收拾收拾，简直了……"我说："好啊！"我边说着，边收拾床上的一些脏衣服和臭袜子，团成一团扔到一个角落里。我坐在沙发上抽了根烟，我说："这一天了，你也累了，休息吧！"她看了看我说："我不能跟你睡一张床。"我尴尬了一下，我的心彻底凉透了。我说："我也没想跟你睡一张床啊！我睡沙发。"她冲着我笑了笑。她脸上的笑容把我凉透了的心又温暖过来一半。她一只脚搭在另一只脚上，把鞋脱掉，她喊着："你看我的脚脏死了，我要洗洗，不洗我睡不着觉。"我说："你真是事多。"她哼了一声说："我可是一个爱干净的人，要不是我……我才不会睡在这么脏的床上呢。"我连忙追问着："要不是你怎么样？"她脸色变得严肃地说："没什么。"她的语气变得温柔地说："求求你了，帮我弄一盆洗脚水吧！你就忍心看着我这么一个腿受伤的女孩自己去弄吗？"我说："我忍心。"她不吭声了。我转身进了卫生间给她端出一盆洗脚水，就在我弯腰把水放到她的脚下的时候，她在我的脸上吻了一下。我的身体僵住了，看着她。我端着洗脚水的样子一定很滑稽。"看什么呢？这是对你的奖励，赶快给我洗脚啊！要不是这腿上的伤，我就自己洗了。"她笑着说，"真不知道怜香惜玉。"我傻笑着看着她的脸，我没敢去看她的目光。我怕我融化在她的目光里。我赶忙蹲下身为一个我刚刚认识的女孩洗脚。这是亲近她身体的一种方式吗？我边给她洗脚边说："我长这么大可从来没给女人洗过脚，你要怎么奖励我？"她看着我说："你要什么奖励啊？这脚也是我身体的一部分，你已经占有了，还要什么？这也是第一次有一个男人给我洗脚。"我抬眼看着她，她的眼睛里雾蒙蒙的。气氛有些严肃了。我轻轻地在她的脚心挠了挠，她笑了起来，说："痒死了，痒死了，你坏……""你终于说我坏了，白天你不还夸我是一个好人吗？"我连忙说。"哈哈，"她笑着说，"看来你要原形毕露了。"我说："是吗？我本善良。"给她洗完脚后，她说："谢谢！"我说："至于这么客气吗？"她把脚平放到床上，两只眼睛看着天花板，沉默着。此刻的她看上去是一个心事重重的女孩。我说："闭灯睡觉吧。"她转过头看着我说："好的。"

闭灯了。这是一个叫我难受的夜晚。还好，我身体里的那只野兽在我的控制下，没有主宰我。我还会有机会吗？一切皆有可能。

七

第二天早上，当我睁开眼睛的时候，日光已经暖洋洋地从窗户照进来。我发现竟然睡在沙发上，当我看见小寂的时候，我有些发懵，我的屋子里怎么会出现一个女人？还是我的幻觉？我用手掐了一下自己的大腿，才觉得这不是梦境。慢慢地我想起来了。我看着她坐在床上，日光毛茸茸地笼罩着她的身体。我揉了揉眼睛说："你起来了啊？"她好像没听见我的话，怔怔地坐在那里。她的样子使我产生一种类似于亲情的疼痛感。我没有打扰她，闭上眼睛装睡。我想起昨天晚上的梦。我的梦里全都是她白玉般的小脚，踩遍我身体的每一个部位。我这样想着我的梦，脸上的皮肤动了动。如果有一面镜子的话，我相信我那副嘴脸一定是洋洋得意的一脸坏笑。可是那种类似于亲情的疼痛感把我的想入非非冲得一干二净。我再次睁开眼睛，偷偷地看着她。那一瞬间，我突然想把她搂在怀里，好好地呵护她。我从沙发上爬起来，浑身酸疼。因为我好长时间没有睡沙发了。我不喜欢睡在太软的地方，但女人的身体除外。

小寂在这个早上跟我说的第一句话竟然是："来到这座城市后，我昨天晚上头一回没有梦见冰山。"我说："是吗？"她声音很大，充满了兴奋地说："是啊！"我说："这是为什么呢？谁能说得清梦境的东西呢？"她笑着说："也许是我遇到了你……遇到了一个好人……"我哈哈地笑着。我说："有这么夸张吗？"她瞪着两只毛茸茸的大眼睛看着我说："我想不到其他的原因了，我想应该是的。"

她跟我说她刚到这座城市来的那一天，刚下火车，她的手机就被人偷走了。还有她去餐馆吃东西的时候，竟然因为食物不卫生，开始拉肚子，拉得她快成一个骨头架了。还有她去酒吧一个人坐着喝酒，没想到几个男孩过来，请她喝东西，她还以为他们是好心呢，没想到他们竟然问她多少钱可以睡她。当她喝了他们的东西，才感觉不对，头晕目眩，她急忙从酒吧里逃出来，就被我的摩托车撞上。她说她怎么就这么倒霉，还好撞到她的是一个好人。

她笑了笑，看着我，有着一丝的妩媚。我没有说话。在她的微笑里，我感到惭愧。我扪心自问着："我真的是一个好人吗？"

她的叙述使她变得更加神秘，扑朔迷离。她来这座城市到底干什么？后来我知道，她的叙述里仍隐藏了很多东西。

我像一个遇到了思维障碍的侦探看着她，我说："伤口还疼吗？"她说："不疼了，就那么点小伤，你有些大惊小怪了，我的皮肤愈合得好，我想现在应该一点事都没有了。"她说着就去揭绑在腿上的纱布。我想阻止她，可是已经来不及了。她一层层地揭开纱布，剩下最后一圈的时候，她还是停顿了一下，可以看出来她还是有些小心谨慎。这个时候，我眼睛看着，心绷紧着，就等着她揭下那最后一层了。我的耳朵听见了纱布和血痂分离的声音，清脆得像折断一根玉米秆的声音。这个声音使我不忍心去看了，但是我眼睛还是没有离开。她微微地皱着眉头，咧着嘴，一咬牙。我的心也跟着提到了嗓子眼。我仿佛看到血滴溅射出来，可是没有。她像挥舞着一面胜利的旗帜，挥舞着那块残留她血迹的纱布。我走过去，仔细看着她的伤口，确实愈合得很快，但还是看见几滴血珠，晶亮地渗出来。我说："你看，还是有血出来，再等一两天就好了。"她说："没事的。"她竟然从床上下地，走了两步说："你看，没事吧？我都能走两步了……有病没病，走两步……"尽管她在示意她没事了，她在幽默地学着赵本山小品里的话，但我心里仍旧担心着。她走的姿势因为她的身体挺着，但仍能看出来有点瘸。她甚至搞笑地学起了瘸子在走着，嘴里还说："你看我像不像一个瘸子，一个女瘸子……"我没有笑，没有。我点了一根烟，狠狠地吸了一口。我说："你饿了吧？但家里真的没有什么吃的了。可能只剩一袋方便面了，我们出去吃吧？"她仍旧瘸子般地走了几步，坐在床上说："我还不太饿，你把那袋方便面煮了吧，我们一人一半，剩下的汤都给你……"她可能是在搞笑地说着，可是我的心里像被针扎似的，我几乎要哭出来了。我转过身去，看着楼下的街道。那纵横交错的街道在灰色之下像一根根绳子扭结在一起。我的眼泪流了出来，淌在脸上。我伸手擦掉脸上的眼泪，故作微笑地说："我们还是出去吃吧！"我的声音僵硬。在这一刻，贫穷像一根湿漉漉的绳子，勒着我，叫我喘不过气来。因为贫穷，我是窘迫的，我觉得我丢失了一个男人的尊严。我的心里很不是滋味。

我们在楼下的一家小吃部吃了两碗抻面。吃完后，她掏出一个纸条递给我说："你知道上面的这个地方吗？"我看了看说："这是郊区啊！你有什么事吗？"她声音低沉地说："我要去找一个人。""你的亲戚吗？"我说。她说："不是。"我想继续追问，可是我没有。"你可以带我去吗？"她问着我。我说："可以啊！"她说："谢谢！"我说："这么客气干什么？"她要回了那个小纸条，小心地放到包里。我看着她小心谨慎地装起那个纸条，我想问她："你去干什么？"

但我没有问。

纸条上写的是一个什么样的地方呢？

那个地方就是蓝镇。

八

我骑着摩托车载着她疾驰在去往蓝镇的路上。我不知道她要去蓝镇干什么，我感觉她好像在找一个人。至于找的什么人，找那个人干什么？我无从知道，我也不好意思去问。她就像一个装在玻璃瓶子里的女孩。我还不想打破这个玻璃瓶子。一路上我们没说一句话，也无心路边的风景。在上午九点半的时候，我们到达了蓝镇。这个蓝镇有着迷宫一样的街道，我们在街道里穿梭着，在寻找着那个纸片上的地址。可是我们转了几圈，又回到了我们开始的地方。她从摩托车上下来，对着迷宫一样的街道发出一声长长的叹息。我说："这是怎么回事？我们进去了又转回来了。"她看了看我："不行，我们只好找一个向导了。"我擦着脸上的汗水说："上哪找向导啊？转了这么长时间，连个人影都没看见。"我的话刚说完，从身边的巷子里向我们走过来一个挂着棍的盲人。他身材高大，戴着一副黑色的墨镜，他手里的棍在青石板路上发出嗒嗒的声音。对于这个盲人的突然出现，我有些失望。我坐在摩托车上，点了一根烟，慢慢地吸着。那个盲人在我们的跟前停了下来。他的鼻子嗅了嗅说："这里不许吸烟。"我仿佛没听见，仍在吸着，而且还吐出一个漂亮的烟圈，在头上飘着，慢慢地散尽。他突然野兽般地吼叫着："这里不许吸烟，我说的话你没听到吗？"他的吼叫把我吓了一跳，我也非常生气地说："你这么大声干吗？我又不是一个聋子。""那你为什么不马上停止？"他说。"我……我……"我支吾着，我想说，"我以为你一个瞎子看不到呢。"但我没有说。小寂看了那个盲人一眼，又看了看我。她用她的目光在阻止我。我只好低下了头。可以说自从遇到了小寂后，我的一些卑劣的行为和举止都收敛了很多。我不知道为什么，也许是我喜欢上这个女孩了，也许。我不知道这样微妙的感觉是不是爱情。小寂靠近那个盲人，对那个盲人说："大爷，我们在找一个人。你知道怎么能找到他吗？他叫李光右。""别叫我大爷，再说我也没那么老，叫我盲人或者叫我瞎子都行。"那个盲人开口说，"你们找李大脑袋啊？他可能不在镇上，去他女儿家里串门了。他临走的时候还说，他快要死了，他要去看看他的女儿，是的，他就是这么说的。"那个盲人在喃喃着。小寂听了盲人的话有些沮丧地说："是吗？那他没说什么时候回来吗？"盲人说："他没说，他也许会死在路上。"这句话他说得很缓慢，仿佛他在预言着什么。听得我有些毛骨悚然。他的话好像击破了小寂的希望。小寂的样子看上去要哭了。我看了看小寂说："我们回去吧，我们过几天再来。"小寂沉默着。她怔怔地站着，面对着迷宫一样的街道。那些街道在她的目光深处蜿蜒着，交接着，看不到尽头。

我有些怀疑那个盲人墨镜后面的眼睛是否真的看不见这个世界，看不见这个世界上的一切东西。

一座灰色的塑像矗立在那里。这座塑像叫绝望，也叫小寂。

我对小寂说："我们还是走吧！我都有些饿了，我们去吃点东西，过两天再过来不好吗？"小寂没有离开的意思。

"你们既然来了，就到镇上去看看吧。这里已经是一个著名的旅游景点了。"那个盲人说。

"什么破地方，我们进去一圈，又回到原来的地方，我们会迷路的。"

我看着那个盲人说。

"你们可能还不知道，进这个镇必须需要一位向导。我就是一个向导，没有我，你们走进去就会迷路，而且最后还会回到原来的地方。"盲人很得意地说。

我说："那不是骗人吗？你做向导要收钱吧？"

"当然要收钱了啊，我不能白干啊！"那个盲人说。

小寂仍然没有丝毫的反应。在此刻，我知道我不能左右小寂，也不能左右我自己，我被小寂左右了。她现在是我感情上的领导，我就像一个奴才，毕恭毕敬地跟着她，随她摆布。我伸手摸烟，我想再抽一根。这个时候，那个盲人摘下了他的墨镜，我看见两个空洞的眼窝，透着一丝的寒气在看着我。我的手从兜里又缩了回来。我深深地吸了一口气，就像吸烟那样。他的脸很瘦，看上去是僵硬的。整个脸上，都是明亮的疤痕，看上去使人心疼。我有些同情地看着他。他慢慢地戴上墨镜，他仿佛就是有意识地在叫我们看他的脸，叫我们同情他。这是我的猜想。我开始对这个盲人产生了兴趣。我想，如果小寂同意的话，我们可以到镇里去看看，可以请这个盲人当我们的向导。那个盲人的耳朵竟然奇异地动了动。突然那个盲人喊叫起来："完了……完了……冰山塌了……"我奇怪地看着问他："你说什么？什么冰山塌了？"那个盲人说："你没听见吗？你没听见吗？也许你的耳朵有些问题了……"我被他的话搞得莫明其妙。我生气地说："什么冰山？什么冰山？"这时候，小寂也听见了盲人的话问："你说什么冰山？"盲人有些焦急地问："你们还到镇上去不？要是不去的话，我可要走了。"可以说此刻，我和小寂都被盲人所说的莫明其妙的冰山吸引了。我看着那些纵横交错的街道上很多跑动的人。我看着盲人说："到底怎么回事啊？那些街上跑的人都去干什么啊？"盲人说："你们去就知道了，路上我再跟你们说。""这不会是一个圈套吧？你不会就为了那几块钱的向导费吧？"我说。"你们不去拉倒，我走了。"那个盲人说完，转身就要走。我看了看小寂说："我们去吗？你说这样的一个小镇能有一座冰山？这可能吗？"小寂说："我们去看看吧！"那个盲人伸出一只大手说："给钱……"我说："多少？"盲人说："五块。"我感觉这个价钱还算合理，就掏出五块钱放到他的手里。他说："快走吧，去晚了我们就抢不到冰块了。"他说着，脚步开始颠起来。我连忙说："到底是怎么回事啊？你慢点行吗？你不会是骗我们吧？"那个盲人没有说话，脚步飞快地顺着青石板路走着。他的样子使我再一次怀疑他不是一个盲人。我拉着小寂跟在他的身后。我还在问着："到底是怎么回事啊？怎么回事啊？"在路上，我们又遇到很多人向那个方向跑着，他们看上去像一群疯狂的野兽。我大声地问那个盲人："那些人都在街上跑干什么啊？"盲人说："他们在抢冰块吃啊！你还不知道吧，每个月的这个日子，镇上的这座冰山就会突然倒塌一次，镇上的人就会去疯狂地抢那些冰块吃。""冰块有什么好吃的？"我说。"你还不知道，这可不是一般的冰块，这里的冰块能治病。""真的吗？"我半信半疑地追问着。盲人说："真的，就在去年的一天，突然镇上一家的院子里发出轰隆隆的响声，那时候我们以为打雷了呢，但不是，那家人惊慌地看着院子里，只见一座冰山从院子的地底下鼓了出来，越来越高，越来越大，足足有三米多高的一座冰山，很奇怪吧？现在还没有人研究明白。更加奇怪的事情是，那个冰山在每月的 8 号就会自然坍塌成无数的碎块。那家有一个傻儿子，脖子上坠了一个一斤多重的大瘤子，他捡起那些碎冰块就吃，两个月下来，他脖子上的大瘤子竟然奇迹般地变小了，现在都没了。你们说神不神？从那以后，这家就开始把冰山围起来，开始收费了，看冰山和要吃冰块的人都要收钱……"我说："有点意思。""更加神奇的事，这冰块不光能治病，还能强身健体，一个八十岁的老头吃了，竟然扔了拐棍，像一个年轻的小伙似的。""真的有点意思。"我说。

那个盲人开始奔跑起来，我拉着小寂的手也跟着奔跑起来。我再一次怀疑那个盲人的眼睛一定有问题。一定。可是那冰块带给我的疯狂诱惑和好奇使我忘记了这些，或者说我原谅了他的狡猾。至于他的眼睛，我一直都在猜测。后来我知道那是真实的盲或者说是瞎。其实，我们生存在这个世界上要是真的盲就好了，就可以对这个世界和未来充满幻想。

　　我不知道那个盲人是靠什么在辨别着方向，仿佛镇上的那些道路都在他的心里。我和小寂跟着他。小寂的热情好像不那么高，表情冷淡，身不由己的样子。她的冷淡我是在乎的。我对她说："你要是不喜欢，我们就回去。"她没说喜欢，也没说不喜欢。在一种惯性中我们仍跟着那个盲人在跑。跑。跑。

九

　　很快我们就来到了那个戒备森严的院子门口，有十几个膀大腰圆的大汉在门后拦着，组成了一道人墙。他们看上去凶猛彪悍，像一只只站立的北极熊。可是人们已经疯了，像涨潮的海水一次次地在冲击着那道人墙。人群的喊叫就像一架巨大的直升机刚刚起飞的时候发出的声音。他们在冲撞着人墙，把人墙挤得七扭八歪的。那几个彪形大汉喊着："要吃冰块的去门口交钱，快去快回，否则冰块就会在一个小时后融化……"他们的喊叫声像菜市场上的叫卖。我的好奇和冲动一下子就被这股子金钱的味道冲淡了。我变得沮丧。这时候，那个盲人对我说："你要给我向导费了。"我看见他伸过来的手就气不打一处来，血液上涌。我说："要钱没有，要命一条，你这不是骗人吗？这不是变相收钱吗？狗屁的冰块，我看那什么冰山也是你们编出来骗人的，你们还有一点人的良心吗？你们就知道为了钱，千方百计地骗人，你们……"我看着那个盲人恨不得上去给他一个嘴巴。还是小寂心慈面软，掏出了五块钱放到了那个盲人手里。那个盲人抚摸着那张崭新的纸币，竟然感动了，嘴里发出恸哭的声音。这时候，那人墙眼看着招架不住了，有几个大汉被推倒在地上，被人们踩在脚下。那些疯狂的人就像要进去抢金子似的，完全丧失了理智。他们就像暴动的乱民，冲进了院子。他们真的抢到了冰块，咔哧咔哧地嚼着，脸上带着癫痫的微笑。那个盲人看着我们说："我没有骗你们，我在路上说的都是真的。"他一脸委屈。只见那些疯抢冰块的人，嘴里嚼着冰块，手里搂着冰块，还把身上的大小口袋都装满了冰块。他们咀嚼冰块的声音勾起我也想吃一块冰的欲望。我对小寂说："你要吃吗？我也去弄一块过来。"小寂看着那些人，一脸恐惧地摇了摇头。她瞪大眼睛看着那些疯狂的人说："那些人都疯了吗？"我说："疯了。"我看着那个盲人对他说："你带我们出去吧！我们想离开这里。"那个盲人说："别白来啊，你们要是抢不到的话，我可以帮你们。"我说："不用了，我们不想吃这叫人恶心的冰块。"那个盲人说："我说的冰块的奇迹都是真的，都是真的，我没骗你们，没有。"我愤愤地说："即使是真的，我们也不想吃了，我们现在只想离开，离开，你知道吗？"那个盲人的语气变得软了下来说："好吧，我带你们离开，这回就不收你们钱了。"我没听清楚那个盲人的话，但我听到了钱字，我立棱起眼睛说："怎么？你还要钱啊？你掉钱眼里了吗？"那个盲人连忙解释说："不是的……不是的……"我咄咄逼人地说："什么不是的，不是的，你说你还要多少钱？"那个盲人说："我没说要你们钱，我是说这次不要你们的钱了。"我说："那好吧，带我们离开这里。"我又看了一眼，院子里的冰块都不见了，那些疯抢冰块的人，他们咀嚼着冰块，癫狂地笑着。笑声回荡着，使人产生一种眩晕的感觉。我说："那就快点，我们要马上离开。"

就在我们转身要离开的时候，那笑声戛然而止。整个世界都变得安静下来。我回身看着，小寂也回身看着。那些人就像被施了法术，一个个定在那里了。只见一座冰山慢慢地从地下面开始拱出来，拱出来，越来越大，直到成了一个庞然大物。我和小寂都惊呆了，张大着嘴看着。小寂突然向那座冰山跑去，就像精神失常一样。我喊着她："小寂，你干什么去，你干什么？"小寂没有回答我，冲过人群，跑过去紧紧地抱住冰山。我也跟着跑过去，我拉着小寂说："你干什么？难道你也疯了吗？"小寂眼含着泪水看着我说："我没疯，我看见我爸了，他就在这个冰山里。"我看着那晶亮透明的冰山，里面什么都没有。我说："我怎么没看见，里面什么都没有啊！"小寂紧紧地抱着冰山恸哭着，嘴里在喃喃着："爸，爸，你怎么跑到冰山里去了？你不认识我了吗？我是小寂，你的女儿，爸……爸……"小寂喊得撕心裂肺。我也眼泪汪汪地对小寂说："你不能这样抱着冰山，你会被冻僵的，冰山里面什么都没有。""不……我看见我爸了，我看见了……"我心里嘀咕着："这个女孩看来真的是疯了，要不就是从精神病院里跑出来的。"我还是强行把小寂抱起来。她在我的怀里又踢又咬，拼命地挣扎着。我对那个盲人说："我们快走，快走，我看她是疯了。"为了防止小寂的挣扎，我把她扛在肩上，跟着那个盲人快速离开镇子，回到我们进来的那个地方。我的摩托车仍在那里静静地等着我。我把小寂放到地上，长长地出了一口气。我就像去了一趟地狱似的，想想都毛骨悚然。小寂坐在地上号啕大哭着，她用脚在踢我，用她的拳头在打我，嘴里声嘶力竭地喊着："你为什么不叫我把我爸救出来，我爸就在那座冰山里。"我看着小寂，用手抓住她的拳头说："你一定也疯了，那冰山里什么都没有，没有。"过了很长时间，小寂不哭了。我转身找着那个盲人，却连个人影都找不到，他就像一个幽灵消失了。也许是小寂搂抱冰山的原因，她的身体在不停地发抖。她的胸前湿漉漉的，她的两个乳房明显地从裙子里面突兀出来。她在哆嗦着，在打摆子，我把她抱在怀里。她变得冷静地说："你为什么不让我救我的父亲？我的父亲就隐藏在那个冰山里。"我安慰着小寂说："别傻了，你一定是出现了幻觉，那里面什么都没有，真的，什么都没有。"她声音尖锐地说："有，我看见了，我看见了……"我只好顺从她说："有还不行了吗？"她说："本来就有嘛？都是你，要不我一定会把我的父亲救出来的。"我有些无奈地看着她，看着她红肿的眼睛，无话可说。她依偎在我的怀里，浑身冰冷，我尽力用我的体温去温暖她。她的眼睛仍看着那些深邃神秘的街道，仿佛她的父亲会从里面跑出来似的……

十

我带着她回到城里，在一家小吃部简单地吃了一口饭就回到我家。她回到家躺在床上就睡着了，不时地在梦中喊着："爸……爸……"我坐在沙发上一边抽烟，一边静静地看着她。她的身体在烟雾中，轻飘飘的，似乎是烟雾里的虚像。烟雾本来就是虚的，她的身体便更加虚得不能再虚了。此刻，我好想过去，躺在床上，像一个有责任心的男人那样去抱着她。可是，我没敢，我没敢轻举妄动。

从蓝镇回来，我就想问她："你到底是干什么的？你的父亲怎么了？你是在寻找你的父亲吗？"她的神秘使我产生莫名的恐惧感。我预感到她一定来得神秘，消失得也神秘。这样也好，就让我的心里保存一份对她的期冀和悬念吧。毕竟我们在一起的时候，我的心里是充满温情的。

我再一次想起那个盲人，想起那些疯抢冰块的人，还有蓝镇的环境，不禁再一次毛骨悚然，身子哆嗦了一下，仿佛仍处在那个环境里，仍然听见那些人大口咀嚼冰块发出的声音。那冰山我本以为是那个盲人的杜撰，没想到那是真实的，那冰凉感随时都可能侵入我的骨髓。一些事物在幻想中还有趣味，真实地出现了就不好玩了。比如：男女间的感情。我希望我幻想中的冰山永远都不出现，可是它出现了，而且是残酷的。

我第三支烟吸了一半的时候，她醒了过来。两只眼睛仍旧红肿地看着我。她没有马上起来，仍躺在床上。那个姿势就像一个新媳妇欲说害羞地看着我。我低垂下我的眼帘。她说："你没睡一会儿吗？今天搞得我真的很累，有些对不起你了。你也过来睡一会儿吧？"她的语气充满自责和邀请的意味。她甚至直接地邀请我："过来嘛。"我有些怯怯地看着她，还是走了过去。我有些僵硬地躺下去。她的一只手马上伸过来放到我的胸前。我一愣，浑身瞬间发烫起来。那是肉体的瞬间。但很快就被我的意识冷却了。我是一个怯弱的男人。她语调深沉地说："抱抱我……"我尴尬地躺在那里，一动没动。她又撒娇地说："抱抱我嘛，哥哥。"从她的语调了我丝毫没感觉出她的欲望，她只是感到孤独，希望有一个像我这样像哥哥的男人抱抱她而已。我用两只胳膊抱住了她。我感觉到我的僵硬。她说："抱紧点嘛！"我就像一个机器人抱紧了她。我们就那样抱着，她突然问我："你就不想知道我是干什么的吗？就不想知道我去蓝镇干什么吗？还有我父亲的一些情况吗？"我说："我不想。"没想到我的话打击了她，她的脸上出现失望的表情。我说："我真的不想知道，只要你现在是存在的，就够了，你来得匆匆，去得也会匆匆的，知道你太多的事情，只会给我构成一定的伤害和记忆，就像那冰山一样，我不想。"她不说话了，两只眼睛看着我，仿佛我是一个陌生的人似的，仿佛我们从来不认识似的。我不敢看她的眼睛。她推开了我，转过身去，我只能看着她的后背。她的肩膀在抽搐着，她哭了。我心疼地用手扳了一下她的肩膀说："哭什么？你不是说我是好人吗？只要你愿意在我这待着，待多少天都可以，只要你不嫌弃的话。"我发现我说话有些前言不搭后语了。她又没说她要走，我说这些干吗。她哭得很厉害，哭声搞得我有些手足无措。她突然转过来，紧紧地搂住我说："你知道吗？除了你，再没有一个男人可以宽容我，包括对我的过去，我所需要的，只有你能够给我，我爱上你了。"什么？什么？她竟然说她爱上我了。我对"爱"这个字眼已经遗忘很多年了。她竟然说她爱上了我。我竟然没敢吭声，僵硬地躺在床上。

她紧紧地搂着我说："你知道吗？我到蓝镇就是去找那个叫李光右的人，就是为了取回我爸的骨灰，你知道吗？我爸死了，是突然的意外，他在一个正在施工的工地干活，突然从顶楼上掉下一块木板砸在了他的头上……"她抽泣着，"他就那么死了，当时就死了，因为找不到他的家属，只好由他的那个工友签字把他火化了……现在我爸的骨灰就在那个李光右的家里，是他把我爸爸的骨灰保存起来的，这些都是我到那个工地后，一个工人师傅对我说的，他还说那个工地的老板赔了我爸八万块钱……"她声音哽咽，眼泪像决堤的河水。我主动搂过她，紧紧地搂在怀里。我一声不吭。"你知道吗？我大学毕业嫁了一个大我八岁的男人，因为我爱的男朋友跟我搞鬼，在我们结婚的那天晚上，入洞房的却是他的这个舅舅。等我醒来，我都懵了。他的舅舅说，我给我外甥五万块钱，他走了，他把你交给我了。我当时要死要活的，他就把我绑起来，一个劲地劝我，我一个星期不吃不喝，我就想一死百了，可是我却没有死，也许是我懦弱吧。他看上去很老实，可是结婚后，他就暴露出凶恶的本性，他总是喝酒，喝醉了就打我，在我第一次怀孕后，就被他打流产了。他说那不是他的孩子，那是他外甥的孩子，他想要一个他自己的孩子……那段时间，我竟然忘记了我父亲的存在，我就像一个被奴役的人，被这个男人囚禁在家里，只要他离开的时候，就把我绑起来……突然有一天，一个小偷闯进了我的家，我把家里的贵重的物品都给了他，他把我放了……逃出来，我才想起我在这个世界上还有一个父亲……"她泣不成声。我看着她，我相信这些事情是真实的。"也许是冥冥中的力量吧，我懵懂地来到本溪，到处找我的父亲，我竟然找到了……可是他已经死了……那个工人师傅说我父亲死的日期跟我逃出来的那天是一天……"

我相信冰山的存在，它不是存在于地球的两端，而是就存在于我们的生活之中，而我们每个人就像一块块冰块，被盛装在世界这个巨大的瓶子里。

我对她说："如果真的像那个盲人说的那样，如果李光右也死了，那么你就取不到你父亲的骨灰了，你怎么办？"

"到时候再说吧，我现在感到父亲的骨灰对我有些不那么重要了，我只是在这个过程中企图给我心灵以安慰。"她说话的声音冷冰冰的，就仿佛变了一个人。她的目光像一只野兽，看着我。

几天后的那个下午，随着那阵剧烈的敲门声的响起，随着那几个人的突然闯入，我只能眼睁睁地看着她被她的男人带走，我无能为力，我手足无措。我在发慌，尽管我知道她早晚会离开我的，但我还是有点舍不得。在这个时刻，我希望奇迹发生。就像我幻想的冰山真的在我的生活中出现了一样，是我生活中的一个奇迹。每个人都需要这样的奇迹，不是吗？

我站在窗前看着楼下，他们从楼洞里走出来，出现在街道上。两个彪形大汉架着小寂，就像一起绑架案正在发生。小寂在挣扎着，狂乱地蹬着两只脚。

街道旁边的一家超市正在开张，锣鼓喧天，彩旗飘飘，几个巨大的氢气球挂着红色的条幅悬挂在半空中。

我听见了小寂的尖叫，但那声音是细微的，被那些锣鼓的声音遮蔽了。他们的身影掩映在那些彩旗中间，我的心像撞上冰山的船只，沉没了。我的眼睛渐渐地变得模糊了。就在这个时候，我听见一声巨大的奇怪的声音，我抬眼望去，只见天空的西北角出现了一座巨大的冰山，矗立在白云之中。我惊呆地张大嘴，两个眼球在瞬间一动不动。我的身体不禁哆嗦了一下。我差点大声尖叫，我被震撼了，被这样的奇迹或者幻觉震撼了。我像一个木头人怔怔地站立着，透过窗户以仰望的姿态看着那座奇迹般出现的冰山。

楼下那开张的店铺仍在敲锣打鼓，他们并没有感觉发生了什么。我的目光在彩旗中寻找着小寂的身影。我看不见了，看不见了。这时候，那热闹的人群里发生了一阵骚乱，只见一只巨大的红色的氢气球从彩旗中间飘了起来，慢慢地飘向半空……

我看见小寂手抓着绑着氢气球的绳子在缓缓地上升，就像一个精灵，飘起来。地面的人都抬头看着，在呼喊着。氢气球越飘越高，地面上的人都绝望了。眼看小寂就要从我的视野里消失了，我赶忙拿下挂在墙上的望远镜，看着小寂在飘，她好像在笑，还冲着下面的人群挥了挥手。

此刻那冰山仍在迅速地变得巨大起来，几乎成了整座城市的背景。小寂顺利地落到了那座冰山上，慢慢地走进去。冰山不见了，小寂也不见了。我眼含着泪水，举着望远镜，只见那个红色的氢气球瘪了下来，坠落着，速度越来越快，像一堆动物内脏落在地上。

我在望远镜里看见对面的阳台上，一个男人对着天空举着气枪……

公元 2006 年的秋天，北半球的中国有一个叫鬼金的男人正在东经 123 度 41 分，北纬 41 度 19 分的点上沉迷于一次对冰山的幻想。冰山是虚无缥缈的，小寂是虚无缥缈的，我的幻想也是虚无缥缈的。这个世界的一切都是虚无缥缈的。

这时候，他听见房门响了一下，他的心猛地跳了一下，转过身去，他看见他的前妻从门外走进来，她说："我回来取我的东西，你没关门，我就进来了。你看你脖子上挂着一个望远镜干什么？偷窥吗？"

形同陌路的时刻

夜晚到了，阴影先是拉长，然后遮蔽了一切。

——库切《内陆深处》

我们在空中掘一个坟墓躺在那里不拥挤……

——保罗·策兰《死亡赋格》

一

郁夫看着窗外，天阴，随时都可能下雨。郁夫在窗边站着，等待雨的降临。过了半个小时，雨还没有来。郁夫站得有些累，拽一把椅子放在窗前，点了支烟，坐下，一副不等来雨誓不罢休的样子。街道上起风了，尘土、树叶、一些垃圾飞舞在半空之中。街道变得模糊起来。天暗。郁夫问自己，雨会来吗？几个人在昏暗的街道上走着，郁夫们的身体在抵抗着风，尘土，还有那些树叶和垃圾。一个黑色的垃圾袋竟然飞到其中一人脸上，那人用手拼命往下抓着，先是一只手，接着另一只手也上来了。黑色的垃圾袋在那人的头上就像一个即将被执行绞刑的罪犯。那人的手在抓，撕扯着，其他几个人也过来帮忙，直到撕碎了垃圾袋。他们继续在街道上走着。在道路的左侧（从郁夫的视角是左侧，从那几个人的角度看是右侧。郁夫为了辨识自己的判断，坐在椅子上，伸出左手

120

和右手。郁夫的判断是正确的。他脸上挂着笑容，满意地坐下）。几辆红色的出租车跑来跑去。直到那几个人消失在郁夫的视线之外。街道再一次变得空寂下来。郁夫突然觉得孤单，是的，孤单。确切说是孤独，但郁夫一直都是孤独的。那句话怎么说？生来孤独。郁夫站起来，把椅子调过来，像骑马一样骑在上面。"孤独的骑士，你可以上路了。"郁夫喃喃着。目光落在街道上，郁夫骑着马，急促而不是缓慢悠闲地行走在街道上，甚至是仓皇的。郁夫不知道目的地在哪儿。郁夫的肉身坐在椅子上享受着这次灵魂的出离。是的，灵魂的出离。郁夫在好几篇小说里提到这种感觉。郁夫开始厌恶这个出离的灵魂，那个街道上骑马的自己。郁夫又把椅子调回来，坐上去，又觉得不舒服，郁夫干脆蹲在椅子上，像一只焦躁的猴子。

早上郁夫看手机上的天气预报说，有雨。

雨变成了郁夫的心事，从床上起来后，就开始盼着雨从天空落下。从逃离到这个旅馆来，写作一直不顺，就像郁夫的中年，陷入人生的迷途。郁夫并不是一个作家，而是望城轧钢厂的吊车司机。但郁夫喜欢写作。在这个时代，这样的喜欢是奢侈的，是无用的，是被人嘲笑的。

在轧钢厂没人知道郁夫的写作。

年前，轧钢厂发生了一起死亡事故。一个工人被绞进机器之中。郁夫当时没敢去现场看，据说，头都……死的那人郁夫认识。从那之后，郁夫好像陷入了抑郁之中，还有恐惧。郁夫给在本钢医院的同学打电话，说要开一个月的病假。同学问，怎么了？郁夫说，累了，心有些累，想歇歇。同学左右为难地说，现在整个轧钢厂经济不景气，钢材卖不出去，说不定马上就要减员了，你这样歇着，好吗？郁夫说，我问你帮忙不？同学说，再说，现在上面查得很严……郁夫说，明白。撂了电话。又过了几天，一笔来自四川《青年作家》杂志的小说稿费 7920.96 元打到郁夫的银行卡里。编辑微信上还说，扣了个税 999.04 元。郁夫回了个苦笑的表情。有了这笔稿费，心里踏实了很多。近三个月的工资。那天下班，在街上看到墙上铺天盖地的做假证的电话号码。郁夫拨了过去，当时，心情紧张，像做贼似的。直到对方接电话，郁夫说了要做一张病假条。对方问，开什么病？郁夫说，胃出血。这是真实的，郁夫每年都要被胃出血折磨一次到两次。每次都像要死了似的，输几天液，才缓过来。对方说，二百块钱，要现做版，贵些。郁夫说，可以。三天后，他们在东芬长途客车站交货。郁夫看了看对方，一个南方的小个子男人，还留着一个八字胡。交完货，那小个子骑着摩托车走了。郁夫手里拿着那张假病假条，还是心虚。活了这么多年，郁夫还没骗过人，何况这次是欺骗轧钢厂。但这个社会就是这样，总是要这样那样的手续，即使你是假的。假的也是有效的。做假病假条的事情，郁夫还是从同事的嘴里听说的。第二天，郁夫没去上班，给班长打电话说，病了。班长说，哦。你病了，这活谁干呢？现在缺吊车司机。郁夫生气了，说，要是我死了，轧钢厂的吊车还没人开了吗？班长听郁夫语气坚硬，缓和语气说，郁夫，我不是那个意思，那就好好养病吧。不过，车间最近查得很紧，说不定还要去家访。郁夫说，来吧。班长说，哪天把病假条给我？郁夫说，过几天让人给你捎过去。班长说，好。郁夫并没有因此轻松下来。那毕竟是一张假的病假条，如果被查出来，后果……

郁夫不想烦恼，不去想，发生什么再说，没什么大不了的。当年轧钢厂下岗那么多工人，不都还活着嘛。

郁夫收拾了几件衣服和笔记本电脑，还带了一本西班牙作家胡里奥·亚马萨雷斯的小说《黄雨》，坐上长途汽车，去卡尔里海的2666旅馆。

郁夫15岁的时候，全家从卡尔里海搬到望城。郁夫母亲是当年的知青，下放到卡尔里海，后来，嫁给了父亲。父亲和母亲通过假离婚，才得以回城。没想到父亲假戏真做，进了城后，又找了个年轻女人。郁夫跟母亲相依为命，母亲在楚河巷开了家小面馆。郁夫初中毕业，考了个技校，分配到轧钢厂开吊车。前几年，郁夫的父亲病了，那女人离开父亲，去了大连。生病的父亲只好腆着老脸给母亲打电话，是母亲把父亲接回来的，并收留了他。母亲把小面馆兑出去和父亲回卡尔里海的老宅。郁夫在40岁的时候，也离婚了。郁夫对父亲没什么感情，还是在母亲和父亲离开望城回卡尔里海的那天，郁夫找了个车，送他们。父亲趴在车窗上，眼神巴望着郁夫，想跟郁夫说话，但又什么也没说，把头收回去。郁夫再就没回去过。偶尔给母亲打个电话，但没告诉母亲自己也离婚的事情。更多时候，母亲会发来一条微信，报平安，但郁夫很少回去。

那还是父母没回卡尔里海之前的事情。郁夫的离婚，他甚至怀疑过是遗传了父亲拈花惹草的基因。

二

在新小说里，郁夫写一个叫东山的人多年后回到望城复仇的故事，但那种语感和人称让郁夫无法推进。他知道按以往的经验，比如换成第一人称，可以进行下去，但他想挑战自己。

东山还记得，那天，自己是一路哭着到达火车站的，上了车，还在哭，很多乘客都盯着他看，冷眼的，同情的，各种目光，可谓复杂，好像哭在这个世界上是一件羞耻的事。但他就是旁若无人地哭，是的，哭。哭得稀里哗啦的。邻座一对夫妇带着的小女孩问他，叔叔，你哭什么呢？谁欺负你了吗？你再哭的话，这火车都要在你的眼泪中漂起来了。小女孩被她母亲拉开。东山还在哭。那时候，他已经几天没有刮胡子了，头发也乱成鸡窝。他哭，连胡子里都是泪水了，把黏稠在一起的胡子都理顺了，他的泪水。这样不知道哭了多长时间，火车驶离了望城。晚上八点多钟了，他才止住哭泣，红肿的眼睛，有些疼。他去卫生间洗了洗脸，像女人做面膜似的，从发际线到下巴。对着镜子看了看，那个陌生人在镜子里。东山问，你是谁？你还是东山吗？陌生人说，你个懦夫。东山对镜子里的人说话，直到眼泪再一次流淌出来。那镜子里的陌生人不停地说着，你是懦夫！你是懦夫！你是懦夫！东山恨得差点儿把卫生间里的镜子砸了，心里骂了句，操你妈，你懂个屁。你出来经历一下试试。东山往镜子上唾了一口唾沫，冲了下马桶，哗哗的，开门出去了。门外一个人等在那里，东山刚开门，那人就挤进来，还骂了句，他妈的，干什么这么长时间？东山以一句"操你妈"作为回答。回到座位，东山心里还是有些忐忑，想刚才那个人会不会来找自己的麻烦。他有些心神不宁，眼睛一直瞄着卫生间方向，直到看见那个人从里面出来，还向这边望了望，东山连忙缩回头，心快速跳动着。等了一会儿，那人没过来，他才心落了地。那个之前说他眼泪会把整列火车漂起来的女孩已经躺在她妈妈的怀里睡着了。东山闭着眼睛，眼球被泪水腌渍得疼。他坐在那里幻想着小女孩说过的话，火车在泪水中漂浮起来，所有的人淹没在眼泪之中……那样，整列火车上都会发生动乱……东山甚至想到了"诺亚方舟"……他笑了笑，是傻笑……眼前竟然掠过一只乌鸦飞过的黑色影像……火车里的人处于一种惶恐的求生的绝望之中……

　　一群鸽子从东山头上飞过，是的，一群鸽子。在微暗的光线里，东山同样辨认出来。它们飞过东山头顶，在废墟的上空盘旋着，就好像眷恋这里曾经的巢穴似的，但它们此刻已经无处栖落，盘旋了一会儿，它们向废墟不远处的小教堂飞去。小教堂坐落在那里跟周围的环境看上去很不协调。多年前，望城建筑部门就想扒掉它，但一直都没有动。只见，那些鸽子落在教堂的十字架上，在灯光下，呈现出一个美丽剪影。东山看着出神了，恍惚了。那废墟上敲打混凝土里面钢筋的人们，还在那里叮叮当当的。敲打的声音似乎在说什么，类似于招魂了。但那小楼已经死了，只剩一堆残骸，不久的将来，是要灰飞烟灭的。他们敲打的声音更像是在葬礼上响器的声音，清脆，又混沌，在黑暗中，变得空旷、辽远起来。东山觉得两腿有些蹲麻了，站起来，有些头晕，想扶住什么，但只在空气里抓了抓，什么都没有，又半蹲一下，缓解着突然站起来的血液上涌造成的头晕。经过缓解，这次好多了。空旷的废墟让他心里面也空了，是被掏空的，是突然的绝望掏空的。那废墟里就像隐藏着一双大手，伸进他的身体里……

这样，距离他的"杀"就又远了。

东山点了支烟，在黑暗、混乱的废墟上，走着，踉跄着，就像踩在骨头上，磕磕绊绊的，手里燃着的烟，一咽一吸，一闪一亮的，犹豫瑟瑟发抖的鬼魂。废墟的霉味泛起，好像什么东西在下面腐烂了很久，有些呛人。东山还记得在南方打工的时候，有一天工地上挖出来一具尸体的那股腐烂的气味。东山走神了，一只脚踩进碎砖的洞穴里，整个小腿都陷进去了。坐下来，两手抱住那条小腿，才把它拔出来。他看到那几个敲打混凝土里钢筋的人，警惕地看着，问，你干什么？东山有些慌张，说，随便走走。他都有些口吃了。那人说，大晚上的跑这里走什么？东山没吭声。在一堆瓦砾上坐下来，像一个哀悼者。他能感觉到自己的存在让那几个敲打混凝土里钢筋的人有些紧张。东山掏出烟，问，你们抽吗？那人说，不抽。那人问，怎么？以前你在这儿住吗？东山说，不是。东山问，知道这片的人都搬哪去了吗？那人说，不知道。我们只是承包了这片废墟里的钢筋。东山说，哦。在不远处，有一个帐篷，有一个苦胆形状的灯泡在那里亮着，飘来阵阵的饭香味。过了一会儿，有女人喊，吃饭啦。敲打钢筋的人说，好。东山有些饿了，饥肠辘辘了，才想起来，自己还没吃完饭呢。等敲打钢筋的人离开后，这废墟变得安静，犹如一个巨大的、荒芜的墓地，被翻出多年埋葬的骸骨……是乱葬岗了……

远处有火光，东山只能看到有人在烧着什么，但看不到是什么人。从瓦砾上站起来，转身看到教堂的十字架是那么安宁地矗立在那里，好像这个世界什么都没发生一样。

东山在废墟上走着，那种荒芜感让身体有了一种想做爱的冲动。是的，是性欲。格外强烈，像一根绳子，紧紧地紧紧地捆绑着他。他的"小弟弟"都迫不及待地勃起了。东山懊丧起来，也不知道为什么会有这样的生理反应。他在骂着身体这个骚货，什么地方你都想……手在下面狠狠掐了一下"小弟弟"，说，再闹，阉了你个小样儿的。他听见"小弟弟"疼痛的尖叫声。东山不再自虐了，点了支烟。"小弟弟"好像也安静了。那种冲动只是一瞬间的，火苗般，一闪，没了。有风，吹过，瑟瑟的，冷。东山更加饿了。向着教堂光亮的地方走去，觉得那边可能会有小饭店。经过教堂的时候，站了一会儿，仰头看了看那举在半空中的十字架，直插进黑暗的天空。他怔了一下，离开了，沿着街道寻找吃饭的地方。走出去几百米，才看到一家小饭店，里面有人在喝酒。他在门口站了一下，回头看那教堂上的十字架就像一个坐标似的。进去要了碗面，狼吞虎咽地吃着。旁边吃饭的几个中年男人在议论着东北的危机，他们商量着出去打工，到南方去，不想在这里坐着等死。那几个人还提到了望城，如果这样下去的话，只能是一座死城。老板在旁边抽烟说，是啊，现在连这小本生意都难做了。这是不让人活哦。东山边吃边听着，吃完，买单，走了。从这个角度看过去，那教堂就像是生长在黑暗的废墟之上，随时都可能被黑暗的力量发射到宇宙深处……其实，宇宙同样是人类终极的庙堂……在那里……众生……是的……众生的归宿之地……

小说写到这里，郁夫进行不下去了。

三

郁夫早上吃了桶方便面，他喜欢在一种近乎饥饿的状态下写作。看手机上的天气预报说有雨，郁夫就在窗边等。坐在那里，像一个等待被审判的人，而雨就是那迟到的审判者。想到新小说，郁夫差不多要放弃了。也许可以另起炉灶，写下一个。但郁夫并不认为这即将放弃的小说是一种荒废，它也许可以引出另一篇小说，是一个铺垫。某一个句子，某一种情绪，某一个细节，这些都可能成为下一篇的种子。所以，郁夫坐在那里并不那么沮丧。只想等一场雨来，但也可能是"等待戈多"。有人敲门，说，打扫卫生的服务员。郁夫回了句，今天不用了，明天吧。门外说，好。

离开轧钢厂那三班倒的生活，从机器中间解脱出来，真郁夫妈的爽。即使只有一个月，一个月的清闲，但郁夫很满足。郁夫担心过那张假病假条是否会被发现，担心也没用。郁夫厌恶夜班的煎熬，都要熬成鬼了。每次下夜班，郁夫都有一种从地狱里逃出来的感觉，看到外面刺眼的阳光，才知道自己还活着。郁夫自嘲是"地狱使者"。此刻的自由是郁夫自己争取来的，但是建立在一张假的病假条的基础上，是杜撰出来的胃出血。是啊，就是真的胃出血也没什么可怕的，郁夫又不是没经历过。那时，失血后的郁夫，就像一个纸人。郁夫还记得有一个夜班，在吊车上，突然身上开始涌着虚汗，湿淋淋的，整个人几乎虚脱。郁夫意识到犯病了，从吊车上爬下来，去医院，做胃镜检查，好家伙，靠近幽门管附近有一个指甲盖大小的溃疡。血就是从那里渗透出来的。医生说，你如果还这样熬夜的话，也许……郁夫明白医生的意思，就是他要再这样下去，随时都可能死。是的，死。是的，死。但他没有办法改变自己的工作环境，没有。还好，那次犯病之后，郁夫还活着，还在上夜班，还没死。

郁夫坐在椅子上，作出一副被审判的样子，规规矩矩的，两手放在大腿上，身子紧靠着椅背。郁夫心里说，来吧，雨，来吧，审判我，审判我。

这样的恶作剧，让郁夫"扑哧"笑了。郁夫也不知道自己为什么会突然冒出这样的审判的恶作剧，审判谁？

此刻，坐在窗前，等一场雨来临，这是郁夫真实的想法。至于来临的是细雨还是暴雨，无所谓。起码好玩。

郁夫又点了支烟，坐在椅子上跷起了二郎腿，左腿搭在右腿上，这个姿势让郁夫转换了角色似的。同时，这个姿势也是郁夫开吊车的时候习惯的姿势。左腿压在右腿上，郁夫感到右腿的腿肚子有些疼。但郁夫没有把左腿放下来，郁夫俨然觉得自己坐在这个窗口，同样成了一个审判者……郁夫可以审判看到的一切……

街道上的人开始多起来，三三两两的。他们朝海边方向走去。一个孩子手里还牵着一个红色的气球。来这里两天了，郁夫一次都没去海边，因为父母在这个地方。对于他们的存在，郁夫同样有一种逃离感，犹如梦魇。尤其是父亲，让郁夫不能原谅。当年，母亲跟郁夫讲述父亲离开的事情，郁夫冲进厨房拿起菜刀就要去找父亲拼命，满怀愤怒地说，我去砍死他。被母亲拦住了。如果没有母亲的阻拦，郁夫也许变成了杀人的罪犯。在心理上，他并不感谢母亲。至于母亲后来为什么又收留了父亲，郁夫想不明白。那是母亲和父亲之间的事情，郁夫没管，也不从中干涉。作为他们血缘的继承者，郁夫只想充当他们最后的送葬人。

审判者——雨，还没从天上来。

郁夫心情失落，左腿从右腿上拿下来，两手扶在双腿上，身体前倾着。郁夫在等待……像等待来自天空的福音……

过了一会儿，郁夫回到床上，翻看一会儿带来的那本小说《黄雨》，眼睛不时瞄着窗玻璃，怕错过雨的到来，只要下雨，雨点儿一定会先落在玻璃上。瞄得频繁了，连眼皮都僵了。

临近中午，天竟然放晴了，太阳却不知道躲在什么地方，遍寻不见。对于雨还没有落下来这件事，郁夫彻底失望。推开窗户，呼吸着外面扑进来的空气。那是来自海边的气息。郁夫打开电脑又看看那篇小说，还是没有进行下去的可能。躺在床上，困倦和疲惫折磨着郁夫，哈欠连连。昨晚，在网上又把李沧东的电影《诗》看了一遍。那是郁夫第一次跟那个叫璺的女人相遇并做爱时电影频道播放的影片。这次离开，郁夫并没有告诉墨。两天了，她也没有电话。郁夫总觉得那是一种悬于半空的爱情。郁夫爱她，但不能把她从半空中拽回到地面上来。她像一根飘浮在半空中的羽毛。这种关系让郁夫感到痛苦。在看电影《诗》的时候，郁夫回忆着他们曾经在这2666旅馆里……那是刻骨铭心的……郁夫一直认为刻骨铭心的才是爱情。郁夫还记得某一次，他们吵架，她拉黑郁夫的电话号码，无论郁夫怎么联系她，都联系不上。郁夫近乎疯了，午夜的时候，像只野兽徘徊在她居住的小区内，悄悄走进她家的单元门，是那么小心谨慎，害怕把楼道里的声控灯惊亮了。侧耳，贴在她家的门上，屏住呼吸，听着里面的声音。像贼了。时刻担心楼下上来人，楼上下来人……那么倾听一会儿，连忙又蹑手蹑脚离开……回到小区的广场上，盯着她家的窗户。郁夫知道她比郁夫狠，是的，狠。为什么不破门而入？她有家。就这样折磨了郁夫半个多月，突然有一天，郁夫没抱任何希望拨打她的电话，郁夫被她从她的黑名单里放出来了。就这样，两人又和好如初。她说过，只要我下决心就没办不到的事。这事，郁夫当然知道指的是什么。郁夫时刻赔着小心，说不定她什么时候就真的下决心了。这次逃离，不只是对于工厂的那起死亡事故，还有郁夫想调节一下跟她的关系。郁夫需要冷静一下，但冷静过后，还是觉得离不开她，有一种打断骨头连着筋了。但决定权在她的手里，她成了主宰郁夫情感的人。这也是郁夫心甘情愿的，就像她说，他贱。生命中经历过的女人，这也是第一次，郁夫如此看重和依赖一个女人。生命中，当你过于看重一个人的时候，也许结果会很惨。郁夫明晰生命中的这种轻与重的关系，但郁夫不能自拔……

再次看电影《诗》，郁夫平静很多。直到午夜十二点，郁夫看完，洗洗睡了。要是在轧钢厂，这个时候，郁夫已经爬上半空中的吊车，开始工作了。一般要干到凌晨四点多钟，下车喝点儿水，撒泡尿，休息一会儿，五点钟准时继续干活。通常，休息的时候，郁夫都不下车，就倚靠在椅子上迷糊一会儿。夏天的时候，也会把纸盒箱子拆开，铺在车内，躺在上面，还没等睡着，下面就喊干活……

这个不上班的夜晚，郁夫竟然睡得很不踏实，耳边总是幻听到有人喊郁夫上车干活。后来，郁夫干脆揉了两个纸团塞进耳朵里，堵得难受，最后还是抠出来。那大海的声音轰然从天际传来……淹没了之前的幻听……那个轧钢厂的世界消失了……郁夫要对得起这次冒险的假病假条事件所换来的清闲，要好好去享受它……

郁夫就这样躺了很久，总觉得有什么事情发生，让郁夫心烦意乱，拿起枕边的《黄雨》，又看了几页，从床上起来，来到窗边。街上的人更多了。郁夫坐在电脑前，点了支烟，奇迹般回到之前的小说之中：

　　这些年，在南方，在女人方面，东山也是饥一顿饱一顿的，饿的时候，偶尔，也打打"手枪"。在最后的时候，偶尔也会号啕大哭。一个男人的哭。哭过之后，他会骂自己娘们唧唧的。但那哭是真实的，硬邦邦的。男人的哭存在一个巨大的空间。那空间里是孤独，是黑暗，是绝望。有时候，想想会哭的男人才真实。这个世界是虚伪的，做人不能虚伪。很多时候，男人会哭才可爱。尤其是这样一个身在异乡的人。那些女人有为性的，有为情的。为性的女人会拼命要他，拼命要，直到他招架不住，逃了。为情的，有时候，他又受不了，因为他知道那是不可能的，他总是要回北方的。再说，自从发生了那件事，他就不相信爱情了。所以说，更多的时候，他是在禁欲。即使身体想，他也不给。大不了，花几个钱，去城中村找个女人解决一下。这算是对身体的安慰，安慰了，身体就舒服了，熨帖了，也就不闹了，能挺一段时间。身体就是一个食肉动物，除非你吃素，吃斋念佛了，否则，身体没肉不行，不给它肉吃，它就要叫的，闹得你不得安宁。临上火车前的那晚上，东山去喂了一次身体，大餐，包宿了，消费三百。那女的，还真是好，皮肤像缎子，各种姿势，喂得他的身体越来越有劲了，害得那女的，直喊他心肝宝贝，喊他亲爱的。他知道那不是喊他，是喊他的身体呢。他分得清的。尽管喊的是他的身体，但他听着心里面也舒坦着呢。两个身体有了感情，分不开了。就这样，一顿饕餮盛宴，一顿满汉全席，他的身体吃饱了，连骨头里都是饱的，还打了饱嗝。这算是他身体对南方的告别仪式。他想。临走的时候，女的挽留他，那眼神里有了水，都是他身体的好。女的不是职业干这个的，是兼职，平时在一家政府机关上班。这是女人在床上对他说的。那时候，他们的身体已经水乳交融了一次，像一个人了。走的时候，女人送出门外，说，再来，什么都不用带……这话里就有话了，女人中意他的身体了。女的说，再来，我给你炒几个菜，我们喝点酒儿。这话说得更近了，近乎赤裸了。这是要把他当亲人了。他没说即将离开南方，再也见不到面了。他没说。他没说，是因为他怕他的身体受不了，他的身体还会想这个女人的。他看了眼女人，一缕早晨的阳光正落在她的脸上，她不知道在什么时候，竟然化了妆，眉眼间修饰得很精致，细腻，透着俏。东山有些心动了，心跳过速。但这是不能留恋的。女人要他的电话号码，他没给。他不想因此而多了牵绊。不想。一个要去杀人的人，更不能有牵绊。如果那样，身体就会背叛他。离开，他的离开是对他身体的绑架，反正我喂饱你了，你走也得走，不走就绑架你走。他对他的身体就是这个态度，娇惯狠了，身体就有脾气，使小性子，不玩活计。不行，他不允许。他还要留着身体干大事呢。杀人。是的，杀人。杀人绝对是大事。要体力的，但也要智慧。如果那件大事完成了，那么身体爱怎么样就怎么样，再不听话，就连身体也杀了。

郁夫饿了，肚子里叽里咕噜地响起来。

郁夫给服务员打电话叫餐。

服务员问，吃什么？

郁夫说，来一份鸡蛋炒面。

服务员说，好的。稍等。

郁夫说，谢谢。

郁夫坐在电脑前，把之前的文字又看了一遍。小激动。但如何进行下去，郁夫确实没有好办法，等待。只有等待，就像等待一场雨的降临。

这样在外面写作还是第一次，之前，都是从轧钢厂下夜班之后，躲在那个出租屋里在电脑上敲字。四周都堆满了书。离婚之后，郁夫把房子和不多的积蓄都给了前妻，自己净身出户。郁夫喜欢那个有书的氛围，但没有一个书房是郁夫苦恼的。郁夫想，也许再过几年，可以贷款买个房子，有一间属于自己的书房。三排木质的深色书架，占了三面墙的那种，还要有一个木梯，方便到书架的高处找书用。偶尔，也可以坐在上面，抽支烟，望着包裹自己的三面书墙，发呆。书房。那个房间里可以没有女人，但不能没有书。对于电子阅读，郁夫不感兴趣，更喜欢捧着一本散发着墨香的纸版书，静静地倚靠在沙发里，阅读，仿佛只有这样，郁夫才能感觉到自己的灵魂是缓慢的。

对于一个吊车司机来说，这是多么奢侈。

但郁夫就想这么活着。即使被人看作是迂腐、顽固不化也无所谓。中年到来之后，郁夫更多开始思考肉身和灵魂的关系。

延迟退休对于郁夫是一个可怕的梦魇。

不知道，从什么时候开始，郁夫就认为自己是短命的。在一个变灰的世界里，有理由去说，或不说，郁夫简单地给自己暂时的逃离和安宁。郁夫是郁夫的静物。在旅馆的这个房间里。郁夫问自己，我是谁？一个吊车司机。一个写作者。一个婚姻离异者。一个跟父母关系生疏的中年男人。其实，寻找自我是多么艰难。也许，找到了，那么也就丧失了生之意义。糊涂，偶尔的清醒，有自知之明，也许就够了，能在这个世界上苟且，也算知足了。

中年以来，郁夫更多与这个世界形同陌路。

四

郁夫对于卡尔里海保留的唯一记忆是八岁那年夏天，卡尔里海来了一个女人。

那天下午，郁夫正蹲在海边的一棵树下看着一群蚂蚁搬家。一阵吵吵嚷嚷的声音惊动了他，郁夫抬起头目光飞过去，看见肖丽和肖娜，还有村子里的孩子们领着一个女人走过来。他们距离那个女人很远。郁夫站了起来，向人群跑去。那是一个美丽的女人，长长的头发，苗条的身体，一条黑色的连衣裙被海风拂起裙角。郁夫在村子里从来没看到过这么美丽的女人。郁夫的目光蝴蝶般围着女人飞舞。

郁夫凑近肖丽问："这女人是谁啊？从哪来的？"

肖丽说："我老姨，从城里来的。"

郁夫问："她干什么来了？"

肖丽说："她来我家住一段时间，我妈说，她有病，是来养病的。"

郁夫问："有什么病？"

肖娜抢着说："我妈没说，我妈只是叫我们离她远点。我妈说，老姨的病传染。"

肖丽和肖娜这么一说，郁夫下意识地退后了一步，又一次看了看女人的脸。除了苍白，还是苍白，像一个行走的纸人。女人的两瓣嘴唇像两条生病的白虫子。

女人指着大海对跟她保持距离的肖娜妈说："姐，这就是卡尔里海吧？我记得还是在你嫁到这个村子的时候，来过一次，以后就没有再来。你也知道，是妈……她还是不肯原谅你，她不同意你嫁给一个渔村的男人。"

女人看到大海的时候，眼睛睁得大大的，闪出一道亮光，接着，她闭上眼睛，深深地呼吸了一口咸咸的海风，仿佛要把整个大海吸进身体里似的。

肖娜妈说："妈就是那个脾气，不原谅就不原谅吧。再说了，现在我都有了肖丽和肖娜了。"

女人说："其实，妈是心疼你的，常常念叨着你。"

肖娜妈眼泪汪汪的，用手抹了一下。

郁夫几乎是尖叫着喊道："你们看，她的脚指甲还闪闪发亮，像几只瓢虫。"

郁夫的尖叫吸引了女人的目光，女人对着郁夫笑了笑。她的笑是那么甜美、柔和，就像郁夫吃过的棉花糖。女人的脸上荡动着两朵绯红的云。

人群领着女人来到肖娜家海边的一个灰色的水泥房子跟前。

人群停住了脚步。女人绕过人群走到水泥房子的门前，她冲着人群笑了笑。她的笑从脸上溢出来，像泛起的浪花。

肖娜妈说："都给你准备好了，粮食还有蔬菜什么的，你如果需要什么再说，我们就不跟你进去了。"

女人笑着说："这已经很感谢你了，姐。"

肖娜妈是："只是苦了你一个人……"

女人说："我习惯了，我喜欢安静。再说了，有这片海就够了。"

肖娜妈说："那我们先回了，他爸出海就要回来了。"

女人说："回吧，替我问姐夫好。"

肖娜妈叫过肖丽和肖娜说："和你老姨说再见。"

肖丽冲着女人摆了摆手说："再见，老姨。"

肖娜说："老姨，那房子里有老鼠，你不要害怕。在屋子的墙角有我和肖丽做的一个鼠夹子，你放上诱饵，说不定就能逮到一只大老鼠。"

女人说："谢谢你，肖娜，老姨是大人，不害怕老鼠。"

肖娜做了个鬼脸，笑了。

女人向人群招了招手，一个人拎着她的提包，走进那座灰色的水泥房子里。她进到水泥房子后，从里面打开窗户，继续向人们摆手。郁夫盯着女人，两只眼睛贼亮，感觉女人是特意向他摆手似的。过了一会儿，女人关上窗户，站在窗户后面，用手在玻璃上擦着，看着外面的人群。

肖娜妈厉声告诫人群说："你们谁都不许走进这个房子，要是叫我知道了，我非打死你们。她是一个有病的人，那种病很厉害的，传染，你们要是不怕死的话，你们就……"

郁夫听到肖娜妈说到"死"字，哆嗦了一下，心尖跟着颤抖了一下。

其他的孩子被肖娜妈这么一吓唬，脸都白了，像听到野兽来了似的，风一般地跑远了。

郁夫和肖娜，还有肖丽站在那里看着灰色的水泥房子。

肖丽突然问："妈，你说老姨的病传染了就会死吗？可老姨怎么没死？"

肖娜妈哽咽着说："活不长了……"

肖娜说："老姨要是死在我们家的房子里怎么办？爸爸回来时会把她赶出我们家的房子的。"

肖娜妈说："大人的事，小孩别管。"

"只是可怜我这个妹妹了……"肖娜妈自言自语着，泪盈盈地瞅着水泥房子。

最后，肖娜妈再次严厉地告诉她们："你们谁也不许进到房子里去，知道吗？要是被我知道了，我非把你们的屁股打开花不可。"

肖丽噘着嘴，不情愿地说："知道了。"

肖娜说："我不会去，我怕传染。"

肖丽和肖娜，还有郁夫，在海边玩着堆沙堡的游戏。郁夫堆了一个很大的沙堡，郁夫炫耀地说，你们看，我的沙堡多大。肖丽说，再好的沙堡也会塌的。还没等肖丽的话说完，果然，郁夫的沙堡塌了。肖丽哈哈地笑起来，看看，看看，我说什么了，塌了吧，塌了吧。后来，肖娜建议他们玩"埋人"的游戏。肖娜先用沙子把自己的身体埋起来，她慢慢地躺下来，把沙子一点点埋到脸上，直到只露出两个眼睛。肖娜说，你们快点埋啊。郁夫没动，怔怔地看着肖娜说，我不玩了，像个死人。但郁夫在弯腰挖着沙子，挖得像一条水渠，可以把海水引过来。

肖娜突然从沙子里站起来，像诈尸似的对肖丽说："姐，你说老姨会死吗？会死在我家的那个房子里吗？她要是死在那个房子里，会不会有鬼……鬼……一个女鬼……"

肖丽说："瞎说什么？像老姨那么好看的人，不会死的，不会。"

郁夫一边挖着沙子，一边静静地听着她们说话。

后来，肖丽和肖娜走了。

郁夫一个人静静地在挖着沙子，又堆起沙堡。郁夫挖到了一个海星，举着海星对着阳光看。对于一个海边的孩子，海星并不陌生。那是一个已经干死的海星，肢体僵硬，泛着红色，像他看到那女人脸上的绯红。郁夫转过身看着那栋水泥房子。郁夫看了一会儿，又蹲下身子，继续挖着，郁夫希望挖到一只海螺壳。可是，郁夫没有挖到。郁夫知道一个地方有海螺壳，那就是在海边的悬崖下面。要从悬崖爬下去，在悬崖下面的海滩上，遍地都是海螺壳。有一年，一个孩子跑到那去找海螺壳，被海水卷走了。

远处是波澜壮阔的卡尔里海。

郁夫躺在沙滩上，对着阳光看着手里的海星。阳光照在他的手上，照在他的脸上，照在海星上。

远处是卡尔里海咆哮的海潮声。

郁夫爬起来，静静地看着海。回家路过那栋水泥房子的时候，郁夫站住了，远远地看着。透过那个窗户，郁夫没看到那个女人。郁夫蹑手蹑脚地靠近那栋房子，把海星放到窗台上，撒腿就跑了。郁夫气喘吁吁地跑着，咸腥味的海风灌进嘴里。郁夫跑出几百米远，站住了，转身看着那栋房子，就像一幅画，在大海的背景里。郁夫跑回到一棵树下，躲在后面，看着房子的方向，那扇窗户紧紧地关闭着，没有丝毫动静。

第二天放学，郁夫路过女人的房子，看了看窗台，郁夫发现，那个海星不见了。也许是被风刮走了。但，郁夫的眼睛怔住了，郁夫看见那个海星被穿了一根线挂在窗户上。郁夫笑了笑。这个时候，那个女人打开窗户，站在窗边，看着郁夫。

一股药味飘过来，在郁夫的鼻腔里盘旋上升着。

女人问："是你给我的礼物吗？"

郁夫害羞地点了点头。

女人说："谢谢你，你看，我挂起来了，好看吗？"

郁夫说："好看。"

郁夫好像忘记了肖丽妈的告诫，郁夫在靠近那栋房子，十米，九米，八米，七米，六米，五米，四米，三米……

女人温柔地说："别过来，我会传染你的。"

郁夫站住了。

郁夫有些忧伤地看着女人问："你的病真的那么厉害吗？你会死吗？"

女人笑了笑，没有回答。

郁夫又问了一句："你怕死吗？"

女人说："不怕。"

风吹动着那只悬挂的海星，晃来晃去。它的阴影投射在女人的脸上，就像一个文身。

郁夫突然想起肖娜的话，连忙问道："你抓到老鼠了吗？"

女人说："我看到了，但我没抓它，我给了它吃的，它现在是我的朋友了。"

郁夫笑了笑，露出白净的小虎牙。

郁夫没话找话说："你喜欢我送给你的海星吗？"

女人说："喜欢。"

郁夫说："你喜欢海螺吗？"

女人说："喜欢，据说把海螺放到耳朵旁边，可以听到大海的声音。"

郁夫说："你知道吗，去年，有一个小孩在悬崖那边找海螺，被海水卷走了。"

女人"哦"了一声说："那你可不要去。"

郁夫说："我不会去的。"

郁夫听到远处阵阵的海潮声问："你能出来走走吗？到海边。"

女人犹豫了一会儿说："白天有人的时候，我不敢，我怕把我的病传染给他们，不过，晚上，没人的时候，我想我可以到海边去走走。这只是我的想法，我想要是真的去海边的话，我会穿一件大衣，很厚的那种，像棉袄，可惜我这次没带来，我怕海风把我吹感冒了，如果感冒了，我的病可能就……"

郁夫"哦"了一声说："原来是这样。你知道吗？我们老师都知道我们这里来了一个女人，他们说要来看看你呢……你知道，他们叫你什么吗？"

女人问："什么？"

郁夫说："他们叫你卡尔里海的女人。"

女人说："是吗？我喜欢这个名字，我希望我属于这一片大海……"

郁夫喊着："卡尔里海的女人。"

女人笑了笑说："是在喊我吗？"

郁夫点了点头。

女人"哎"，答应了一声。

两个人都笑了。女人的声音听上去是那么清脆、悦耳。

海风很大，吹得海边的树摇晃着。

女人说："我要关窗户了，海风很大。"

郁夫关切地说："那就赶快关上吧！"

女人向郁夫摆了摆手，关上了窗户。郁夫看着女人静静地站在窗户里面，她在抚摸着那个海星。郁夫这才注意到女人没有披着头发，而是把头发在头上绾了一个髻。她的脖子细长，白皙。郁夫害羞地跑了。他奔跑着，跑到了海边，两手围成喇叭的形状，对着大海喊叫着，他的声音相对于大海的咆哮是那么微小。郁夫栽倒在沙滩上，仰面看着天空。天空是清澈的，一群海鸟从郁夫的头上飞过，一片羽毛轻盈地飘落在他脸上，毛茸茸的。郁夫抓在手里，仔细地看着，然后用嘴轻轻地吹拂。郁夫突然蹲下来，把羽毛插在沙子里，看上去像一面白色的小旗。郁夫围绕着小旗，开始挖着沙子。郁夫希望能挖到一个海螺。郁夫就像一只鼹鼠，不停地挖着。手指都挖疼了，连海螺的影子都没看到。郁夫失望地看着茫茫的沙滩，目光延伸着，翩翩地落在那座陡立的悬崖上。另一个郁夫，仿佛站在悬崖上，看着悬崖下面的沙滩上一个个的海螺闪闪发亮。郁夫竖起耳朵，仿佛听到那些海螺在呼喊着，又看到那个被海水卷走的孩子的身影。那个幼小的鬼魅，抬起手臂，做出招手的姿态。郁夫哆嗦了一下。郁夫的目光也哆嗦了一下，就像遇到了寒流，连忙从悬崖那边跑回来。郁夫的目光再一次跑出去，跑到那栋灰色的水泥房子上，郁夫的目光在拉伸，从屋檐上，爬到窗户上，倒挂在屋檐上，向屋子里观看着。女人躺在床上，一身黑色的连衣裙裹着她的身体，细长的腿裸露着。她闭着眼睛，静静地躺在那里。穿着黑色连衣裙的她，让整个房间一片静穆，仿佛没有呼吸一样。她猛地睁开眼睛，睫毛间划过一道闪电，射向窗口。郁夫连忙从窗户上跳下来，跑走了。

郁夫坐在沙滩上，用沙子慢慢地埋着那根羽毛旗。沙子落在羽毛上，发出哗哗的声音，直到羽毛旗被沙子淹没。郁夫站起来，慢慢地，脚不时地踢着地上的沙子，向悬崖走去。郁夫听见一个奇怪的声音，就像金属钟嘀嗒嘀嗒的声音，在郁夫的身体里。海风很大，刮起的沙子几乎迷了眼睛。郁夫不时用手遮挡着眼睛。海风吹在身上，几乎要把身体吹弯了。郁夫躬着身，向前艰难地走着。郁夫体内嘀嗒嘀嗒的声音变得猛烈起来。郁夫来到悬崖底下。海风因为悬崖的阻挡,吹向别的方向了。郁夫在悬崖下面,停了下来。几棵松树就像几个老人站在悬崖上。一只松鼠,是的,还有一只松鼠,是两只松鼠。它们在追逐着,爬上松树,在树枝上,嬉戏着。茂密的松针,向上延伸着,几乎延伸到了天空里。郁夫看见一只松鼠捧着一个金黄色的松果,啃着。也许是松鼠看到了郁夫,惊慌地扔下松果,跑到更高的树枝上。只见那个松果从树上滚落,顺着岩石滚下来,正好落在郁夫的跟前。郁夫捡起松果,看了看。那上面有松鼠啃过的痕迹。几颗松子裸露出来。郁夫狠狠地吸了几下鼻子,仿佛要把松果的香味储藏在身体里。这个时候,郁夫体内嘀嗒嘀嗒的声音消失了。

一片寂静。

郁夫的手紧紧地握着松果,郁夫能听见松果在郁夫的手心里碎裂的声音。甚至有一些碎末从郁夫的手指缝里落下来。

还是,一片寂静。

郁夫张开手掌,看着扭曲变形的松果,扔掉松果,抬头看了看陡峭的悬崖,上面的石头犬牙交错的,像一群野兽。郁夫像一只灵敏的猴子,飞快地爬上去。郁夫听到海潮声几乎透过悬崖的岩石墙壁进入身体里。郁夫身体里的某种东西在抵抗着海潮的声音,抵抗着。郁夫身上的力分布在脚上和手上。只觉得脚下一滑,一块石头从脚下滑落,滚了下去,发出轰隆轰隆的声音。郁夫的手连忙抓住一丛灌木,向上移动了一下身体。郁夫出了一身冷汗,像一只壁虎,胸脯紧紧地贴在悬崖上。滚落的石头,惊起树上的一群乌鸦。一片巨大的黑色,在天空上飞翔着。郁夫惊恐地贴着悬崖,贴着,心脏怦怦地跳着。

整座悬崖被郁夫的心跳声震颤着,怦……怦……

整座悬崖仿佛晃动起来。

郁夫内心的惊慌并没有因为悬崖的坚实而变得稳定下来。郁夫咬了咬牙,继续爬着。一条从石缝里爬出来的蛇,看着郁夫。郁夫看着蛇,蛇看着郁夫。郁夫几乎在等待蛇的出击了。还好，那蛇只是看了看郁夫，然后，顺着石缝爬到一块日光充足的石头上，静静地在那里晒着日光。郁夫继续爬，爬到悬崖顶部的时候，郁夫才长长出了一口气。郁夫坐在悬崖顶部，望着远处的灯塔，看着没有彼岸的无限延伸的深蓝色大海，看着大海上漂泊的船只。郁夫甚至转身看了看海边那栋灰色的水泥房子。

"卡尔里海的女人。"郁夫喃喃了一句。

郁夫想到了女人的病。突然有一种流泪的欲望。但，郁夫的眼泪没有流出来。郁夫看到了悬崖下面的海滩，看到了海滩上闪闪发光的海螺壳，像海滩的眼睛。海水轻轻地冲刷着它们，哗哗的声音，脆脆地响了一世界。郁夫站起来，顺着悬崖，向下面爬去。距离海滩还有三五米，郁夫一下子跳了下去，张开双臂的样子就像一只飞翔的大鸟，落在海滩的柔软里。郁夫从海滩的柔软里爬起来，开始捡那些海螺壳和贝壳。一会儿就抱了满满一捧。郁夫坐在地上，开始挑选着。一个个儿，按颜色、大小，还有形状，挑选着。这一捧里没有几个是郁夫满意的，郁夫开始又一轮疯狂的捡拾，然后再挑选。在挑选的过程中，郁夫甚至把一个巨大的海螺壳放到耳朵上听着，郁夫没有听到海的声音。也许，海就在郁夫的身边，郁夫根本无法听到。或者，这是一个错误的说法。但，这个巨大的海螺壳是让郁夫满意的。郁夫把海螺装满书包，打算爬上悬崖回去。突然，郁夫看见一个美丽的粉红色的扇贝壳，夹在一个石头缝里。郁夫跑过去。那石头缝里还有水，可以看见几条小鱼囚禁在那汪水里，游来游去。还有两只小螃蟹，在爬来爬去的。郁夫把扇贝壳拿到手里，蹲在那汪水旁边，看了一会儿。郁夫把鱼儿用手捧着，放到了海里。然后顺着来路，继续攀登。在回来的悬崖上，郁夫再一次看到那条蛇。那条蛇还在那个地方晒着太阳。郁夫小心翼翼地，不敢打扰那条蛇。郁夫翻越悬崖，回来了。郁夫并没听到，也没看到，那个被海水卷走的孩子的声音和身影。

郁夫背着书包，书包里的贝壳还有海螺壳哗啦哗啦地响着，像一曲美丽的音乐。它们碰撞着,发出海潮的声音,轮船的声音,海鸟的声音……

还没有跑到那栋水泥房子,郁夫看见一群人拥向水泥房子。

郁夫追上肖娜问:"怎么了?"

肖娜哭唧唧地说:"肖丽病了。"

郁夫问:"肖丽怎么病了?是被你老姨传染的吗?"

肖娜说:"我爸说是,我妈说不是。我爸带着人,要把我老姨从这里赶走。"

肖娜哭了,眼泪吧嗒吧嗒地落下来。

郁夫问:"肖丽呢?她没去医院吗?医生怎么说?"

肖娜说:"肖丽在家里躺着呢,浑身烧得像火炭似的。我爸说我妈领回来一个魔鬼,现在把肖丽传染了。我爸还给了我妈一个耳光……我妈说,不可能是老姨传染的,我们一直距离她很远的。可,我爸不信。我爸非说是我老姨传染的。我爸还说,要是肖丽不好起来,他就杀了我老姨……"

郁夫眼巴巴地看着人群愤怒地涌到水泥房子跟前。

肖娜说:"你说,我爸真的会把我老姨杀了吗?"

郁夫看着愤怒的人群,心不在焉地问:"你说什么?"

肖娜说:"我说,我爸真的会把我老姨杀了吗?"

郁夫大声说:"那他就是杀人犯,要枪毙的,要枪毙的。"

肖娜吓坏了,哭着说:"我不希望爸爸是一个杀人犯,不希望。"

肖娜的爸爸是一个高大的男人,一脸络腮胡子,两只眼睛瞪起来,像牛眼。他对自己的女人说:"你喊她出来,让她收拾她的东西,滚回她的城里去。"

肖娜妈看看自己的男人,哀求着说:"孩她爸,还是不要……"

肖娜爸吼叫着说:"难道她把病传染给了肖丽还不够吗?你想让我们全村的人都传染她的病吗?"

人群里有人应和着说:"是啊!她是一个魔鬼,必须把她赶走,从哪来叫她回到哪去……"

人群的愤怒沸腾了。

郁夫的目光咣当咣当地砸向那些人的脸，砸在肖娜爸的脸上。郁夫的目光想堵住肖娜爸那张愤怒的嘴。但，郁夫的目光是羸弱的。还没等郁夫的目光钻进肖娜爸的嘴里，就被肖娜爸一句恶毒的话喷了出来。

肖娜爸对肖娜妈说："你要是真的不把她叫出来，后果自负。我已经有了一个想法……"

肖娜妈继续哀求着："孩她爸，我看肖丽也就是夜里受凉感冒了，与我妹子无关的，无关的。你看，是我领着她来的，我都没被传染，还有肖娜，还有村里的一些人。我们把肖丽送到镇上的医院看看，也许就是一点小病，跟我妹子无关的，我妹子是无辜的。其实，我让她来卡尔里海，也就是知道她活不了几天了，对一个将死的人，我们能不能宽容一些……"

肖娜爸说："你让她来干什么？既然要死的人了，就让她死在城里好了，干什么非要弄到我们这卡尔里海来呢？"

肖娜妈哭了。

肖娜爸说："你快点把她叫出来，叫她滚蛋，要不……我就要……还有这栋房子……你再不叫她出来，我就连人和房子一起烧了……"

人群吵吵嚷嚷地喊着："让她出来……"

尽管人们这样嚣张地喊叫着，可是他们的目光是胆怯的，他们不敢靠近房子。他们心里惧怕某种东西，这种东西就是女人会传染的病。

他们惧怕。他们恐慌。

郁夫的目光像一张大网，企图拦截那些恶毒的声音，不让它们飞到女人的耳朵里去。可是，那些声音是尖锐的，带有腐蚀性的，像火焰，烧穿了郁夫的大网，向女人的房子扑过去。郁夫的目光又竖起一道墙，但那些声音就像凿子、斧头、锤子，吭吭几下，就把墙凿穿了，飞了过去。

肖娜爸对肖娜妈说："我最后说一次，你喊还是不喊？你要是真的不喊的话，你就等着给她收尸吧，反正她也快要死了，我们提前给她……"

肖娜爸的话让郁夫一阵毛骨悚然。

肖娜妈说："那你先把我烧死吧！"

肖娜爸愣了，看着自己的女人，突然，他抬起一只脚，把女人踢倒在地上。招呼着大家说："去船上，把汽油拿来……"

水泥房子那边一直很安静，就像什么都没发生。

"难道女人没有听见吗？还是女人已经……"郁夫这样想着，心情一下子伤感起来。郁夫的目光飞起来，去打探一下女人的动静，可是，郁夫的目光刚才跟那些人的愤怒搏斗了很久，已筋疲力尽。

肖娜妈跪在地上抱着肖娜爸的大腿哭求着："你们不能……你们不能……你们不能啊……"

肖娜爸又一次抬起他的大脚，踹在肖娜妈的胸脯上。肖娜妈倒在地上，又爬起来，抱住肖娜爸的腿，他又是一脚。这次，把肖娜妈蹬个四脚朝天。

这时候，女人的窗户推开了。

女人穿着黑色的连衣裙，披着头发，站在那里。

所有的人都惊呆了，瞪大眼睛，屏住呼吸。他们有的用手捂住了鼻子和嘴；有的用衣服捂着；有的甚至拿出一个口罩戴在脸上；有的往后退着；有的转身溜走了。

此刻，除了寂静，还是寂静。

一个满头白发的老女人的声音打破了寂静。老女人气喘吁吁地跑过来，满头大汗。还没跑到肖娜爸的跟前就喊叫着："肖娜爸，肖丽快要不行了，你们快回去看看吧。"

肖娜爸愣了一下神说："肖丽……"

他没说完就转身向家跑去。

老女人看见倒在地上的肖娜妈说："这是咋的了，你怎么还躺在地上了，快起来，肖丽可能快不行了，一个劲说胡话呢。"

老女人说着，把肖娜妈搀扶起来。肖娜妈的身体是虚弱的，软软的。但，她还是坚强地站起来，跟着老女人向家走去。她不时地回头看着她的妹子，眼泪忍不住就掉了下来。

人群怔怔地站在那里，看到肖娜他爸跑了，他们也风一样，散了。水泥房前的巨大空地闪着白光。

郁夫跑过去，在他就要靠近水泥房子的时候，女人说："你别过来。"

女人的话就像一堵墙。

郁夫停住了。

女人站在那里，脸色苍白。

女人瑟瑟发抖，两臂抱在一起。

眼泪挂在她的脸上，像个泪人了。

郁夫说："他们……"

女人说："我都知道了，这个结果在我的意料之中。"

郁夫问："肖丽真的是你传染的吗？"

女人说："我不能确定。"

郁夫说："如果……他们会……你怎么办？你还是走吧，趁早离开……"

女人沉默，擦了一下脸上的眼泪。

郁夫说："你哭了。"

女人说："风吹的。"

郁夫打开书包，说："你看我给你带什么来了？"

郁夫说着，从书包里拿出那个巨大的海螺壳，还有那个粉色的扇贝壳。

郁夫说："给你。"

他们之间能有两到三米的距离。郁夫的手停在那里。

女人眼睛一亮，说："真好看，谢谢你，你不是说那个地方很危险吗？你怎么还去了？"

郁夫沉默，脸上阵阵发热，咧嘴笑着。

女人说："你别过来，你就放在那地上，你走远点，我一会儿过去取。"

郁夫把海螺壳和扇贝壳放到地上，慢慢地后退着。

女人说："再远一点儿。"

郁夫继续后退。

女人说："再远一点儿。"

郁夫只好继续后退。

有些不耐烦地说："够远了，你过来拿吧？我不怕的。"

女人笑了笑，打开门，从里面走出来。女人轻飘飘的脚步，就仿佛走在风中。她走到那个地方，蹲下身，捡起地上的海螺壳和扇贝壳。女人慢慢地站起来，一只手把海螺壳放到耳朵上。

她对郁夫说："我听到大海的声音了……"

郁夫说："是吗？我刚才捡它的时候，我也听了听，可我什么都没听见。你拿过来，让我再听听。"

女人下意识地向郁夫走近，但突然停住了，说："不行，我摸过的东西，你是不能摸的，说不定会传染你的。"

郁夫有些倔强地说："我要听听。"

女人温柔地说："听话，我听到了，就当你也听到了，行吗？"

女人的声音让郁夫一下子柔软下来。

郁夫期期艾艾地说："好吧。"

女人转身走回水泥房子，关上门，站在窗口。女人的背影，还有女人的脚踩在沙地上发出的声音，填满了郁夫的眼睛和耳朵。

女人看着那海螺壳和扇贝壳，她甚至把海螺壳放到嘴唇上，呜呜地吹着。女人坐在了窗台上，双脚抵着窗框，慢慢地把海螺壳从嘴上拿下来，放到一边，开始把玩着那个美丽的扇贝壳。不知道，她怎么弄的，竟然把扇贝壳别在了头发上，像一个美丽的发卡。

她看着郁夫问："好看吗？"

郁夫恍惚中缓过神来说："好看。"

郁夫的目光落在那个粉红色的扇贝壳上，从女人的头发上滑落到脸上。郁夫的目光轻柔地抚摸着她的脸，在女人的嘴唇上停留。郁夫的目光甚至感觉到女人苍白嘴唇的温度。

这时候，肖娜跑过来喊叫着："老姨，老姨，没事了，没事了……"

肖娜高兴地喊着："老姨，没事了，肖丽从镇上回来了，大夫说只是感冒了，吃点儿药就没事了。"

女人平静地说："那就好，那就好。"

几天后，郁夫路过水泥房子的时候，看见水泥房子被铁丝网拦了起来。在铁丝网的旁边还竖了一块木牌，上面写着："此处危险 禁止入内。"郁夫看了看四周，发现没有人，紧张地喊着："卡尔里海的女人，卡尔里海的女人，你还在里面吗？"

女人来到窗边，打开窗户。

郁夫气愤地说："他们也太过分了。"

女人说："没什么，只要我还能呼吸到卡尔里海的空气就够了。"

女人看上去一点都不伤感。

女人说："你看，我把你给我的海螺壳做成一个项链，挂在脖子上了，你看。"

郁夫看过去，只见那个海螺壳悬挂在女人胸前耸立的山峰之间。

郁夫笑了笑。

郁夫几乎天天都来看看她。郁夫发现女人竟然可以在铁丝网围成的院子里走了。有一天，郁夫看见女人在水泥房子的墙上画起了画。整面墙上都是鱼，一种郁夫从来没有见过的奇怪的鱼，它们仿佛长了翅膀，在飞，是的，在飞。

郁夫看着肖娜爸。去拿汽油的人来了，他们开始往房子上泼着。只见肖娜爸点着了火。那火"腾"的一下蹿了起来，蔓延在房子上，冲进屋子里。

郁夫喊着说："你们不能！你们不能！"

郁夫冲开人群，跑到了水泥房子里。郁夫拉着女人说："我们快逃吧，他们要烧……你……他们……"

女人诡异地笑了笑说："我不会逃的，我知道死神已经来了……你出去，我想一个人静静地……"

郁夫带着哭腔说："你不能……不能……"

女人说："谢谢你，你是我唯一的朋友，也是永远的朋友。"

郁夫看着女人静静地躺在床上。这时候，火已经扑过来了。还有外面的叫嚣声。

郁夫扑打着冲过来的火焰，掩护着女人。

女人看着郁夫的衣服烧着了。

火呼啸着，舔着郁夫的皮肤和头发。

女人哭了。

女人爬起来，把郁夫推出门去，紧紧地关上了门。

郁夫敲打着门。

郁夫踢着门。

郁夫喊着："你开门，你开门……"

郁夫冲到窗户跟前，踢碎玻璃，闯了进去。女人紧紧地抱着郁夫，说："你不该进来的，这样你也会死的……"

郁夫说："不……不……我们都不死……"

郁夫站在铁丝网的外面。月明星稀。月光像水似的流淌着，落在沙滩上，落在铁丝的尖刺上。女人从屋子里走出来。

女人说："我们走，我们去海边。"

女人赤脚走在海边的沙滩，她深邃的目光投向黑暗中的卡尔里海。

郁夫从后面拉住了女人的手，女人就像牵着一个孩子。

郁夫们坐在海边，女人问："你是在这个地方给我捡的海螺壳吗？"

郁夫摇了摇头说："不，在那边。"

郁夫用下巴指了指远处的悬崖。

女人说："我想过去看看。"

郁夫说："那里很危险的，要爬到悬崖上，才能到那个地方。"

女人说："我想去。"

郁夫看了看女人说："那好吧，我带你去。"

郁夫没有想到，这次，郁夫竟然是那么轻盈地，把女人带到了那个地方，爬悬崖的时候，也没费什么力气。他们来到了那个悬崖的后面。

女人说："我喜欢这个地方，要是能一辈子在这个地方该多好……"

四周一片寂静。

郁夫说："那我们就不回去了，我们就在这待着……"

女人笑了笑说："傻孩子……怎么可能呢？"

郁夫说："怎么不可能？"

女人说："傻瓜。"

女人抱住了郁夫，眼泪从眼睛里流出来，挂在脸上。

突然郁夫说："你看见远处的那个灯塔了吗？只要你对它许愿，它很灵的。"

郁夫像模像样地低着头，嘴里喃喃着什么。

女人摸着郁夫的头说："我们回去吧。"

郁夫大声地说："不……不……我已经许愿了……我要娶你做我的媳妇……"

女人笑了笑说："小傻瓜。"

郁夫站在铁丝网的外面看见女人在水泥墙上画鱼。郁夫从铁丝网钻进去。只见女人画了很多鱼，还画了一个小女孩，牵着一条大鱼在走。

郁夫问："这个小女孩是你吗？"

女人没说话，继续画着。

那画满鱼的水泥墙上就像一个梦境。

郁夫说："把我也画上去好吗？"

女人说："不行。"

郁夫说："怎么就不行？"

女人说："你还不能进入我的世界……还不能……"

郁夫说："为什么不能？"

女人说："你还小，等你长大你就明白了……"

郁夫拿起画笔，在水泥墙的角落里，轻轻地画上一个小孩。郁夫霸道地说："这个就是我，我要跟着你，娶你做我媳妇……"

突然，有一天，女人从海边的房子里消失不见了。

郁夫问肖娜，你老姨去哪儿了？

肖娜说，回城了。

那天晚上，郁夫围绕着那个灰色的水泥房子转了很久，房子已经被清扫过，石灰水的气味刺鼻。整个卡尔里海都变得空寂下来。郁夫奔跑着跳进海水之中……很久很久，头才从水面浮出来……

再后来，遇见肖娜的时候，郁夫问起，肖娜说，老姨回城没几天就……死于肺结核……

郁夫好像一下子长大了……

五

对"卡尔里海的女人"的回忆，令郁夫感伤。

吃过午饭后，郁夫睡了一会儿，睡得很沉，很香。

手机的铃声惊醒他，是母亲。母亲很平静地说，你父亲失踪了。郁夫说，哦。母亲说，如果有时间的话，你能否过来，帮忙找找。郁夫犹豫了一下说，好。就这样，母亲撂了电话。

　　郁夫躺在床上，不想起来，两眼盯着天花板发呆。他突然想起什么，扭头看向窗外，雨仍旧没有落下来。有什么东西硌着他的后背了，他伸手去摸，是那本《黄雨》，已经被他压得褶皱了。他心疼地用手碾压着褶皱的书页，让它们变得平整。这本小说读到中间的部分，他几乎读不下去了。因为那内在的悲凉和凄楚，他由老人的命运联想到自己人生的未来，可能发生同样的遭遇……死无葬身之地，无人安葬。有那么一刻，郁夫竟然眼含热泪了。在阅读方面，他对故事不感兴趣，他更关注小说人物的精神状态和情绪……手里的这本《黄雨》就像是那个小说人物的坟墓，也是墓碑。作者在埋葬什么，同时也在建立什么。他嫉妒小说作者，让读者似乎也跟小说主人公一起，在一场场"黄雨"中感受时间的流逝，记忆的湮灭，死亡的临近，也感受着人性的孤独……

　　小说结尾那句："长夜与故人同在。"

　　郁夫想不到自己的"故人"会是谁。

　　郁夫想，如果自己此生可以写出这么一部小说，死而无憾。但这只是他此刻的想法，也许以后，他又会被别的小说打动，并树立新的标准。

　　屋内阒然。

　　郁夫看了看时间，才下午一点半。他没告诉母亲自己就在卡尔里海。如果让母亲知道他就在卡尔里海而没去看他们，她会伤心的。所以，他必须圆这个谎。母亲一定以为他还在望城，那么从望城到卡尔里海最快要三个小时，也就是说，自己四点半从旅馆出发，到达他们家的老宅，这段路程大概半个小时。他这样计算着。他还记得有一次和璺在这个旅馆里做爱之后，闲聊到他家的老宅。璺想去看看他出生的地方。两人在床上休息了一会儿，他带着璺，出了旅馆的门，叫了辆出租车，到达老宅。他看了看时间是半小时。那次，璺挽着他的胳膊，两人只是在外面看了看。他向璺讲着一些儿时的往事，但他没提那个卡尔里海的女人。他怕璺嫉妒。老宅这些年都出租给旅游的客人，但那天没人，锁了门。离开老宅，两人去了海边。璺还问他，这老宅你是唯一的继承人吗？他说，我不要。璺问，为什么？他说，离开了，我就不想再回到这个地方来。璺说，这个地方多好啊，靠着海边，等我们老了……他觉得璺想得有些久远了。因为他不知道这样的情感能维持多长时间，而且，璺是一个有夫之妇。他沉默。他是一个对现实悲观的人。去海边的路上，他一直沉默。到海边，天已经黑了。临海的路灯亮起来，海滩上的人还很多。璺问，你怎么了？郁夫没有回答，在海滩上坐下来，看着海面远处的夜航船。他们不远处一个年轻的女孩坐在一个中年男人的大腿上。听到女孩的嬉笑。郁夫和璺都沉默。郁夫不时抓起一把沙子扔进涌上来的海水中。夜幕下的卡尔里海要安静温柔很多，更大的黑暗，在凝聚着更大的力量，犹如这黑夜的心脏。大海。璺倚靠在郁夫的肩膀上，小鸟依人状。璺比郁夫大四岁。但年龄并不说明什么，她仍旧会像小女人似的撒娇、蛮横、霸道，一点儿都没有个姐姐样儿。她的腰肢已呈现中年的臃肿，但仍旧有力，在做爱的时候。中年，性也变得贪婪，是的，贪婪，想把对方连骨头吃下去，是贪图彼此的新鲜和刺激，甚至是在释放着生活的压力。但郁夫没有破罐子破摔，性是多么简单，而爱更艰难。郁夫爱了。爱之后的做，就汤汤水水的滋润、愉悦了。那一刻，世界消失了，两个人变成一个人。他们变成了世界的主宰。但郁夫总觉得跟她隔着什么，郁夫想不明白，好像只有彼此切割、缠绕在一起的时候，她才是他的，之后，她就像浮萍般浮起来，令他只有仰望。是不是中年都会陷入这样的困惑和迷惘之中？郁夫思考过，但他的思考没有解决问题。海边有人跑步，穿着荧光雨衣，一晃一晃的像一道流动的光。两人站起来，沿着海边继续走着，上了栈桥，倚靠着栏杆，看着远处望不到尽头的黑暗。郁夫想，那也许就是自己的人生……海滩上的人渐渐稀少起来。郁夫感觉自己变成了黑暗的一部分。后来，下雨了，两人慌张地躲进栈桥附近的凉亭内。也许因为雨夜发酵了彼此的情绪，她坐在他的腿上，两人亲吻起来。她的手在抚摸着他。雨越下越大。他们被囚禁在凉亭里。她撩起裙子坐在他的腿上，开始不管不顾地要他，要他。黑暗中，他们像自己的发光体，彼此镶嵌着，摩擦着，成为两个发电体，直到筋疲力尽。他的手机闹铃响了，吓了他们一跳，两人停下来。他看了看，是他给自己上夜班时定的手机闹钟没关闭。那天，是他休了两天年假陪璺跑出来的。雨停后，两人走出好远，才叫到出租车，回旅馆。

郁夫坐在窗前，吸着烟，看了看时间，才两点十五分。时间变成了一种刑罚。他打开电脑，看着之前的小说，发呆，他在键盘上敲打起来：

……那天晚上，有些燠热，可以看到月亮是苍白的，纸片般贴在天上，像病了。东山在那栋小楼下徘徊了很长时间，裤兜里揣着一把匕首。那是他中考过后，跟母亲吵架离家出走的时候，在辽阳买的。那是一个喜欢匕首、喜欢刀的年龄。这把匕首，东山一直保存着。从楼里走出来倒垃圾的人看着他，问，你干什么的？我从楼上就看见你在这儿转悠了，转悠好长时间了。东山说，等人。那人说，哦。东山回答的时候，有些紧张。直到看那人扔完垃圾，又回去了。他才长长出了口气，望着五楼的窗户，灯光从室内溢出来。东山进入楼内，走到二楼的时候，两腿有些打战，他又下来了，回到楼下的空地，向上看着。他紧紧攥着匕首的手心都出汗了。他蹲在墙根抽烟，一支接一支。突然，一道闪电劈开天空，像一道明亮的疤痕，接着，雷声轰然而至。片刻，雨点儿噼里啪啦地落下。他没有躲进楼内，而是跑到对面小教堂的屋檐下，眼睛望着对面的五楼窗户，呼吸变得急促起来。雨越下越大，淹没在黑夜的黑暗之中。可是，那五楼的灯光仍旧亮着，可以看到人影晃动。如果他有一双翅膀的话，他会冒雨飞上去。但他没有。他有的是胆小、懦弱，连楼都没敢上去。哪怕是到了五楼，敲敲门，再跑开。他蹲在教堂的墙根下，抽烟，佝偻着身体，雨的潮湿和泥土的腥味扑向他。他打了几次火机，才把叼在嘴上的烟点燃。吃一般，狠吸几口。雨滴顽皮地落在他的烟上，烟湿了，咽了几口，都不冒烟。他再次掏出打火机，点了几次，都没有成功。他变得愤怒起来，在手里把烟揉碎，一点点儿，包裹在掌心里，他张开手指把碎末抛到雨水之中。几粒烟末被吹回来，险些迷了眼睛。他又掏出一支烟，背后身去，对着教堂，避风，把烟点燃。教堂里面也是黑的，看不清里面的事物。雨没有停的意思。他蜷缩着身体蹲在地上，直到那五楼的灯光熄灭。因为雨的原因，黑夜变成液态的，黏稠，潮湿。他的双腿都蹲麻了，站起来，活动几下腰肢，甩了甩腿，得到些许缓解。那黏稠的夜，好像他扑进去就会把他弹回来似的。即使他带着一把匕首，也无法刺杀黑夜，只会淹没在黑夜的阴谋之中。他还是没有勇气走进那栋小楼，雨中的小楼看上去阴森恐怖。后来，他还是带着匕首冲进雨中，不是走向那栋小楼，而是离开……

郁夫看了看时间，三点二十五分。

郁夫关了电脑，去卫生间冲了个澡，出来，又坐在椅子上抽烟。

郁夫四点半准时出门。

郁夫给母亲打电话，问，在哪儿？我刚下车。

母亲说，在外面找呢。

郁夫说，好，那我开始找，到晚上我去家里。

母亲说，很多地方我都找了，你去海边那一带看看。

郁夫说，好。

六

郁夫去了海边。海滩上陌生的游客在海水中嬉戏后疲惫地躺在沙滩上，像一具具尸体。郁夫一个个地看过去。有人厌恶地问郁夫，你看什么？

郁夫说，我在寻找我父亲。问的人说，哦。下午的日光还是炙热暴烈，好像要榨干郁夫身体里的水分似的。潮水不停地涌上岸边，带上来一些贝壳，一些水草、海带什么的。在海边走的郁夫，鞋和裤脚都被海水打湿了。郁夫恐惧海水裹挟着父亲的尸体被送到岸上来……近千米的海岸线，郁夫寻遍了每一个角落，天黑下来。郁夫饿了，在路边的小店里吃了口饭，跟老板搭讪着，问，看没看到过一个老头。一米七五左右，白发，看上去有些老年痴呆，病怏怏的。老板是一个中年女人，嘴里叼着烟，听了郁夫的话，坐在椅子上若有所思似的。中年女人把烟从嘴里拿出来，夹在手指间，说，早上，我在码头挑海鲜的时候，好像看到过这么一个老头，是不是你父亲，就不知道了。郁夫问，码头吗？中年女人说，是的。郁夫还记得那个码头，很小的，是从般若岛来的船会停靠在那里。那个岛上只有几户人家，还有轧钢厂当年在岛上建的轧钢厂公墓。轧钢厂还设立一个"公墓金"，给轧钢厂工人每人一块墓地，两平方米，两万块钱，每个月从工资里扣。郁夫也有一块墓地，但前几年涨价的时候，他卖了五万块钱。父亲去岛上干什么呢？去年，卡尔里海搞旅游开发，把轧钢厂公墓变成了一个旅游景点。在轧钢厂的配合下，把一些废弃的机器搬到岛上，架设在那些坟墓上方，看上去，就像是一座巨大的工厂。郁夫吃完，问，这么晚了，还有去般若岛的船吗？中年女人咽了口烟说，没了。要明天早上九点多钟。郁夫说，哦。中年女人的消息还是模糊的，她也不能确定那就是郁夫的父亲。郁夫从小店里走出来，在海边继续寻找着。湿了的鞋让脚很不舒服。他干脆脱了鞋，光脚在沙滩上走着。母亲来电话问，有消息吗？郁夫说，没有。母亲说，我报案了，明天早上我去张贴寻人启事。你什么时候过来？郁夫说，我在海边再找找，我问了一个小店的老板娘，她说早上好像在去般若岛的码头上看到个长得像我爸的人。要不，天亮，我去岛上看看。母亲说，太晚了，你回来吧，你的房间还给你保留着呢。郁夫说，不了，太晚了，我就在附近的旅馆住一宿。母亲说，好吧。郁夫听见母亲在电话里叹了口气。走上栈桥的时候，郁夫觉得有些东西硌得脚心疼，他穿上鞋，仍旧是湿漉漉的。路过凉亭的时候,他发现凉亭被一对男女占领。他犹豫着要不要进去。女人坐在男人的腿上,旁若无人地发出了呻吟声。郁夫离开那里,沿着栈桥继续走,走到栈桥尽头。栈桥尽头正在建设,一些挖掘机在灯光中工作着,像一群侵略地球的外星怪物,在疯狂地掠夺着什么。走了几个小时,郁夫累了,干脆在实木的栈桥上躺下来。这有了一种接近大地的感觉。夜静。凉亭那边女人的声音格外响亮。孤独侵入郁夫的身体里。他必须承认父亲的失踪对他来说,还是有影响的。他想给璺打个电话,告诉她父亲失踪了。他需要她的安慰。但璺会怎么回答呢?与我有什么关系吗?这绝对可能。郁夫忍着没有给璺打电话。他躺在那里,天空一片漆黑,连个星星都没有。就这样不知躺了多长时间,他喃喃着,父亲能去哪儿呢?他知道这么多年他在拒绝父亲,但心里并没有把他剔除出去。或者说,他血管里的血液无法归还给父亲。除非死。他还记得父亲离家后,有一次,他跟母亲争吵起来,他愤怒地说,你们只不过是给了我血缘而已,我可以还给你们。母亲被他的话伤到了,呜呜地哭着。他甚至怀疑母亲重新接纳父亲,是由于他的无情,是他让母亲看不到希望。海天一色的黑。黑是有重量的,让他感到窒息,好像要把他挤压到大地深处。他起身站起来,倚靠在栏杆上,呼吸着海水的气息。他摸了摸裤兜,里面的烟,抽没了。只剩下一个空盒,他在手心里捏扁,揉成一团,想抛到海水之中,他的手僵住了,最后,没有抛。他想起不久前看到的一则新闻说,卡尔里海因为污染,一些动物集体自杀了。是啊,这个世界还有可以安生的地方吗?他烟瘾上来了,吧嗒着嘴唇,想抽支烟,哪怕是一口也好。他突然想尝一口海水的滋味,越过栏杆,顺着岩石走下去,就像小时候那次为了卡尔里海的女人寻找贝壳那样,他来到水边,用手捧起一小汪海水,嘴唇贴上去,吸,只一小口,就让他感到咸涩,还带着一丝苦味。海水的咸苦涩在他的舌头的味蕾上荡漾着。他张着嘴,很长时间都没合上嘴唇,他恐惧舌头被海水腌制了。他开始吐唾沫,直到吐得口干舌燥,还用牙齿在舌苔上清理着,也许是牙齿用力过猛,他尝到了血的腥味,带着那么一点儿的甜味。他吮吸着。他再次想到璺。她不是处女，但每次做爱的时候，她都会出血，他问是月经吗？她说不是。以前也有过。但他感到恐慌。有一次，在旅馆的房间里，他们做爱，把床单上染了一大块血渍，最后，服务员检查房间的时候，发现了，他只好赔了一百块钱的床单钱。他每次做爱都心神不安的，后来，竟然习惯了，她也不出血了。郁夫蹲在海边，再一次尝了口海水，舌头上的伤口，被海水一浸，更加疼了，但他咬紧牙齿，闭上嘴唇，不让疼痛从嘴里跑出来。他口含着那口海水，爬上岩石，翻越栏杆，回到栈桥上。凉风习习的。他闻到了雨的气息，是的，雨的气息。他从栈桥上下来，沿着海边继续走，再次把鞋脱下来。湿漉漉的海滩，踩在上面是柔软的。什么东西刺了他的脚心，他停下来，掏出打火机对着地上的东西看着。打火机的光照在一个腐烂的海鸟身上，恐怖、狰狞，他的脚刚才就踩在那腐烂的鸟的骨架上。他用脚把腐烂的鸟踢到海水中，他知道涨潮的时候，海水还会把它送到岸边的。他继续在海边走着，已经穿上了鞋。但那细小的白骨针一样扎在他的脑海里。

下雨了。雨越下越大，郁夫没有躲藏，而是在雨中走着。这就是他早上就期待的雨吗？那个他虚拟的迟到的审判者吗？他掏出手机看了看时间，快零点了。他发现两条没有查看的微信，是母亲的。他点开，是语音。他把手机贴在耳朵上，在雨声中，他只听到一个人在说："对不起。"他又听了一遍，那不是母亲的声音，不是。那是父亲的声音。下面有一行字，说，他录了这句话好长时间，我觉得这个时候可以发给你了。明天早上我就去贴寻人启事。

郁夫又听了一遍"对不起"。

那个熟悉又陌生的声音。

郁夫给母亲回了条微信说，明早，我再去般若岛看看。

郁夫从海边回到马路上，雨浸透了他的衣服，滴滴答答地滴着水。马路上开过来的车辆，在雨中开着灯，那灯光炸开似的，落在湿漉漉的沥青路面上，呈现着车辆的倒影。

一条鱼的葬礼

朱河吮吸着拇指，咂了几口，对着有些胖白的手指发呆。他几乎是眼含着泪对拇指叫了一声，哥哥。他的声音很低，很低，像蚊蝇的声音，飘散在空气里。朱河低着头，沿着学校旁边的墙根走着。斑驳的墙壁像他的表情，灰白。朱河的脸上不光灰白，还有一丝的血迹，他的鼻孔里还塞了一个纸团，把鼻孔撑得鼓鼓的。难道就是流鼻血这么简单吗？自然不是了。他的眼窝有些瘀紫，眼眶也凸起着，明显肿了。眼眶疼得突突地跳着，像里面藏了两只小动物，想跳出来。因为疼痛，或者因为突突跳动的眼眶，他看见的事物都是晃动的。比如：墙边的一棵柳树，仿佛被风刮得东倒西歪；一个在甬道上滚铁环的男孩也是晃动的；还有那些来来往往的车辆。他在墙根蹲下来，不去看那些东西。甚至闭上了眼睛。可是，疼不会因为他闭上眼睛就不疼了。从眼窝开始蔓延，爬到了整个脸部。他的脸就像是一个盛装疼的器皿。肿痛撑得皮肤发亮，像一个瓦片。他坐在地上，天上的太阳在晃动着，毛茸茸的，几乎要掉下来，像一个巨大的毛栗子。他下意识地把右手的拇指含在嘴里，吮吸着。也奇怪了，他感觉脸上的疼痛多少消失了。他继续吮吸着，口水吮着拇指流淌到了虎口上。可是，他根本不在乎。拇指在他的口腔里是温暖的，坚硬的，安全的，让他有一股莫名的力量。他试探着咬了咬拇指，竟然硬硬的，像一根铁棍。他嘴里咒语般喃喃着，哥哥。他看见他的哥哥就站在他的身边，不屑地看着他，目光里充满了飘忽的疼爱。那目光也带着责备，你怎么会是我的弟弟呢？我的弟弟没有这么窝囊。朱河不敢去看哥哥的目光。哥哥的目光像锥子。哥哥的身影飘走了，甚至还发出水流动的脚步声。朱河沮丧地四处看着，什么也没有。那更像是他内心的哥哥。

一小片阳光在朱河脸上晃动，他的面部肌肉抽搐了一下，他抬起头，看过去。那是一个颤动的光柱。它来自一面镜子。镜子在一个女孩的手里摇晃着。女孩黑黑的面皮，乍一看不怎么的，但这女孩耐看，越看越俊。那强烈的折射的阳光几乎灼伤他的眼睛。他用手遮挡着。那个女孩叫小雅。她摇晃着一面小圆镜子，把光折射到朱河的脸上。她嘿嘿地笑着，向朱河走过来。她几乎是飘过来的，她地上的影子充满了潮湿的气息，仿佛刚刚从乌泥湖里面出来。小雅嘿嘿地笑着，看着朱河。她一个麻花小辫在脑后晃动，她蹲在朱河的身边。朱河没搭理小雅，他的目光望着湖边一个哭泣的小孩，眼泪四溅，在阳光下，像一个个闪亮的金豆子。一个灰白头发的老女人走过来，抱起哭泣的小孩，顺着湖边走了。小雅嘿嘿地笑着。小雅的笑声让朱河很不舒服，身上直起鸡皮疙瘩。他收回目光，盯着那个拇指看着，也许因为口水的原因，拇指闪亮，像一把锋利的刀。他在小雅的面前晃了晃。小雅怯怯地，眼含恐惧地看着朱河说，你别拿刀吓唬我，我怕，我怕。小雅表现出来的恐惧让朱河内心充满了快意，他继续晃动着那根闪亮的拇指，直到小雅从他的身边跑开了。他笑了。他看着小雅仓皇逃走的身影，他笑了。

同学张东背着书包路过学校的那堵墙的时候，看见了朱河坐在那里。他坐在一个阴影里。同学张东喊着，小废物，今天又叫人给收拾了啊？要是你哥活着，没一个人敢欺负你。可惜，你哥……死了，当年，要是提你哥的名字，很多人都会浑身哆嗦，甚至会吓得尿裤子……

张东叹息了一声，走了。

朱河坐在墙根下面，没有动，他单薄的身体看上去像一个纸片，几乎和他的影子重叠在一起。他把拇指再一次含在嘴里，吮吸着。他回想起放学时的情景。马海、三光，还有周明明他们拦住了朱河。在前一天，他们跟朱河说，你给我们带一块钱来，明天交给我，要不我们就揍你，记住了吗？这话是三光说的，三光说的时候，还用手扒拉了一下朱河的脑袋说，你记住了吗？朱河没有回话，低着头。马海也过来扒拉了一下他的脑袋说，别耷拉着脑袋，跟你说话呢！明天带钱过来，不带钱的话，叫你吃拳头。朱河还是没有吭声，把头又低下了，向前走着。周明明盯着屁都不吭的朱河，抬起脚，对着他的屁股踢了一下说，你是聋子还是哑巴？三光跟你说的话，你听见了吗？朱河在地上滚了几下，爬起来，小声地说，听到了。三光说，大点声说，省得你明天忘了。朱河又说了一遍，还是声音很小。周明明揪着朱河的耳朵说，你大点声说。

朱河突然发疯地大声喊着，我听到了……我听到了……我听到了……

他的喊声就像一团炸药。

马海冲上来，又给了朱河一个耳光说，你疯了，叫你大点声，你这么大干什么？你以为我们是聋子吗？

那个巴掌打得很重，在朱河的脸上留下了一个红色的手印。朱河觉得火烧火燎的，像有火在舔。

三光看马海有些过火了，过来搂住朱河的脖子说，你也别怪我们，你哥当年就是这么跟我们要钱的，现在我们也跟你这样要钱，我们是跟你哥学的。

他们提到了朱河的哥哥。这让朱河感觉像被揭开了一道伤疤，伤口上还渗出细密的血珠。是啊，要是哥哥在的话，哪个敢这样对他？这样想，眼泪不禁在眼圈里打转转。他一个人来到乌泥湖边，对着荡漾的湖水，嘤嘤地抽泣着。突然，水花响动，一条巨大的鱼跃出水面。朱河惊呆了，只见那条鱼在半空中扭动着身子，仿佛要冲上天空，然后坠入湖中。那鱼美丽的姿势充满了朱河的大脑，他的心也跟着欢腾起来，忘记了三光他们的要挟。他蹲在湖边，手撩着水，注视着鱼坠入湖中的位置。他期待那鱼能再一次跃出水面。可是，没有。但他更加亲近地接触到了那条鱼。他回到家后，本想跟母亲要一块钱，可是看见母亲，他没好意思开口。这不，今天放学的时候，三光他们再一次拦住了他。

"朱河，你给我们带钱来了吗？"

朱河低下头，加快脚步，想快点逃离，可是，三光他们追了上来。

"你还想跑？你一定把我们的话当耳旁风了，你没带钱，是不是？"周明明说着，猛地踹了朱河一脚，一脚就把朱河踹倒在地上。三光和马海也跟过来，对着地上的朱河一顿猛踢。朱河手抱着脑袋，任由他们的脚像蹄子似的落在他的身上。三光可能是踢累了，坐在一边的一块石头上，点了根烟，抽了一口，然后又站起来，踢开了他紧抱着头的手，踢他的脸。血从朱河的鼻子里流出来，腥热的血，像毛茸茸的虫子，在他的脸上爬着。

马海说，怎么样？好受吗？像不像按摩？你知道吗？你哥当初就是这样对我们的，可惜，现在那个混蛋王八蛋不在了。你现在感觉什么滋味，你就能想象得到我们当初是什么滋味。

两条血蚯蚓在朱河脸上蠕动着。他的身体像破旧的风箱，胸膛因为心脏的抽搐开始受到震荡，一阵剧痛袭来，仿佛胸膛被什么东西刺穿了似的，接着是泪水。三光的一只脚踩在他的脸上，他的脸紧紧地贴在地上，浑身不停地颤抖，像一棵被人践踏的小草。他不知道说什么，他也不明白自己为什么因为哥哥而获罪，不知道自己为什么因为哥哥而受到如此的折磨。

这时候，周明明大声喊着，老师过来了。他们三个人撒腿就跑。可是，那个老师并没有过来，而是拐了一个弯去了厕所。但朱河多少还是有些感谢那个老师，尽管他不知道那个老师是哪个。他挣扎着，从地上起来，晃晃悠悠地沿着学校的墙根走着，因为摇晃得厉害，身上的骨头仿佛都发出咯吱咯吱的声音。他走走停停，停停走走。从书包里取出作业本，撕了一块，揉成一个纸团，塞进鼻孔里。一滴血落在拇指上，他把拇指含在嘴里，吮吸着……不禁嘴里喃喃着，拇指哥……哥……

他牙咬着拇指，战栗着，强压着，最后无助的情感终于爆发了，他抽泣起来。

傍晚的日光有些强烈，让朱河感到一阵眩晕。晃动的太阳像一个光圈，也像一张脸，是的，他哥哥的脸。但很快，被一片云彩遮住了，不见了。他从嘴里掏出他的拇指，像一根苍白的橡皮一样对着天空抹了一下，那遮住太阳的云彩不见了，后面的太阳也不见了。天空黯然，阴冷下来。

他挪动脚步，忍受着身体的疼痛，来到乌泥湖边。他坐在湖边的椅子上，看着荡漾的湖水，波澜起伏。他想到昨天晚上看见的那条跃出水面的大鱼，他希望再一次看见，可是，没有。他等了很久，都没有。他心里喃喃着，看来，今天它不会出来了。他伤感，胸腔憋闷，从椅子上站起来，沿着轧钢厂小路往家走。

朱河家住在鬼金街 1974 号。这个时候，他家门口围了很多人。因为朱百顺从乌泥湖里钓上来一条三十多斤的红色鲤鱼。他颤巍巍抱着红色鲤鱼，往家跑。一路上，人们看见了，跟着跑过来。有人搭讪着说，怎么钓的啊？这么大啊？看来能吃好几天了。要不拿到市场上卖了吧？能卖很多钱的。朱百顺兴奋得合不拢嘴，一句话也没回答那个跟他搭讪的人。他只顾跑着，弄得满身都是鱼鳞，闪闪发亮，像一只只充满血丝的眼睛。

"乌泥湖的鲤鱼精让他钓上来了。"

"可不是。"

"乌泥湖多年没看到这么大的鲤鱼了。"

"可不是。"

"我怎么感觉有些邪性呢？"

"放屁，邪性什么？不就是一条鱼吗？"

两个人争论着，跟着朱百顺跑着。

"我们帮你抬着吧？"

"不用，我还能抱得动。"

鱼腥味在空气中弥漫着。一只猫跃到墙头上，成为一只馋猫，成为一个窥视者。它的目光随着鱼而转动着，甚至在拉长，越来越长，落在了鱼身上。它"喵"的叫了一声，在墙上跑着。

鱼头馆的老板也跑来了，他很胖，腆着大肚子，跟在朱百顺的后面说，兄弟，能不能卖给我啊？我高价买你的这条鱼，你说个数。

朱百顺没有吭声，继续往家跑着。当他跑到家门口的时候，很多人都围了上来，熙熙攘攘的，一片吵闹声。他们的声音和鱼有关，他们的声音仿佛也是充满腥味的。还有他们的目光，也是各不相同的。但，贪婪的居多。

韩秀芝看见丈夫抱回来一条大鱼，她吓了一跳，怔了一下，就是怔的这一下，节奏慢了，她被朱百顺踢了一脚。朱百顺气喘吁吁地说，看什么看，还不快去找一个大盆过来。女人连忙跑进厨房找盆，拿出来一个。朱百顺看了看说，太小了，根本放不下。女人连忙折回厨房继续找着。这个时候，那条鲤鱼在朱百顺的怀里扭动着，鳞片掉落在地上，像一片片树叶，可以听见"簌簌"落下的声音。它张着嘴，翕动着腮部，像是在打哈欠。朱百顺几乎抱不动了，他想蹲下来歇息一会儿，可是不能。他大声喊着，还没找到盆吗？女人从厨房里跑出来，怯生生地说，家里没有那么大的盆啊！朱百顺喊叫着，废物，你来抱着，我去找，我记得咱们家好像有啊。在朱百顺把鲤鱼放到女人的怀里时，女人恐惧地颤抖了一下，她不敢去看那双鱼的眼睛。在朱百顺侧身要走的时候，那鲤鱼突然一滑，从女人的怀里脱落，滚到地上。那些围观的人都瞪大了眼睛，一片噤声。

"废物，叫你抱一条鱼你都抱不住。"

朱百顺说着，给了女人一个响亮的耳光。他连忙弯下腰，从地上抱起鲤鱼，心疼地看着，还用下巴颏蹭了蹭粘在鲤鱼身上的泥土。

那鲤鱼张着嘴，一下下地喘着气。

"这回给我抱好了，再掉地上，打折你的胳膊。"朱百顺喊叫着。

女人眼含热泪，小心翼翼地抱着鲤鱼，看上去像抱着一个满身鲜血的人。

几个孩子捡起地上的鱼鳞片，放到眼睛上，像一副红色的眼镜。

那只猫已经从墙上跳下来了，躲在一个角落里窥视着。

鱼头馆的老板走过来搭讪着女人说，卖给我吧？我开了这么多年鱼头馆，还从来没见过这么大的鱼头。

女人说，我说得不算，要问俺当家的。

女人说的是实话，她说的话，在朱百顺的耳朵里连个屁都不顶。女人紧紧地抱着，很怕再掉在地上，让男人臭骂一顿。那巨大鱼眼里呈现出她汗津津的脸，让她感觉到很恐怖。尽管这样，她仍不敢把鱼放下。不敢。她的眼睛看见躲在角落里的那只猫，还有戴着鱼鳞眼镜的孩子。她没有看到朱河，没有。她心想，朱河怎么放学还没回来。

这样想着的时候，她看见张兰花扭着水蛇般的小蛮腰，扭进了院子里。女人甚至闻到了张兰花身上的香味，很刺鼻。她蔑视地看着张兰花。张兰花是乌泥湖镇上的寡妇，很多人都知道朱百顺跟张兰花有一腿，女人当然也知道。女人心里想，这个狐狸精来干什么？

张兰花迈着碎步，走过来说，哎哟，这么大的鱼，我长这么大还是第一次看到，来，让我也抱抱，像不像抱着一个光着身子的男人？

女人板着脸，剜了张兰花一眼，没有吭声，但她的心里暗骂着，不要脸的臭婊子，骚货。她抱着鱼，转过身去。张兰花也跟着转过去看。女人又转了一下身体。张兰花没有生气，她掏出一把瓜子，独自嗑着，眼睛放光地盯着那条大鱼看着。她边嗑着瓜子边说，真是朱百顺钓的啊？

他真有能耐，没想到钓鱼他也是一个好手。

女人仍旧没有吭声。

一个小孩突然大声喊叫起来，你们听，这条大鱼在哭。

所有的人都听见了小孩的喊叫，他们也竖起耳朵，他们也感觉到了。一个特殊的声音，真的像哭。他们说，这条大鱼真的在哭哎。

就在这个时候，只见朱百顺扛着一个巨大的马槽子走过来。

人们看见朱百顺扛着一个马槽子出来，都感到惊讶。他的身体摇摇晃晃的，不时的，有几根碎草从马槽子里掉落在地上。他"咣"的一声，把马槽子放到地上，抬眼看了看女人怀里抱着的那条大鱼，他咧嘴笑了笑。他弯腰开始清理，然后跑进厨房端来一盆水，手像刷子似的来回清洗着。他眼睛不时瞟着他的鱼。他的鱼。这样想着，他的心里就欢腾一下。他还看见张兰花站在那里嗑瓜子，那个沉着的屁股让他不禁想过去掐上一把。可是，那鱼等着回到水中，要不会死掉的。能钓到这么大的鱼，他真是乐坏了，心里乐开了花。那花有些妖娆，有些妩媚。让他的心里面痒痒的，像有一只小手在抓，在挠。他很长时间没去张兰花那了，也许是因为心理障碍。这个障碍可能就是朱河的哥哥。他甚至在梦中，都把张兰花这张床干了。女人是啥？女人就是男人的床。

这个时候，张兰花也没敢过来，她心里也是有顾忌的。一方面是这么多人，不好。还有，就是朱河的哥哥。对这个人，这个死去的人，她心有余悸。但她感觉到了朱百顺不老实的目光在她的身上跳着。她的心也跟着"怦怦"地跳起来，像怀里揣了一只兔子。她感觉到耳根阵阵发热。那股子热很快遍布全身，像一团火。热，烧得她难受。还好，在嗑瓜子的过程中，当瓜子破裂时的那一声脆响，让她的口腔感觉到了一丝快感。这快感让她好受很多。

朱百顺看见鱼的尾巴耷拉在地上了，他抽冷子喊了一声，鱼的尾巴耷拉到地上啦。

女人听见了，浑身一哆嗦，连忙往上挪了挪，可是鱼身黏滑，她没有把鱼往上提一提，她只好踮起了脚尖，像一个芭蕾舞演员。她看着朱百顺说，他爹，你快点，我要抱不动了，我两个胳膊都麻了。

朱百顺说，废物。

他弯着腰一边放水一边检查着马槽子是否漏水，还真有一个小角漏水，他找来一块塑料布堵上了，然后往马槽子里倒了几盆水，他伸手试了试水的深度，满意地笑了。他跑过来抱过那条鱼，嘴里刚想对女人喷出那句"废物"，那条大鱼狠狠地用尾巴抽了他一下，他身体一趔趄，险些摔倒在地上。女人连忙上来扶了一下，他才没有摔倒。他看了眼女人，心气平静了很多。

鱼头馆老板过来，缠着朱百顺说，你卖给我吧？我高价，你说个数。

朱百顺瞪了一眼鱼头馆老板说，不卖。

鱼头馆老板说，那你要干什么？就这么养着吗？你能养活吗？

朱百顺说，对，就这么养着，像养一个孩子一样养着。能不能养活，那要看它的造化。

鱼头馆老板说，你根本就养不活，这么大的鱼，人家活在湖里那么大的地方，想游到哪就游到哪，你却用一个马槽子，根本养不活。

朱百顺气哼哼地说，滚王八犊子……

鱼头馆老板瞪着两只牛眼说，你说什么？你再说一遍，你敢再说一遍吗？你以为你儿子朱北还活着呢？你他妈的，你狗屁不是，你相不相信，你这条鱼早晚会到我的鱼头馆里，我这样是给你面子了，你别给脸不要脸。

鱼头馆老板的话说得很硬，像石头，砸进朱百顺的耳朵里，砸得朱百顺怕了，软了，弱了，不吭声了，像一个受了委屈的哑巴。

但鱼头馆老板的嚣张气焰很快就会被一个人给灭了，那个人还没有来，马上就要来了，而且是开着汽车。

随着大鱼被放到那个马槽子里，院子里的人们雀跃起来。孩子们甚至大声喊叫起来。大鱼在马槽子里游动着，尾巴拍打着，溅起片片水花。

朱百顺的眼睛在张兰花的身上摸了一眼，又摸了一眼。张兰花也感觉到了朱百顺的目光，可是，她只是扭摆着身子，更换了一个姿势，样子很像那条鱼摆动着尾巴。韩秀芝站在马槽子旁边，满脸的笑容。她几乎忘记了对张兰花的恨。如果说，在这之前，她恨不得要杀了张兰花，敲碎她的骨头。可是，现在她的那股子恨荡然无存。她禁不住想伸手去摸一下那条大鱼，是一种亲切的力在吸引着她。她警惕地看了一眼丈夫，刚刚伸过手去，就被一声呵斥吓得缩了回去。"拿开你的爪子，别动那鱼。"朱百顺喊叫着。

那只猫在墙头的角落里徘徊着，看着雀跃的人们，不敢靠近。

鱼头馆老板也走过来，欣赏着水中游动的大鱼，他发出"啧啧"的赞美声。这一刻，他内心的杀机已经荡然无存，就仿佛从来没有产生过一样。但刹那间，他的杀心又萌生了，而且格外强烈。是一种占有欲在作怪。当他看到那大鱼的一双眼睛，咄咄逼人的目光仿佛在为他曾经杀死过的那些鱼类讨个公道。他眼睛血红，对视着那双鱼眼，心里暗想，杀死你个狗日的。他靠近朱百顺说，给你一千块钱，你卖不卖？朱百顺怯怯地看了一眼鱼头馆老板说，你杀的鱼还少吗？难道这么一条美丽的大鱼你也不放过吗？鱼头馆老板说，不放过，放过这样的一条大鱼，我会一辈子遗憾的，我还从来没杀过这么大的一条鱼呢。我的手心现在都痒痒了，我想掏出它的内脏，挖空它的腮，然后剔下它的肉，这样之后，就会有一具美丽的鱼骨，我收藏了很多鱼骨，还没有这么大的呢。这还不算什么，如果割下一片薄薄的生鱼片，再沾点芥末，吃起来，那才叫美……他说得连自己的口水都流出来了。他犹豫了一下说，就是不知道这么大的鱼，它的肉味怎么样，相信不同凡响。他的喉结动了两下，像喉咙里藏着一只老鼠。

镇上的豁嘴儿走过来，拍了拍朱百顺的肩膀说，你真行，这回你有钱挣了，你可以开门售票了，凡是来看这条鱼的，都要收票，票价你自己来定。

朱百顺看着豁嘴儿，笑了笑，没说什么。

豁嘴儿却替朱百顺张罗起来，大声喊着，大家都站排了，每个想看的人都过来站排，看一次五毛钱。

豁嘴儿这么一喊，还真有人过来站排，并且掏出了钱。也有的人，嘴里嘟囔着，背着手，离开了。有几个小孩没有钱，经豁嘴儿这么一喊，吓得爬到了树上，爬到了墙头上。他们的慌乱吓得那只猫也不见了。豁嘴儿手里握着几张皱皱巴巴的五毛钱对着朱百顺傻笑着。他的傻笑看上去很恐怖，只因为他的豁嘴儿，像鬼。朱百顺踢了豁嘴儿屁股一下说，滚一边去，把那些钱还给那些人。交钱的人听到朱百顺的话，就纷纷上来找豁嘴儿要钱。豁嘴儿看上去有些沮丧，不情愿地把那些钱还给那些人。他喃喃着，说朱百顺是一个傻子，这么好的挣钱机会都不利用，看来我是好心被人当成驴肝肺了，我这是热脸贴到冷屁股上了。他喃喃着，悻悻地离开了。几个孩子看见豁嘴儿走了，从树上，从墙头上跳下来，跑到马槽子边上，瞪大眼睛，看着那条大鱼。

这个时候，韩秀芝竟然哭了。

所有的人都愣了。

朱百顺谩骂着，你哭个卵蛋啊？赶快去烧火做饭，我都饿了。

韩秀芝哭得很响，她说，他爹，你看那鱼的眼睛，像不像我家朱北的眼睛，像不像，你仔细瞧瞧，我……

韩秀芝哭得更响了。

"可怜我儿，朱北……他……"她的眼睛看了一眼旁边的张兰花。张兰花也发现了，她的身上唰地起了一层鸡皮疙瘩，连忙避开女人的目光。

韩秀芝拉住朱百顺的衣袖说，你看看，你看看……

朱百顺说，看个屁，这是鱼，怎么会跟我们儿子的眼睛一样，怎么会。

朱百顺虽然这么说，但还是把目光飘过去。他的心"咯噔"一下，他尽力在掩饰着自己的惶恐，嘴里说，不……像……不……像……

他的声音是颤抖的。

那大鱼翁动着刀片般的腮，在看着他。

朱河仍在漫无目的地走着。他离开乌泥湖，在铁匠街路边的一棵树下撒了一泡尿，在他哆嗦着，挤出最后几滴尿液的时候，他看见马海他们从湖边的水塔上下来，他连忙躲在树后面，两只手拎着裤子，还没来得及系上裤带。因为紧张，收缩的膀胱再一次挤出一小股尿流，湿了他的裤衩，也湿透了他的裤子前门。他看见马海他们拐向了邮政街，向轧钢厂方向走去，他才心放回到肚子里，一边系着裤带，一边警惕地看着，注意着那边的动静，像一只惊吓过度的动物。他继续走着，听见一阵声音，敲打的，铁打在铁上的声音，尖锐地进入他的耳朵，几乎要撕裂他的身体。他四处看着，他很长时间没来铁匠街了，他几乎忘记了铁匠街上的铁匠铺。那是一个简陋的棚子，在街道的西北角。铁匠铺里跳跃的火，烧进他的眼睛，灼热，全身的血液跟着烧起来。他看见哑巴父子挥舞着锤子，在敲打着一块红色的铁。他仿佛听见那红色的铁发出的尖叫的声音。那声音在他的耳朵里壮大成一个声音的涡流，回旋着，卷进他的身体里，整个心脏也跟着震颤起来。

"叮叮当当……叮叮当当……"

他觉得浑身的骨骼和肌肉渐渐地变得坚硬起来。他甚至扭动了两下膀子，蹬了两下腿，差点把脚上的鞋蹬掉了。他下意识地伸出拇指，做了一个刺的动作。苍白的拇指在闪闪发光。但他很快又把拇指含进嘴里，他的嘴唇包裹住了拇指的光芒。他看着铁匠铺里的两个哑巴光着膀子，在敲打着。小哑巴突然停了下来，从身边的一个水桶里舀了一瓢水，猛地扬起脖，往喉咙里灌着水，金灿灿的水珠散落在他的身体，散落在他强健的肌肉上。小哑巴做了一个漂亮的投递，把水瓢扔进了水桶里。他拿起身边的大铁锤和他的哑巴爹继续敲打着那块烧红的铁。铁在变形，方的，圆的，扁的，细长的，像什么，朱河还没有看出来。他不知道他们在打造一个什么东西。

烧红的铁在尖叫。

朱河漫步走进铁匠铺，他模仿当年哥哥的样子，对着哑巴们比画着。他比画出一把刀的形状，甚至还比画了一个扎的动作。小哑巴笑了，牙齿雪白。老哑巴伸出一只手，意思朱河明白，是跟他要钱。他打开书包，从一个夹层里面翻出一张皱皱巴巴的五块钱纸币，递给老哑巴。老哑巴也笑了笑，指了指天空，又伸出三个指头，意思是说，三天后来取。这五块钱是朱河在轧钢厂偷铁卖的钱，就是在三光、马海他们那么揍他的时候，他也没拿出来，没有。现在，他觉得，这钱是用在刀刃上了。他笑了笑，看见哑巴们敲打的那块铁开始变黑了。老哑巴用钳子夹着，放进通红的火中……

朱河从铁匠铺走出来，从鼻孔里抠出那两个纸团，红红的，像两个樱桃，他扔到了一边，甚至用脚狠狠地踩了踩，红色的血像樱桃的汁液从纸团里挤出来。"狗日的。"这几个字从他的嘴里蹦出来，砸在湿润阴冷的空气之中。他看见地上有一个正在燃着的半截烟屁，弯腰捡起来，吹了吹上面的灰土，含在嘴里，吸了几口，呛得他直咳嗽，他手捏着半截烟屁，咳嗽了几声之后，又把烟屁含在嘴里，吸着，这回不咳嗽了。他蹲在路边，像模像样地抽着烟，烟雾从他的鼻孔里喷出来，他头晕晕的，竟然产生了一丝微微的幻觉。周围的事物仿佛都是幻觉。树木、墙壁、电线杆子都活动起来，在移动着。他哥哥也在那些移动的树木、墙壁和电线杆子之中，像一个首领。他恐慌地站起来，吐掉嘴里的烟屁，发疯地在街上奔跑着。

也许是跑得累了，朱河慢慢地停下来。这时候，远处，一列火车从盲山下经过，他静静地看着。

盲山在乌泥湖边，在盲山上当年有一个巨大的冷库，后来废弃了。盲山还是乌泥湖镇的一个刑场，一些死刑犯常常在那被枪决。

火车慢慢地驶进隧道。

朱河想，我该回家了。

傍晚的天空上，那些绚丽的云彩中，有一个图案，像一条巨大的鱼，在天空上游动。朱河看见了，还有很多人看见了。在朱河家的那些人的喊叫声甚至传到朱河的耳朵里。巨大的鱼，在天空上，慢慢地消失，仿佛游到了另一个世界。

朱河是在鱼头馆老板和父亲打起来的时候，走进家门的。当时，父亲已经被鱼头馆老板骑在身下，像骑在一条狗身上似的。鱼头馆老板大声地说，你卖不卖给我？卖不卖？朱百顺倔强地趴在地上，脸贴着地面，是扭曲的，变形的。他的眼睛看见很多人的脚，也看见了张兰花的脚。那双小脚曾经被他搂在怀里。也许是看见那双小脚的原因，他挣扎着，充满力气地反抗着，但还是不敌鱼头馆老板沉重的身体。母亲在马槽子旁边，像一个捍卫者。她哭着，眼泪飞溅，没敢过来。因为朱百顺在和鱼头馆老板揪打起来的时候告诉她，要好好地保护鱼。她嘴里大声喊着，打人啦，打人啦。可是，院子里的人都没有去劝架的意思，他们眼神惧怕地看着。有的甚至离开了。

这是怎么回事？

当朱百顺把大鱼放进马槽子里的时候，大家欢欣地看着。鱼头馆老板纠缠着偏要买下这条大鱼，可是，朱百顺就是不卖。鱼头馆老板趁着朱百顺走神的时候，扑进了马槽子里，一把抱过那条大鱼，可是，大鱼很滑，他一下子没抱住，鱼又滑到了水里，翻腾着，摆动着尾巴游动着。他生气了，举起拳头，对着鱼身狠狠就是一拳。大鱼游动的身体瞬间变得缓慢下来。

院子里所有的人都惊呆了。朱百顺冲过来，抓住鱼头馆老板的脖领子说，你想干什么？你干什么？

鱼头馆老板说，你说我要干什么？我就是要买这条鱼，你必须卖给我，必须，你知道吗？

朱百顺气哼哼地说，你无赖。

鱼头馆老板说，我就无赖了，这个年头不无赖能活着吗？我就是靠无赖这点名声活着。再说了，你儿子朱北不是无赖吗？你知道，当年乌泥湖镇上，我就怕他一个人，那小子虽然年纪小，但人小鬼大，还心狠手辣，我就喜欢这样的人，当年在他的面前，我可不是一个无赖，只要他去我的鱼头馆，想吃什么，我就给他做什么。白瞎那么一个儿子生在你们家了。我想认他当干儿子，可是，他不干。他是乌泥湖镇上第一无赖，第一无赖死了，我就是第二无赖。

朱百顺被鱼头馆老板说得有些气短，但他的手紧紧地揪着鱼头馆老板的脖领子不放，嘴里喃喃着，你不能动我的鱼，这是我的鱼，你不能强抢，光天化日之下，还有王法。

鱼头馆老板说，屁，王法，这个年代，一个是比拳头硬，一个是比谁的钱多，要不就是比谁的裤裆大，能钻进无数的男人。王法，屁。你儿子当年被王法怎么样了吗？要不是他鬼迷心窍，要是他还活着，我现在敢这样吗？我想，我不敢，就是他叫我叫他一声爹，我都得叫，那样，你可就是我的爷爷了。

鱼头馆老板大声地笑着，说时迟，那时快，只见鱼头馆老板一个电炮打过来，击中朱百顺的鼻子。血，迸射出来。

朱百顺的手仍没有松开，任鼻血在脸上流淌着。

朱百顺说，你怎么打人？

鱼头馆老板说，打人？我还想杀人呢？痛痛快快把大鱼卖给我，什么事都没有，要不咱们就骑驴看账本——走着瞧。

朱百顺从牙缝里挤出一个字，不——

鱼头馆老板说，你说的啊！那就别怪我了。

他一个勾拳打在朱百顺的脸上，朱百顺身子一趔趄，险些摔倒在地上。鱼头馆老板挣脱了朱百顺的手，再一次扑进马槽子，他抱起大鱼，要从马槽子里迈出来。

大家都傻眼了。

朱百顺冲上去，两个人争夺着。

大鱼跌落在水中。

鱼头馆老板跃出马槽子，揪过朱百顺，就把他按倒在地上。朱百顺对着自己的女人喊着，好好地保护我们的鱼，不能被人抢走了。

就是在这个时候，朱河走了进来。

大鱼跌落水中溅起片片白色的水花，在日光下，像白色的银子。朱河看到的就是那些白色的飞溅的银子，还有他爹和鱼头馆老板揪打在一起。他看到母亲战战兢兢地守在马槽子旁边。

人们看见朱河，有的人就喊着："朱河，还不快点儿帮帮你爹，你看你爹被人欺负的，都坐在屁股底下了，没脸见人嘞。"

这时候，朱百顺被坐在鱼头馆老板的屁股底下，发出野兽般的嚎叫。

"我不会饶了你的，我不会。"

朱百顺在喊叫。

"那就看看，我相信你会服的。"鱼头馆老板一边把朱百顺的胳膊扳过背后，就像骑着一个长了翅膀的人。

"我大儿子要是活着的话，决不会饶了你，他会杀了你，他一定会杀了你。"

"是吗？那你让他活过来啊？你让他活过来啊？"

朱百顺呜呜地哭着，嘴里说："你太欺负人了，你太欺负人了。"

就在这个时候，只见那大鱼从马槽子里跃起，像飞起来一样，摆动着尾巴，狠狠地撞在鱼头馆老板的脸上。他一趔趄，从朱百顺的身上跌落，仰面朝天地躺在地上。朱百顺连忙爬起来。那大鱼重重地摔在地上，"砰"的一声。空气和人们的心跟着颤动起来。朱百顺连忙跑过去，把大鱼从地上抱起来，就像抱着一个心疼的孩子，然后，把它放到马槽子里。那大鱼的凌空一跃，让朱河的眼前一亮，红色的，金色的鳞片，闪闪发亮。他的心里也被照亮了。他连忙冲到马槽子跟前看着，两眼热热的。

"哎呀，河儿，你的脸上怎么有血？"母亲尖叫着。

朱河好像没有听见，两眼直勾勾地落在大鱼的身上。

"怎么了？谁又欺负你了吗？挨千刀的。"母亲手抚摸着朱河的头说，"让妈看看，让妈看看。"

朱河晃了一下脑袋说："没事。"

他的目光仍旧落在大鱼的身上，尤其是那双眼睛上。它黏稠的目光让朱河感到亲切。他心里竟然有了一种想把大鱼抱在怀里的冲动。他下意识地迈腿就要往马槽子里进。

他爹看见了厉声说："你要干什么？"

他没听见。

"你要干什么？"

他还没听见。

一个耳光打过来，朱河眼前闪着无数的金星。他眼含着热泪看着爹说："你打我干什么？"

"你别靠近大鱼，你不能靠近。"

这时候，朱河心里涌起无限的、无边无际的委屈和悲伤。他咧嘴哭着说："爹，我想抱抱它。"

"不行，现在谁都不行。"朱百顺厉声说着。

朱河面色苍白，病恹恹的。他感觉身体是冰冷的，还有那些拳打脚踢的疼痛在蔓延着，他感觉浑身无力，马上就要瘫软在地上。马上。他身体摇摇晃晃，天旋地转。他摔倒在地上。在摔倒的一瞬间，他看见那些欺负他的孩子的面孔，一一闪现着，发出嘲笑的声音。他妈连忙蹲在地上，喊叫着："河儿，你怎么了？你怎么了？"

有人说："也许是天热，中暑了，赶快弄些水来。"

他妈连忙从马槽子里撩了一捧水，洒到朱河的脸上，轻轻地摩挲着，嘴里带着哭腔喊着："河儿……河儿……你醒醒……"

朱河慢慢地睁开双眼，他第一句话就是："妈——我想我哥了……"他哭起来。

鱼头馆老板已经站起来了，再一次扑进马槽子里，像打一个人似的，拳头落在大鱼的头上。朱百顺再一次和他揪打在一起。

韩秀芝哭唧唧地说："孩他爹，要不就卖给他吧。"

"不卖，说死了也不卖给他，我宁可放生了。"

韩秀芝抱着朱河抽抽搭搭地哭着。

有人喊叫着："镇长来啦！镇长来啦！"

所有人的目光看着张兰花领着镇长和一群人走进院来。那群人里，竟然有两个手持钢枪的警察。

也许是枪的原因，气氛一下子变得紧张起来。人们屏住了声音。

可是，鱼头馆老板和朱百顺没有听见，他们仍旧撕打在一起。

张兰花小跑着，气喘吁吁地来到他们的跟前说："别打了，镇长来了。"

张兰花的话像一个屁，一个不大不小的屁，根本没起作用。鱼头馆老板再一次把朱百顺骑在屁股底下，嘴里甚至还发出了"驾驾……"的声音。

镇长是一个精瘦的老头，脸形看上去像一只山羊，却没有山羊的胡须。尽管看上去精瘦，可是他发出的声音却如洪钟，令人战栗。

"你他妈的，孙仲仁，你还不下来，你怎么能这么欺负人，还有没有王法了？"

鱼头馆老板叫孙仲仁。他回头看了一眼，不屑地笑了笑，没有从朱百顺的身上下来。

镇长的威严受到了侵犯，他从跟随的警察手里"噌"地夺过钢枪，对着鱼头馆老板说："你妈个巴子的，我叫你别打了，你没听到吗？你个婊子养的，你再不下来，我一枪毙了你。"他的脸看上去像一块生铁。他拉动枪栓的声音传到了鱼头馆老板的耳朵里。所有的人也都听见了，屏住了呼吸。孙仲仁看了看镇长，慢慢地从朱百顺的身上下来，走过来，一只手把对着他的枪口抬了抬说："干什么发这么大的火啊？怎么把您老人家给惊动了？"

"我再不来的话，你就要杀人了，我能不来吗？"

"不会的，不会的。我怎么可能是搅乱社会治安的那种人呢？"

"就你，狗屁了，我还不知道你。"

"嘿嘿。"鱼头馆老板笑着，"难道你也听说这条大鱼了吗？你过来看看，我在乌泥湖镇活了这么久，还是第一次见到，你说我一个开鱼头馆的，还没有我没见过的大鱼，这回不一样，这回就是我没见到的，你说我能不想……你过来看看……"

鱼头馆老板拉着镇长向马槽子走去。

镇长一只手拎着枪，甩开鱼头馆老板的手，一边走，一边说："你怎么能这样？你想独占这条鱼吗？"

"不是，我想买，我给钱的，可是……我只好动粗了……"

"现在人家找到我了，我不能不来，你尽给我找事。"

他们两个人小声地说着。

"不是找事，你要是看到那条大鱼你也会……就像女人，你看到了，你就会想睡她……"

"闭嘴。"

朱百顺看见镇长，连忙跑过来说："镇长您来啦？还要感谢您的救命之恩呢！"

"我能不来吗？张兰花找到我说要出人命了，人命关天啊！何况我是一镇之长。"他用枪顶了鱼头馆老板的腰一下对朱百顺说："他要是真敢对你下黑手，我就毙了他，要相信王法。"

朱百顺点了点头说："我一直相信王法的。"

趁人群混乱的时候，朱河从他母亲的怀里挣脱了，挤在人群里，也向那条大鱼靠去。他甚至从一个人的两腿之间钻过去。那个人骂了句："小兔崽子，抢死呢？"朱河没吭声，在人们的脚下爬着。

镇长提着枪，鱼头馆老板和大家前前后后簇拥着，仿佛去看的不是一条鱼，而是去看一个被枪击落的猎物。

张兰花拉了拉朱百顺的衣角小声地说：

"没事吧？"

"没事，"朱百顺说，"谢谢你。"

张兰花在朱百顺的手背上拧了一下说："说什么呢？"

两个人暧昧地笑了笑。

"希望这条大鱼能保佑我们。"朱百顺对张兰花说。

"保佑什么？"

"我要娶了你……你……"

张兰花妩媚地笑了笑，脸上开了一朵花。

"拉倒吧，都这么多年了，拉倒吧。"张兰花无奈地说。

这时候，朱河钻了过来，他爹看见了，在他的屁股上踢了一脚说："小兔崽子，你干什么呢？"

朱河扭过头说："我要看鱼，看我们家的大鱼。"他说着，飞快地爬走了。

鱼头馆老板贴着镇长的耳朵在小声说着什么，两个人脸上堆着笑。鱼头馆老板的话，还惹得镇长在他的屁股上踢了一脚，但两个人，都哈哈地笑起来。他们的笑声盖过了人们的喧哗声，像冰雹从半空中落下来。

人们噤声。

镇长看着马槽子里的大鱼也惊呆了。他也从来没有看到过这么大的鱼，除在电视里看到过那些巨大的鲸鱼，在现实中，他还是头一次看到这么大的鱼。大鱼在水中拍打着水花，身体扭动着。镇长的心里面一阵欢腾。

镇长对着朱百顺说，朱百顺，你可算立了一个大功啊。

朱百顺听了镇长的话，一头雾水，不知道镇长说的是什么意思。

朱百顺看着镇长说，立什么功呢？要不是你及时赶到，我说不定因为这条大鱼而丧命了呢。

他目光狠狠地剜了鱼头馆老板一眼。

镇长说，朱百顺，我要代表全镇人民感谢你。

朱百顺更加纳闷了，他问镇长，感谢我什么啊？我不就抓了一条大鱼吗？

镇长说，这你就没有经济头脑了吧？临来这之前，我就想好了，我们给这条大鱼建一个水族馆，让城里的人都来参观，这样就能带动我们镇的经济发展。到时候，你就做水族馆的管理员吧，每个月我给你开工资。

朱百顺听了镇长的话，心里面美滋滋的。他瞄了一眼人群里的张兰花，对镇长说，您是领导，我听您的。他还看见鱼头馆老板耷拉着脑袋，像一个蔫了的茄子。他心里偷着乐了一下，又乐了一下，那笑声在他的胸腔里都碰疼了他的肋骨。他洋洋得意，就像一个英雄，挺着胸脯。

三天后，朱百顺果然像一个英雄，披红戴花，坐在一辆车上。车上装着他的大鱼，开向镇上刚刚建起来的简易的水族馆。朱百顺乐得合不拢嘴了。两只手在整理着胸前被风吹乱的大红花。朱河也想爬上车，可是被他一脚踢了下去。

朱百顺说："你个小兔崽子跟着去干什么？这是你爹的荣光，也是我们全家的荣光，我就代表我们全家人了。你别上车来，你要跟着去，你就跟着那些人一起跑着去吧。"

朱河说："爹，我要跟着你坐车去，我要沾沾你的荣光。"

朱百顺说："不行，儿子，听说电视台一会儿还来录像呢？你个小屁孩会说什么？别丢了我们家的荣光。这么多年，因为你哥哥，我夹着尾巴做人，这回我终于可以抬起头来了……"

朱河被从车上踢了下来，他气哼哼的。他跟着人群，向镇广场那边

178

跑去。他看见了周明明、马海他们，他躲藏在人群里，没有向他们靠近。人群像潮水似的涌向镇广场，就像当年人们涌向盲山，看枪毙朱北的情景，一模一样。

朱百顺看见了人群里的张兰花。

他喊着："小花，你上车来啊？"

张兰花说："不了，还是你一个人荣光吧，你荣光了，可不能忘了我啊，忘了我，我吃了你。"

人群的声音淹没了朱百顺下面的话。

韩秀芝却没有动，她站在家门口，看着潮水般的人群，默默地流着眼泪。她的心空了，就像什么东西被冲走了。从见到那条大鱼的时候，她就感觉不对劲，她感觉那大鱼就是她的大儿子朱北。当年，朱北被枪毙的时候，只听一声枪响，一股血"噗"的从他的头上射出来，红色的血雾弥漫在他的头顶，他的身体晃了晃，倒在了地上。可是，过了一会儿，朱北竟然爬了起来，跟跟跄跄地向乌泥湖走去。行刑的警察对着朱北的身体又开了一枪，但，朱北仍在走着，就仿佛那子弹没有打在他的身体上。所有的人都惊呆了，连行刑的警察也没有遇到过这样的情况。他又补了几枪。朱北这时候，已经走到了湖边，一头扎了下去。只见朱北游了几下，水波荡漾。湖水被他身上的血染红了。当人们和警察拥到湖边的时候，朱北竟然不见了。

不见了。

警察们下水去打捞，也不见朱北的身影。

这件事在乌泥湖镇就像一个传奇，广为流传着。人们说朱北变成了一条大鱼。也有人说，朱北是被湖里面的水鬼相中了，招去做了水鬼的女婿。

镇广场上真是热闹，锣鼓喧天的。镇长站在那里，看上去就像一个穿着西服的老山羊。他翘首张望，等着车队开过来。他还专门派了两辆警车开道。那气势就像在接待一位外国友人。当朱百顺和运鱼的车队一到，礼炮齐鸣，震耳欲聋。镇长从一个平台上走下来，就像一个老朋友拥抱着朱百顺，然后两个人握手拍照。蜂拥的人群被警察隔离在警戒线之外。随着镇长和朱百顺走上台来，镇长的讲话让下面一片寂静。镇长说了一些经济发展的美好前景，也说了一些感谢朱百顺的话。还说水族馆的建立是我们镇经济抬头的一个良好的开端。朱百顺在台上乐得已经合不拢嘴了。随着镇长一声高亢的喊叫：

"下面请我们的大鱼，隆重登场。"

人们瞪大眼睛，屏住呼吸看着。

只见十几个工作人员，就像国旗手似的，抬着那个马槽子，从车上走下来，缓慢地走着。大鱼的身上也被绑了红色的绸带，和它身上的鳞片交相辉映。它的鳞片在阳光下闪闪发光，看上去就像一片片金叶子。它在马槽子里摆动着尾巴，就像一只巨手，在向人们打着招呼。

朱河挤在人群里，看着他爹，看着大鱼，直到大鱼消失在水族馆里。

水族馆的开幕仪式渐渐地落幕了。

人群开始散去。

朱河看见周明明、马海，还有三光在看着他。他恐惧地跑开了，躲在广场的一个角落里。他看见水族馆的玻璃屋顶闪闪发光，就像一个太阳。他偷偷地绕道拐到水族馆的门口，一个看门的拦住他说，你要买票。朱河说，我是朱百顺的儿子，我还要买票吗？看门的说，镇长说了，谁来了都要买票。朱河悻悻地离开了。

没想到迎面遇上了周明明他们。

朱河扭身想逃走，可是，马海，还有三光包围了他。

周明明说："怎么？还想跑啊？"

朱河颤颤地说："我没想跑。"

周明明说："现在，你爹管着水族馆，你可以给我们弄几张票，我们的账就两清了。"

朱河说："我爹，不会给我票的。除非镇长说话。"

马海说："狗屁了，你爹有这个权力，你弄还是不弄？"

朱河看着马海瞪着眼睛，胆战心惊地说："我看看，弄不到我也没办法。"

三光说："那就明天放学后，你把票给我们。"

朱河低着头说："我尽力吧。"

周明明说："尽力个屁，你要是弄不到票的话，你就给我买几张，这些你要是还办不到的话，有你好果子吃的。"

周明明说完，招呼着马海和三光走了。

朱河站在那里，他感觉到空气有股腥血的味。他吸了几下鼻子，仿佛那气味长了他身体里的力气。

朱河骂了一句："周明明、马海、三光，我操你们三个人的妈。"

尽管这样骂着，但他还是心虚，还要想办法满足他们的要求，可是，这票根本搞不到的。他爹是什么人，现在正牛着呢！别说是他朱河，就是现在他妈来了，也白费。他想到一个人，就是张兰花。如果她出面找爹的话，一定能搞到几张票的。可是，他不想去找那个女人。他还记得哥哥活着的时候，领着他闯进张兰花的家，把她家的玻璃砸了，还砸了锅和镜子什么的。哥哥还对张兰花说，你这个骚逼，要是再让我爹进你的家门，我就杀了你。张兰花吓得蜷缩在屋角，瑟瑟地发抖。哥哥命令朱河说，你过去踢她几脚，让她长长记性，如果她再让我们的爹爬上她的床，我们就废了他。朱河果然走过去，有些胆怯地看了一眼哥哥朱北。朱北看着他说，踢啊！踢她的脸和奶子，尽管踢。朱河只是轻轻地踢了一下她的屁股。他看见张兰花呜呜地哭着。这时候，张兰花的傻女儿小雅从外面回来了，看见那个场面，发疯地看着他哥哥朱北，扑进她母亲的怀里。朱河对哥哥朱北说，我们走吧。我相信她是不敢再让我们的爹踏进她家的门槛了。朱河又问了张兰花一句，你说是不是？张兰花点着头说，是……是……朱北几乎是笑着对张兰花说，你再刺挠了，就自己找个棍子……

他们两个人从张兰花家出来后，到乌泥湖里游泳去了。

朱河决定去找张兰花，但他还是有些犹豫。朱河想到了铁匠可能已经把刀打好了。他这样想着，气血涌动，整个人也变得英气起来，向铁匠街走去。朱河心想："他妈的，有了刀，我看你们还敢欺负我……"

路过鱼头馆的时候，朱河看见老板孙仲仁正在对服务员大发脾气。他听见孙仲仁在大骂着："要不是那个糟老头子突然出现了，今天我就得手了，该死的糟老头子，还用枪逼着我说要毙了我，狗日的，他也不睁开眼睛看看，我老孙在乌泥湖镇上的位置。我杀了一辈子鱼，从来没看见过那么大的鱼，你们不知道我有多激动，我的手刺痒得要命，如果我带着刀去的话就好了，说不定我已经杀了那条鱼了。你们是没看见，那鱼的鳞片都有巴掌那么大。可惜了，可惜了，现在，它在那狗屁的水族馆里了。也怪朱百顺那个狗日的，要是他答应卖给我，不就好了吗？其实，我也是有些欺负朱百顺了，你们还记得他有一个儿子吗？当年在乌泥湖镇上可是一个人物，连我都惧他三分。要是他那个儿子还活着的话，我还真不敢那样对待朱百顺。"

朱河缩着头，听了一会儿。孙仲仁的话让他再次想起逝去的哥哥，他心里像有一根针，在挑着他的回忆。他看了一眼鱼头馆里的孙仲仁，愤愤地走了。

天阴下来，接着，下起了雨，不大。

路上的很多人都没带雨具，在雨中行走。潮湿的空气包裹着人们。在街上，可以看见乌泥湖被一团白色的雾气笼罩着。雾气缥缥缈缈的，仿佛一个仙境。几只黑色的水鸟，在雾气中飞着，盘旋着，一头钻进水里，荡起一圈圈的涟漪。涟漪在湖面上还没有散去，那黑色的水鸟，从水里飞出来，可以看见它的嘴里叼着一条白色的小鱼，然后，飞走了。浩渺的湖面，像一面巨大的镜子。

朱河看见小镇的医生背着他的医药箱匆匆地走着。他不知道医生要到谁家去。小的时候，有一次，朱河患了麻疹，发烧得厉害，整个身上就像着了火。他的哥哥背着他赶到医生的诊所。看着诊所里那些器材，朱河哆嗦着对哥哥说，我害怕，我要死了吗？那个医生也听见了朱河的话，他看了朱河说，只是麻疹，没事的，回去，抓几条小鱼，熬点鱼汤，喝下去，就没事了。朱河听了医生的话，心想，不要打针就好。他对哥哥说，你快去给我抓几条小鱼吧，我要喝鱼汤。他的麻疹，还真喝了鱼汤后就好了。他开始怀念鱼汤的鲜美了。自从哥哥被枪毙后，他就再没有喝过那么鲜美的鱼汤了。他下意识地吞了口唾沫，没想到嗓子眼竟然是苦的。他连连吐了几口唾沫，才觉得好多了。

　　这个时候的水族馆里，热闹非凡。只见朱百顺在对着游人讲着他是怎么钓到这条大鱼的。他说，我在头一天晚上做了一个梦，梦见一条大鱼在游向我，后来撞进我的怀里了。我抱着那大鱼在梦中拼命地奔跑着，在奔跑的过程中，那鱼开始腐烂，等我跑到家的时候，我发现怀里的鱼不见了，我抱着的只是一个鱼骨架。没想到，第二天，我去湖边钓鱼，刚开始的时候，连一条小鱼都没有钓上来，我去草丛里蹲着拉了泡屎，回来的时候，发现鱼竿漂浮在水中，我跳进水里，抓住鱼竿，没想到越拽越沉，我知道可能钓到什么了。朱百顺看着那些游人，两眼放光，眉毛舞动地说着。你们可能不知道，几年前，我在这湖里还钓到过一个死人的尸体，当时把我吓坏了，我跑去派出所报案了。经过法官验尸，是一个女人，不是镇上的人。可能是自杀什么的。就在去年，我还钓到过一头死鹿。我为什么说这些，因为我有些不相信，我还不能确定，我钓上的就是一条大鱼。我使劲拽着，大汗淋淋，累屁了，好不容易，我才看到一个鱼头……在那一刻，我的心脏偷停了一下，你们想想，我当时有多激动。一条大鱼，我喊着。它的嘴动着，它的眼睛看着我，我吓了一跳……仿佛那不是鱼，而是一个戴着鱼面具的水鬼……你们知道，这乌泥湖里死过很多人，我的大儿子当年被枪毙的时候，当子弹射进他脑壳的时候……他倒在了地上……他又爬了起来……趔趄着跑到湖边……一头扎进去……到现在都没有找到，你们说奇怪不奇怪。你们别瞪大眼睛看我，这是真事，你们可以打听打听。但这和这条鱼无关，还是说鱼。我咬了咬牙，心想，管你是鬼还是鱼的，我先拽上来再说。你们知道，水鬼或者鱼在水里的力气都比人大，我累得全身都没劲了，也没拽上来。我只好把鱼钩线拴在一棵树上。我坐在岸边抽了根烟。我看见一个怀孕的女人在湖边散步，她走着走着，坐在岸边的椅子上，看着湖面。我想找她来帮忙，帮忙把水中那东西拽上来，可是想想，她一个孕妇，要是有个闪失，我可担待不起。当时的天空上，彩霞绚烂，美丽极了，有一朵奇怪的云彩，看上去就像一条大鱼在天空上游动。我看着水中的东西，被鱼线拖着，在水中游来游去，过了一会儿，它好像累了。我心想，你终于累了。我跑过去，抓住鱼线，就像纤夫拉纤似的。你们猜怎么着？真的是一条大鱼，就是你们现在看到的这条大鱼。

那些游客听得目瞪口呆。

至于真实情况是什么，只有朱百顺自己知道。有多少是他添油加醋编出来的也没人知道。

镇上的人都还记得那个黄昏，朱百顺坐在水族馆的门前号啕大哭的情景。他眼泪飞溅，眼睛肿得像两个桃子。他一边哭着，一边大骂着："哪个天杀的，杀了我的鱼？杀了我的鱼啊？你不得好死……你个挨枪子的……"

人们看见朱百顺哭得惨兮兮的，就跑过来问："怎么了？"

朱百顺说："有人杀了我的大鱼……"

有一个人说："那还不赶快报告镇长，这水族馆可是镇长的一个业绩啊，镇长还四处宣讲他的搞活经济的经验呢。这回大鱼死了……这可是大事……"

朱百顺没有说话，还在哭。眼泪在他的脸上织成了一张悲伤的网。

镇长很快就坐着车来了，他看见朱百顺，上前就给他一个耳光，说："你怎么整的？怎么没保护好大鱼，明天市里的领导还要过来参观呢！没有了大鱼，你叫那些领导参观个屁。"镇长说着，又踢了朱百顺一脚，急匆匆地向里面走去。

只见，那条大鱼僵硬地漂浮在水面上。一动不动。

一动不动。

镇长的眼里竟然也湿润了。

红红的水面上，漂浮的大鱼就像一幅画。

过了一会儿，镇长吼叫着："来人，一定要给我查出来，是哪个干的。这就是在谋杀……多么可爱的大鱼就这样被人杀了……这是我们镇的悲哀……我们一定要举行一个隆重的葬礼……"

小镇沉浸在一片葬礼的气氛之中。

第二天上午，八个人抬着盛装大鱼的棺椁缓缓地走向灵车。随后，灵车缓缓移动在小镇的路上，向乌泥湖边开去。灵车开到湖边，停了下来。在湖边已经准备好了，镇长庄重地致了悼词。只见，人们抬着花团锦簇的大鱼慢慢地放到了湖水之中。一阵哀乐缓缓响起。

朱百顺已经疯了，一次次地冲进湖里，又被人拉了上来，还郑重地警告他不要破坏葬礼，影响社会治安。朱百顺喊叫着："我的大鱼……我的大鱼……"

随着大鱼缓慢地沉到湖中，人们的心情也变得沉重。葬礼让他们缅怀起自己死去的亲人。人们呜呜地哭着。

葬礼结束后，人们慢慢地散去。朱百顺绕着湖边走着，他一会儿哭，一会儿笑。

此时，远处湖边的盲山上，朱河静静地坐在那里，抬眼看了看天空，有一朵奇怪的云彩，看上去就像一条大鱼在游动。眼泪在他的眼里涌动，他慢慢地站起来，手里的刀子闪闪发光。

多年后，朱河每次回到乌泥湖，都会在湖边坐很长时间。他会想起他的哥哥，也心怀着对这片土地上的人们的愧疚。毕竟，他的哥哥曾经给这里生活的人们带来很多不愉快的甚至是残暴的事情……他常常有一种赎罪的心理，代替他的哥哥。小时候哥哥打架、偷东西自不必说，中学毕业后，他跟了王五一，在盲山一百里的山上开矿。那时候的铁矿石，挖出来就是钱。一天挖出来的矿石就是几十万，人们都眼红了，就开始抢矿。哥哥是王五一的马仔，王五一让他干什么，他就干什么。为了一座矿山，哥哥枪击了好几个人。后来王五一携款逃走了，哥哥的下场自然可以知道……他被以黑社会的性质判了死刑。临刑前的探监，哥哥跟朱河说起小时候，在盲山的冷库里看到的那具少女的尸体。那是城里一个有钱人的女儿，因为疾病，无法治疗，就保存在盲山的冷库里，期待以后的医学发达了，可以治愈。可是，很多年过去……那个城里人再没有来。也许是发生了意外。可那具少女的尸体，一直保存在冷库里。直到水产公司倒闭了，还在那里。人们因为恐惧，没有人敢靠近。可是，哥哥带着他闯进了那个冷库。哥哥迷恋上了那个死亡的少女。那个少女像天使一样躺在冷柜里……有一次，哥哥说，那个少女要复活了，告诉他，要把她的尸体放到乌泥湖中，她就会复活……朱河自然不会相信。可是，哥哥真的那么做了……他们两个人想尽办法，推着那个冰柜，直到它沉入湖底。那天，天很阴，一场暴雨过后，登时晴朗起来。一道彩虹悬挂在天上……朱河和他的哥哥坐在湖边，看着沉入湖底的冰柜……一个巨大的涟漪，过了很久，湖面恢复了宁静……彩虹悬挂在湖面之上……朱河问，哥哥，你说她真的会复活吗？他哥哥说，会的。直到傍晚，他们终于看到一条美丽的大鱼从湖水中跃起……几乎翻过彩虹的拱门……哥哥欣喜地喊叫着……那就是她……那就是她……

　　哥哥说起这件事的时候，眼泪汪汪的。哥哥还说，如果我枪毙以后，能回到湖里，也许我也会复活的……跟着她……在湖里自由自在……哥哥哭得很伤心。

令人没有想到的是，在盲山的刑场上，哥哥挨了几枪之后，踉跄着奔向湖里，还真的消失了……

　　在朱河心里，多年后，父亲钓到的那条大鱼，他认为就是哥哥。他一定是变成鱼了……但最后，他还是杀死了那条鱼……这其中的心情也许只有他自己知道。在杀死大鱼以后的生活中，朱河开始长大……他家也搬离了乌泥湖，直到朱河考上大学。每当他看到鱼的时候，都会想起哥哥……他对杀死的那条大鱼忏悔……也替哥哥曾经犯下的罪恶忏悔……

　　也许那条大鱼根本不是哥哥，只是一个幻想。也许哥哥没有死，在另一个世界与众不同地活着。

　　那个世界没有罪恶，没有打打杀杀……只有美好……

愤 怒 的 河

一

　　正处在睡眠状态中的朱河，梦见一个男人赤身裸体地出现在他的窗口，瞪着两只眼睛看着他。只见他爬上窗台，向朱河靠近。一束光照在那个男人的身上，朱河看不清那张脸，但可以看清他的身体枯瘦，两条腿看上去就像是两根柴棒，轻轻一碰就会折断。那个男人越来越靠近朱河，他的身体在瞬间变小了，就仿佛一下子从中年回到了少年，此时，站在朱河面前的是一个孩子。这回朱河看清了，这个小孩是小时候的高羊。他的同母异父的哥哥。朱河在梦中说，你是高羊吗？还没等那个小孩回答，达马就闯进来了。他气势汹汹地喊着，朱河……朱河……你快醒醒，出事了，出事了。朱河不愿睁开眼睛。他想让高羊的影子在他的脑里停留下来。可是达马破坏了他的梦。是达马把高羊从他的梦中吓跑了。他愤怒地从床上坐起来，你他妈的达马，你早不来晚不来，为什么这个时候来，你知道吗？你把高羊从我的梦中赶走了。达马惊愕地看了看朱河，走过来，用手摸了摸朱河的额头。他的手被朱河一下子扒拉到一边。朱河两眼瞪得像牛眼睛似的愤怒地看着达马。朱河，你是不是病了？高羊不是去国外打工去了吗？达马说着，独自点了一根烟抽起来。

继续说，朱河你醒醒吧，真的出事了，南丹跳楼了。达马的话就像一颗炸弹，在屋子里爆炸了。朱河从床上蹿起来说，你说什么？你说什么？南丹怎么了？达马说，她跳楼了。朱河穿着一个三角裤衩站在床上，当他听到达马的话后，他不相信自己的耳朵。他伸出手指掏了一下耳朵，耳朵里就像刚刚听到了一声爆炸声似的，发出嗡嗡的声音。一个螺旋桨在他的耳朵里转动着。他怔住了。他眼睛看着窗外，他看见一个小孩在窗外的街道上拍打着一个皮球。皮球一跳一跳的，砸起地上的尘土，腾起一小股烟雾。

朱河跳下床就要往门外跑去，达马一把拉住了他说你穿上衣服啊，别叫人家以为你是疯子似的。我丢不起这样的人，你不要脸，我还要脸呢。朱河像一头慌乱的野兽在屋子里四处找着衣服，他迷茫的眼神变得空洞起来。还是达马从门后面抓过他的衣裤，扔给他。他急三火四地穿着，竟然把裤子穿反了。达马说反了反了。朱河才发现反了，连忙又脱下来，重新穿。衣服他也没穿，抓在手里，就要往门外走。达马喊住了他，你去哪啊？朱河说我去南丹家啊！我哥临出国的时候就跟我说过，要我帮忙照顾一下他的女儿南丹，现在……她出事了，我……

达马说你先听我说，事情是这样的，今天早上，我看报纸，在报纸上看到了南丹跳楼的消息，我就跑过来了。至于她是在家，还是在医院里，我也不知道，她是否还有一丝存活的希望，报纸上也没说，我看你还是给你嫂子打一个电话问问。你都三十多岁的人了，怎么还这样急躁，要稳住了。

二

朱河忘记了高羊家的号码。高羊没出国打工的时候，他跟高羊也很少联系。只是时常记起自己还有这么一个同母异父的哥哥存在着。他还生活在这个城市里。他四处找着电话号码，最后，在墙上看到了两个并排的号码。一个是住宅的号码。一个是手机号码。他先拨通了那个住宅的号码，声音低沉地问是嫂子家吗？阵阵的忙音，没有人回答。那声音变得越加尖锐，扎在他的心上。声音的波浪荡起他心中的一部分绝望。他放下电话，开始拨打那个手机号码。他听到的是一个女人娇媚的声音，此电话，因为欠费已停机。他心里的绝望一下子堵住了他的喉咙，他觉得喉咙发热。电话从他的手里滑落，"啪"地摔在了茶几上。他想到今天早上的那个梦，他恐惧得心颤，心尖碎裂。难道哥哥是来嘱咐他去看看出事的南丹吗？他脸色煞白地站在那里，像一个木头人。他再一次看到赤身裸体的高羊出现在他的面前。他为什么是赤身裸体呢？难道他也……

他不敢想下去。他看见那个玩皮球的男孩还在窗外的街道上，拍着皮球。皮球在上下跳动着。突然，皮球跑到了路边的草丛里。男孩消失在草丛里。

还是达马说话了。

达马说我们先去他家，要是没有的话，再说。只能这样，你说是不是。

朱河说好吧，只能这样了。

在出租车上，朱河脑海里高羊赤身裸体的形象就像一个黑白电影的片段，不时地回放着。那影像充满了腐蚀性，吞噬着他的大脑细胞。他的眼泪流了出来，像几滴松节油，挂在脸上。

朱河声音沉重地说达马，报纸上到底怎么说的？

达马说我也没细看，当我看到高南丹的名字的时候，我不敢相信自己的眼睛，我揉了揉眼睛仔细地看了看，我确定那就是高南丹，而且是三十中学初中二年级的学生。我坚信那就是你的侄女高南丹。因为你哥临走的时候，你不是叫我陪着他们全家吃一顿饭吗？所以我还记得他的女儿，高南丹。

达马每说的一个字，尤其是高南丹这几个字，就像是三颗子弹，依次射穿了他的心脏。他闭着眼睛，心里默默地念着南丹——南丹——他的样子看上去就像一个虔诚的基督徒，在祈祷着，祈求上帝的护佑。

达马在后视镜里看到了朱河的表情。他心里也像猫抓似的难受。朱河是他最好的兄弟。南丹是朱河最好的侄女。在心里，达马也把南丹当成了自己的侄女。朱河的亲人就是他达马的亲人。当他看到这个消息的时候，他的心也被刀子戳了一下似的。他看着朱河的表情，他在心疼。他不知道说什么才能安慰朱河。他只是一根根地抽烟。他甚至想起，当年他们在越南战场上，他被敌方的一颗子弹击中，奄奄一息地躺在地上，当他睁开眼睛看到朱河泪流满面的样子。他紧紧地抱着朱河痛哭起来。还好，朱河及时地把他送到了战地医院，还好，那颗子弹只差一厘米就命中他的心脏。他还记得，当晚朱河就一个人闯进了敌人的阵地，一下子搞掉了敌人的两个碉堡。当时战友们开玩笑说，朱河，你真的是一条愤怒的河。可是，现在这条愤怒的河几乎就要干涸了。朱河退伍后，分到了一家机械加工厂，现在那个机械加工厂已经倒闭了。朱河三十多岁的人，至今连个家都没有。达马一阵心酸，眼窝热热的。朱河一个劲地催着出租车快点。出租车司机说的话很气人，我还想多活两年呢，你们要是想找死的话，请你们下车，找别的车。达马听了司机的话，愤怒地抓住司机的脖领子说，你跟谁这样说话呢？叫你快点，你就快点，你不是想多活两年吗？那你就快点。司机一下子变得温顺了。车速也加快了。

在出租车到达光明小区的时候，司机一个紧急刹车。车停住了。只见一个小男孩，在车的前面拍着皮球。皮球上下地跳动着。他看到了出租车，也听到了出租车的尖叫声。他就像什么都没发生一样，仍在拍着他的皮球。司机把头伸出窗外喊着，小孩崽子，找死啊，滚一边去玩。小孩瞪着两只眼睛看着，受了委屈似的，怀抱着球，站到了路边。也许是因为司机的恐吓，只见皮球颤抖着，从小孩的怀里掉在地上，在人行道上滚着，滚到了路边的下水道里。

小男孩张开大嘴，呜呜地哭了起来。

三

朱河打开车门下车，冲向楼群。他对着身后的达马喊道，你去把那个皮球给那个小男孩捞上来，别让他哭了，然后你就在这里等我。他飞奔着，就像是一条汹涌的河水，被心中的情绪推着，推到了波浪之上。他的脚步几乎是在飞。他的脚步就像当年冲锋陷阵一样。在不远的楼上，那里有一个家，他哥哥的家。一个托付给他的阵地。可是，现在这个阵地还在吗？他还不能确定。他希望他的嫂子和南丹仍旧在坚守着阵地。

几天前，他在电视里看到一些关于初中生早恋的事情，他想到了南丹。南丹长得漂亮，难免会有男孩子追求，会有学校旁边的小流氓的纠缠。他想让南丹注意保护自己。这些话当叔叔的不好说。他就在书店里给南丹买了一些关于青春期的书。还给南丹买了一个手机。他打电话给南丹，可是接电话的是嫂子，嫂子很神经的声音叫他很不舒服，仿佛自己会占自己侄女的便宜似的。他最后还是在南丹放学的路上，把那些书和手机给了南丹。南丹是一个懂事的孩子，哥哥走的时候，最放心不下的就是南丹。可以说，要是没有南丹，哥哥也不会出国去打工，在国内，即使蹬三轮也能维持生存。要是没有南丹，他可能和嫂子早就离婚了。一切都因为南丹的存在。考虑到嫂子也许到了更年期，再加上哥哥出国了，南丹会在很多事情上找不到一个可以说话的人。所以，他才答应哥哥，会好好地照顾南丹。但是，嫂子每次看到南丹和他在一起说说笑笑的时候，都鼻子不是鼻子，脸不是脸的。他背后曾经听到过嫂子对南丹说，你爸出国打工了，剩下我们两个孤儿寡母的，可不能引狼入室啊。嫂子的话，像锤子一样狠狠地把他的心砸疼了。他曾想过，不管了。可是想到哥哥当初的托付，想到一奶同胞，想到哥哥临走时的眼神，他原谅了嫂子在他的心上砸的那一锤子。但他多少还是有些打怵，他多次给南丹打电话，可是他买给南丹的手机，南丹一直没用。这才两天没看到南丹，南丹竟然出事了，而且是大事。她竟然跳楼了。她为什么跳楼呢？这成了朱河心里的一个疑团。

朱河来到门口，使劲地敲门。拳头砸得门咣咣地响。敲门声惊得邻居打开门，从门缝探出半拉脑袋看着，看了看他，有的脑袋又缩回去了。一个老太太瘪瘪着嘴说别敲了，再敲我的心脏病就要犯了。你是谁？你要干什么？朱河说这是我哥哥家，我侄女可能出事了，我跑过来看看。你知道吗？老太太说不知道。我只是常常听到你嫂子骂你侄女，什么难听的话都骂。那个女孩，真是一个好女孩，从来都没顶过嘴。有一次，她妈骂她，她就躲到楼道里坐在台阶上一个人捧着一本书在哭。可怜得很。我问过女孩，说骂你的人是你的亲生母亲吗？女孩点了点头。我从来没听到过一个亲生母亲那样骂自己的女儿的。老太太扭着干瘪的身体，关上门，消失了。老太太的话就像十几块炮弹皮射在他的身上，穿过皮肉直射到心上。他又敲了几下门，感觉到那没有回声的房子里，不会有人了。他转身下楼，走出楼梯口，他看见达马竟然有心情跟那个小男孩在玩皮球。达马看见朱河走出来，连忙把皮球交给小男孩，跑过来说怎么样？没在家吗？你没问问邻居，在哪个医院吗？朱河目光在达马的身上剜了一下说，这个时候了，你还有心思和小孩玩球。他甩开达马，气冲冲地向小区外走去。达马有些愧疚地紧跟在后面。那个小男孩喊着叔叔，给你球，你不玩了吗？球扔了过来，滚到了朱河的脚下，朱河没有理会那个球，伸手拦着路过的出租车。达马说我们现在去哪？朱河大声地说能去哪？去医院。达马说哪个医院？朱河说所有的医院，直到找到她们为止。

他们拦了一辆出租车，坐了上去。

朱河看见那个小男孩跑过来捡起地上的球，抱在怀里看着他们。红彤彤的日光照在小男孩的脸上，照在小男孩怀里的那个皮球上，仿佛小男孩抱着的不是一个皮球，而是一颗心脏。朱河隐隐听到那孱弱的心跳声，仿佛就是南丹的心跳声。他哆嗦了一下，两只紧紧握在一起的手，冰凉冰凉的。他的目光就像迷茫而凄楚的天空。他对出租车司机说去中心医院吧。

四

在通往中心医院的路上，只见惠安广场上站满了人。他们围在广场的周围，在看着一座即将竖起来的雕塑。一辆吊车吊着，一个巨大的红色的东西慢慢地在哨声中竖立起来。看上去就像是三把红色的剑，企图刺破天空；像一团炙热的火焰，在熊熊地燃烧着。

出租车很快开过去，达马还在扭头看着。突然达马说，我们这样瞎找不行，我看我们给报社打一个电话，我相信报社应该会知道南丹住在哪个医院。朱河抬起眼皮，目光射了达马一下说你怎么不早放这样的屁。你还不快给报社打电话，还磨蹭什么。

达马开始通过114查找报社的电话。电话里传来的嘟嘟的声音震颤着朱河的心，那声音仿佛就是朱河的救命稻草。如果那声音突然中断了，他整个人的心脏也会随着停止跳动。还好，那声音没有中断。没有。像一条绵软的带子，紧紧地缠绕在朱河的脖子上。朱河在等待着。时间在那一刻变得是那么缓慢，缓慢得像等了一个光年。缓慢得就像一个脖子上被系了绳套，等待绞刑的人。他的两手使劲地搓着。他喜欢这样，似乎这样时间就会过得飞快。他眼前仿佛看见南丹像一只大鸟一样，从楼顶落下。他，他闭上了双眼。在闭上双眼的刹那，高羊赤身裸体的样子又出现了。他，他的两只手慢慢地合在一起，两个拇指抵在脑门上。他的心在依托一种冥冥中的东西。也许是上帝。也许是别的什么。反正他希望在冥想中看到一丝的亮，一丝的光，哪怕是头发丝一样细小的光和亮，也好。

达马说找到了。朱河的眼睛一下子睁开了，睫毛之间仿佛闪过一道奇异的闪电。朱河连忙问在哪？在哪？达马说我是说报社的电话找到了，我还没拨呢。朱河两只眼睛瞪得血红，眼珠似乎都要跳出来了，说，你别说半截话，行不？快点打啊！他睫毛之间的闪电瞬间熄灭了。他眼珠一动不动地盯着达马在看，目光愈拉愈长，就像是一架望远镜，在喧嚣骚动的城市里寻找着。他还是看不见，他站了起来，头碰到了车顶，狠狠地撞了一下，眼冒金星。他一屁股坐到座位上。他看着窗外那些钢筋水泥的墙壁，它们阻挡着他的目光，使他无法透视，无法看见。他的目光折了回来，扎得眼睛疼痛万分。他心中那丝细小的光和亮也颤抖着，仿佛风中之烛，忽闪忽闪的。

一堆白云像一条大河在城市的上空流淌着。流动的速度几乎超过了出租车的速度。朱河甚至听到了河水流动的声音。那声音是那么湍急，仿佛在追赶着什么。波浪涌动，一泻千里。一小朵黑云就像一股污染的泉水侵入白云之河，河水开始愤怒地挣脱着，奔腾着，咆哮着，还是被染成了黑色。成吨的黑色在堆积着，坠在天空的下面，随时都可能掉下来似的。

达马说这回找到了，他对司机说去本钢医院。司机掉转车头，嘴里嘟囔着，怎么不早说，这要绕很大的弯路。达马说少废话，快开，又不少你的钱。

朱河的心在快速地跳着，是那么急切。他的心在听到达马的话后，就飞走了，飞到了本钢医院。在充满消毒水的空气中飞着，寻找着南丹缓慢、孱弱的心跳。

五

到达本钢医院，朱河循着那心跳声来到楼上。那心跳声还在寻找着。那心跳声就像拍在地上的皮球，发出嘭嘭的声音。楼梯的拐角，真的有一个小男孩在拍着皮球，皮球上下跳动着。朱河看到那个小男孩的时候，头发都竖起来了，只觉得头皮发凉，起了一身鸡皮疙瘩。他眨了一下眼睛，想看个清楚，可是小男孩不见了。他跑过去，顺着楼梯楼上楼下地看着，他什么都没看见。一股莫名的恐惧笼罩着他，紧紧地攥着他的心脏。

那缓慢、孱弱的心跳声越来越近了。在208病房的门口停了下来。他推开房门，冲了进去。只见南丹浑身插着许多管子，看上去像一个外星人。她静静地躺在那里。有的管子里还流着液体，慢慢地滑进南丹的身体里。朱河看到南丹躺在病床上，他的眼泪忍不住了，一下子就涌出眼眶。他伸手抹了一下，想扑过去，可是看到嫂子那张愁苦的脸，他还是克制住了自己。嫂子叫刘芳。刘芳背对窗口站着，双臂抱在胸前，看着躺在床上的南丹，朱河闯进来，她猛地抬起头，眉头蹙了一下。那样子好像说，你怎么来了？你来干什么？她充满敌意和排斥的目光盯在朱河的身上。朱河恨不得用尽全身的力气打碎那种目光。他的身体僵了一下，把愤怒埋在心里，他低声地问南丹怎么样了？问话的语气还是显得有些急促。他的目光在南丹身上的那些管子上跳着，落到南丹苍白的脸上。他的目光被南丹死亡般的脸孔折断。他心里在轻轻地说南丹你怎么样了？南丹，南丹……他默念着。刘芳歇斯底里地说你来干什么？你给我滚，滚。我们不需要你的怜悯。朱河看着刘芳，眼睛里喷火，企图烧毁她。他说嫂子，你怎么能这么说话呢？再说了哥哥临走的时候，托付我了，要照顾你们。刘芳几乎要跳起来说别跟我提你哥哥那个狗屁不是的东西，他跑到国外去了，他扔下了我们。朱河哽咽着，想说什么，只是动了动嘴唇，什么都没说。朱河看着刘芳的嘴脸，恨不得冲上去，给她一个嘴巴。他在按捺着自己，他说哥哥也是为了这个家才走的啊，他也想出去能多挣点钱，把这个家的生活搞得好一些。刘芳眉梢立起来，看着朱河说他就是在逃避，逃避。他是一个狼心狗肺的男人，是一个不负责任的男人。朱河忍耐着，还是憋不住。他说现在不是你责备哥哥的时候，现在是南丹，南丹到底怎么样了？这是我关心的。

刘芳沉默了。屋子里的气氛就像一潭死水。只能清晰地听见那些管子里的液体滴落的声音，滴落进那个在死亡边缘挣扎的南丹的身体里。朱河仿佛看见一个安静、优雅的南丹从病床上那个身体里缓缓地仰起身，冲着他微微地笑着，她跳下床，像一只欢腾的小兔子扑进朱河的怀抱。朱河眨了一下眼睛，战栗着，两只伸开的手臂做了一个搂抱的动作，可是怀里空空的，什么都没有，南丹还一动不动地躺在病床上。他发现是自己的幻觉在作怪。

朱河厌恶地看着站在窗前的刘芳说南丹到底怎么样啊？你倒是说话啊？你飞扬跋扈的劲头哪去了？刘芳的目光就仿佛被铁锉打磨了似的，不那么尖锐了。她低着头说你叫我说什么？现在不都摆在眼前吗？医生说南丹的希望很小，很小。那声音微小的就像是针尖上的毒药。朱河就像被针扎了一下，浑身的肉痉挛了一下。他嘴唇颤抖着问南丹为什么跳楼？刘芳的目光再一次变得尖锐起来。她从身边拿过一张报纸递给了朱河。

六

医院楼下的广场上，一个小男孩在拍着皮球。

朱河专心地看着那张报纸。每一个字都镶嵌进他的眼睛里。他一字不落地看着，眼睛几乎要蹦出眼眶落到报纸上。他的气息变得急促，两条腿就像生长的树木和庄稼，发出拔节的声音。他拿着报纸的手在哆嗦着，身体也跟着哆嗦起来。他两眼发红，目光闪电般穿过那些文字的丛林。颤抖的手，拿着报纸，使报纸发出簌簌的声音。胸腔里的一股气体在冲击着他的肺腑，撞击着他的肋骨。他只觉得血液上涌，大脑里发出嗡嗡的声音，就像有一个螺旋桨在里面旋转着。他的目光越过报纸，看了眼躺在床上的南丹。只见报纸从他的手里脱落，缓慢的，就像一片巨大的干枯的树叶。他冲出病房。

医院走廊里的消毒水气味弥漫着，更加刺鼻。朱河挥舞着双臂，虎虎生风。胆怯的消毒水气体扑向墙壁，向上腾升着。

达马坐在走廊的椅子上抽烟，看见朱河气冲冲地走出来，他跟了上去，连声问着南丹怎么样了？朱河没搭理他，像一只受伤的野兽，冲下楼梯。达马似乎意识到了什么，紧紧地跟在朱河的身后。他感觉到了朱河身上的一股杀气，在空气中噼啪地响着。

你要干什么啊？你千万别冲动啊！达马跟在朱河的身后追着说。

朱河声音颤抖地说你滚一边去，滚——

达马委屈地摇了摇头，一脸无奈的表情。

街上空气混浊，声音嘈杂，日光毒辣，地面像一块烧红的铁。在马粥街，一个妖艳的女人看见了达马，远远就喊着，达马，达马——你干什么呢？这么长时间，你怎么不去我那了呢？我想死你了。

女人说着，走过来，一只手臂像一条蛇似的缠绕在他的腰上，亲昵地挽着他，嘴里喃喃着，我想你……我要你……

达马推了推那个女人说，别贱赖赖的，我今天有事，改天我过去。

女人的眼睛瞟了正在疾走的朱河一眼说，那也好，到时候也带你这位哥们去啊，我们那又来了几个新鲜的姑娘。

女人一脸狐媚地在达马的怀里撒娇。达马顾忌地看了眼朱河，推开了她。

人流熙攘喧嚣的街上，像一个战场，朱河就像一个想拼命杀出重围的战士，在疾走着，左右突围着。他曾经在战场上是那么凶猛，一个小时杀死了十几个敌方的士兵，杀得天昏地暗，浑身鲜血，眼睛里看见的都是红色。好几天看什么都是红色的了。十字路口的红灯闪了闪，就像一只邪恶的眼睛，在看着他，可是，朱河根本就没看见，他眼中的人群就是那些敌人，他们被他目光的子弹一个个地击毙了，尸横遍野。他脚步飞快地跨过马路，就像在飞越一个战壕，在硝烟弥漫的战火中冲锋陷阵。

朱河疾走着，鼻孔里仍滞留着医院里那股消毒水的气味。他看见南丹躺在床上，看见刘芳哭泣的脸，看见那个赤身裸体出现在他梦里的哥哥高羊。他的血液在身体里像泼了油的火焰一样轰地燃烧起来，冲突着，跳跃着，发出野兽般的叫声。

　　这时候，一个皮球滚到了马路中央。一个小男孩追赶着冲过来。疾驰的车辆从他的身边飞驰而过。朱河冲上去，把小男孩抱在怀里。那个皮球被一辆拉煤的大卡车碾在了车轮下，爆炸了。小男孩在朱河的怀里哭着，喊着，我的球，我的球。大卡车飞驰而过，黑色的煤渣和粉尘从车上飘落。小男孩看着瘪瘪的皮球带着哭腔说着，我的皮球死了，我的皮球死了。朱河抱着小男孩，弯腰捡起地上的皮球的尸体，来到马路边上，把小男孩放到地上，对小男孩说，以后别这样乱跑了，会出事的，你家大人呢？小男孩转动着眼珠看着朱河，一点都不害怕地说，叔叔，我认识你，我在我家楼下看到你了，我在医院的走廊看到你了，我在好几个地方都看到你了……

　　朱河惊愕地打量着小男孩，他脸色苍白，看上去就像是一个鬼孩子。朱河说，找你父母去吧，我要走了，我还有事。小男孩眼含热泪地说，我爸死了，我妈也死了，我找不到他们……奶奶说他们住在我的皮球里，可是现在我的皮球也死了……

　　小男孩看见朱河一脸悲伤，伸出舌头冲着朱河做了一个鬼脸，笑着说，我是骗你的。小男孩说着，跑开了。朱河笑了笑。

　　不知道那个妖艳的女人用了什么招数，还是把达马拉走了。

　　达马走后不久，大概就是在中午的时候，他再一次看到朱河的时候，朱河正被四个警察押着……

七

　　也许是因为朱河的原因，达马很快就把他身体里的东西喷射在那个柔软的套子了。那个妖艳的女人双臂勾着达马的脖子说，今天怎么了？
这么快，就……

达马懒得去听女人的话，从女人的身体里拔出来，扯掉那个套子，
扔在了地上，开始飞快地穿衣服。

女人娇滴滴说，你怎么了？我还想要。

达马气哼哼地说，想要个屁，我不是给你了吗？

女人娇嗔地说，狗屁了，几分钟你就……

达马几乎吼着说，别鸡巴磨叽啊，我给你钱。

女人的声音变得平和下来说，我不要你的钱，我要你的人。

女人蜷缩在床上，哭了。

达马听到女人的哭声，变得更加焦躁，他抬起腿对着床踢了几脚，
你哭个屁啊！今天我那哥们要是出事了，我饶不了你的，都是你，把我
拉到这来的，你……你这里离三十中学是不是很近？怎么走？他一定出
事了，出事了……

女人在达马踢床的时候，身体颤抖着，战战兢兢地看着达马。她不
哭了。她听到达马的话就问，到底怎么了？

达马说，能怎么的？我那哥们的侄女跳楼了，是因为被学校的体育
老师误认为是偷了同学的手机而跳楼的……你说他能不愤怒吗？能
不……快告诉我，去三十中学怎么走，他一定去学校找那个老师算账
了……你知道他当年可是战场上杀敌的英雄，杀人不眨眼睛的……

女人哆嗦着，声音颤抖着说，你下楼，看见一个蓝色屋顶的大楼，
转过去就是了。

达马推开门走了出去。

女人围了一件睡袍，来到窗前，看着达马出现在大街上，看见远处
的那个蓝色屋顶的大楼，达马绕过了大楼。日光强烈地照射在蓝色的屋
顶上，显得更加蓝了，蓝得眼睛里一片温暖。

一辆警车停在三十中学的门口，车顶上闪烁着一只红色的独眼。达马看到了，他感觉到出事了，真的出事了。他心里在暗暗地咒骂那个女人。这时候，只见四个穿制服的警察一起押着朱河从学校里面走出来。达马想，朱河没有反抗，他要是反抗的话，别说四个，就是十几个也白费。

达马跑过去，喊着，朱河，朱河——

朱河仰起头看见了达马，他冲着达马笑了笑。那笑容好像在对达马说，我胜利了，我胜利了。

达马被朱河的笑容深深地刺痛了。他不知道说什么。他后悔要是自己在朱河身边的话，绝对不会叫他这么冲动的，现实生活跟战场是两回事。朱河被按着脑袋推进警车的瞬间，朱河喊着，达马，南丹就交给你了，你要替我好好地照顾她，假如……你要替我给她买一个美丽的骨灰……盒……

达马听到朱河的话，眼泪唰的一下流了出来。他说，朱河，你放心，我会的……我会的……

他的声音哽咽了。

朱河被警车载着，开出街道。达马跑了几步追上去，也没追上。他双手插在衣兜里，慢慢地走着。一片山峰形状的乌云遮住了太阳，在慢慢地降落着。几分钟后，从乌云的后面传来轰隆隆的雷声。雷声震得达马的脑袋嗡嗡的，侵入他的身体。转瞬间，豆大的雨点噼里啪啦地落下来，砸在干燥的地面上，砸在达马的身上，他肆无忌惮地在雨中走着，任雨水从他的头上流下去，流下去。他看见地面很快就积了很多的雨水，像一条河，急速地奔向路边的下水道。他蹚着雨水的河向前走着，转过那蓝色屋顶的大楼，再一次回到那个女人的房间。他像一个暴徒，撕扯着女人的衣服，狠狠地进入着她，在雷声和闪电之间，疯狂地……

达马几乎是哭喊着说，哥们，我这回是替你干的，你三十多岁还没尝到女人的滋味，现在我替你……我替你……也许你出来以后会尝到女人的滋味的，但现在，在你进监狱之前，我替你……我替你……

达马泪流满面地从女人身上下来，女人也哭泣着，说达马是牲口，是野兽。可是达马根本不在意，他为他的哥们朱河享受了一回女人。天还没有放晴的意思，雨滴疯了一般清洗着街上的万物。达马站在窗前点了根烟，淡蓝色的烟雾缥缈着……

八

某个午后，十几个泛着青光的头攒动着，他们穿着橘红色马甲，他们从一辆监狱的汽车上跳下来，整队。一起跳进城市东面的那条圣河里，他们在挖河里面的污泥。黑色的，发臭的污泥溅得他们全身都是。朱河抹了一把脸上的汗水，抬头看了看，挂在天上那肥硕的太阳。它不是那么刺眼，光很柔和，很温暖，温润得像一个人的脸，微笑着在看他。

多年前，这条圣河是那么清澈见底，站在岸边就可以看到河里面的鱼在游动。在河两边是一些低矮的房子。他们家就住在河边的房子里。他和高羊，还有一个弟弟，他们常常在河里抓鱼摸虾，在河水里游泳嬉戏。可是他的弟弟有一天突然夭折了。他好像知道自己会夭折似的，在河边拍着皮球，然后慢慢地抱着皮球走进了河里，就再也没有出来。当时他和高羊在河边的一个屋顶上谈论着邻居的一个女孩。当他们发现那个弟弟不见了的时候，他们站在屋顶上大声地呼喊着，直到弟弟的尸体从河面漂浮上来，还有那个皮球。

一只乌鸦从河的上空飞过，接着是一只白鸽。

朱河感觉身体在下陷着，越陷越深。河水淹没了他的头，他睁开眼睛在浑浊的河水里看着，他看到了夭折的弟弟，看到了南丹，看到了高羊……他继续下陷着，他听到一个声音在喊着，朱河……朱河……

过了很长时间，十几个囚犯把他从水底拽出来，他的眼睛就像浑浊的河水似的，看到的一切都是模糊的。一个声音仍在呼喊着，朱河……
朱河……他四处寻找着，那声音像是高羊的，又不像，他睁了睁眼睛，
他看见远处的河堤上，达马坐在那里抽着烟，看着他。他从河里蹿出来，
向达马跑去。

朱河喊着，达马，达马，南丹怎么样了？

达马语调沉重地说，她成了一个天使。

朱河再一次跌倒在河水之中，浑浊的河水淹没了他。那些囚犯冲过
来，再一次把几乎被河水溺死的朱河拽出来……

朱河号啕大哭着，眼泪坠落在河里，溅起一个个涟漪。

长在天上的树

上 篇

那年我十五岁。

我已经作为一名少年杀人犯，在蓝城人人皆知。

作为一个犯人，我已经服刑十年了。今年我二十五岁。在我二十岁的时候，我开始练习写作，写我的狱中生活，我的父母，我的陈村。我一直都不敢去触及我的姐姐，或者说是姐姐的死，还有我的童年。

那天夜晚，我坐在牢房里，透过黑黢黢的铁栅栏看着监狱院子里的灯光。无数的小虫子在灯光下面飞舞着。有的小虫子扑向那炙热的灯泡，然后跌落下来，在灼热中死亡，被灯光淹没。那些微小的生命是那么脆弱，我格外敏感地关注着它们。每天早晨起来放风的时候，我在院子里看见地面上它们的尸体，我不忍心用我的脚再去践踏它们。我从木板床上站起来，轻声地下地，来到那窗户前，扒着铁栅栏向外面看着。那些微小的生命感动了我。我眼含着泪水，回到桌边，拿起笔开始写作。我要写写我的姐姐，还有姐姐的死，还有我的童年生活。我这样想着，我的眼泪就盈满了眼眶，要流出来。我把眼睛使劲地瞪大，不让眼泪掉出来。但还是有一滴眼泪顽皮地跳了出来，落在桌子上那柔软的稿纸上，洇湿地渗透下去，模糊了上面的文字。

我的犯罪与姐姐的死有关。

下面就是那次发生的事情：我做梦都不会想到，老天爷能让我这个人捡到钱。那天放学后，老天爷还真的开眼了，让我捡到五十块钱。可以说这五十块钱对我来说是一笔大钱，在炎热的夏天，连一根冰棍都买不起的我，感到有些惶恐。我手里攥着那张纸币心里忐忑不安。从小我受的教育就是捡到东西要交给老师或警察叔叔。我很矛盾。正在我发愣的时候，我的同学看见了。他们逼着我买酒请客，要不就把钱和他们平分。我只好按他们的意思做了，我们买了酒、香肠，还有一些东西。我们到离学校不远的那个破旧的厂房里，大吃大喝起来。我们都喝得醉醺醺的，昏头涨脑的。酒瓶子和一些小食品的口袋扔了一地。这时候，他们开始讲起了他们和女孩子的故事，其中李志提到了海龙饭店里的那个女孩，那个女孩一定是被人给干了，她才跳楼的。那个女孩就是我的姐姐，因为这件事在蓝城也家喻户晓。我听了李志的话，看着他，我没有说明原因就大声地骂着他，你再说那个女孩我就宰了你。李志也不服气，又说了很多诬蔑我姐姐的话，说我姐姐是一个烂逼。我瞪着两只发红的眼睛看着他，他说怎么的？你还敢杀了我怎么的？我说好吧，那么我今天就杀了你，为了那个女孩，我实话告诉你们吧，那个女孩是我的姐姐。大家听了我的话，都瞪大眼睛看着我。我看见李志也害怕地往后退着身子，他没有求饶，但他已经不敢对我牛逼哄哄的了。他说，你要是杀了我，你是会进监狱的。我没有听他的那一套，我掏出我的那把随身携带的小刀对着他的肚子就捅进去，我杀了他，水到渠成。

如果你们认为，我这样说到我的杀人似乎一丁点儿的罪恶感都没有，你们错了。其实害死姐姐的是那个酒店的老板，还有这座城市，而我却杀死了一个叫李志的，我的同学。李志，我向你忏悔。在下面的写作中，我要更多地呈现出这座城市的罪恶，而不是某个人的罪恶，但我的罪恶是不可以原谅的，不可以的。我已经受到了法律的制裁，我正在服刑，在改过自新，正在写这部叫《长在天上的树》的小说，来记录我的犯罪经过。

那个下午，一种预感就笼罩在我的头上，血液沸腾。我感觉到黄海洋送给我的那把小刀像一只不安分的老鼠在我的书包里蹿跳着，甚至一下子蹿到了我的手上，我手起刀落，落在了李志的身上，然后，噗，捅了进去……血溅了出来，喷了我一脸，还有我的衣服上。那些血点子花朵般开放在我的脸上，我的身上。有一种灼痛感，脸上和身上像起火了一般。我想，我真的杀了人吗？我脑子里除了红色，还是红色，它遮挡了一切。我看着地上血淋淋的李志，握着那把小刀的手有些麻木、酸痛，手腕一阵地痉挛着。小刀几乎要从我的手里跳出去。我看着躺在地上的李志，他僵硬地躺在地上，四脚朝天，面目狰狞，眼睛还没有完全闭上，咧着嘴，露出里面很长时间没刷过的黄板牙，甚至有一股臭气从他的嘴里飘出来。他后脑勺的头发都浸在血里面，身下淌了一摊的血。那血很明亮，很刺眼，在落满灰尘的地面上渐渐地变得黯淡，黏稠，但还在流着。他仿佛还在喘着气。那喘气声是那么清晰地在我的耳朵里出现。我没有理他，我当时可能是真的害怕了。其他的几个同学都跑了，我想他们一定会报告警察的，我现在是一个罪犯了，一个杀了人的人了。我有些发呆，又看了一眼躺在地上的李志，我想说什么，但没有说出来。傍晚的阳光从那破旧的窗子照进来，一些灰尘在阳光里飞舞着，形成一个个细长的光柱。有的光柱就射在李志的脸上，肚子上，还有那地上的血迹上。那血是那么凄艳，使我感到一丝的寒冷和恐惧。我身子一抖，感觉裤裆里热乎乎的，我知道，我尿裤子了。那阳光照在死人的脸上的情景，使我不寒而栗。我的身子晃了几晃，几乎要瘫软下去，我扶住了一面墙壁。那把小刀触在墙上划出一个深深的凹坑。我的两只手臂变得无力，像木桩一样地挂在墙上。我背转过身，把身体紧紧地贴在墙上，就那么贴着，脑袋里一片空白。

　　过了很长时间，警察还没有来。我想，那些同学也一定是吓怕了，没敢报案。我来到窗边，从那个光线灰暗、年久失修、布满了蜘蛛网的废旧厂房的窗户向外看着。我看了看天空，我看见了姐姐的脸，看见了一棵长在天上的树，我姐姐的脸就像一个红苹果似的就挂在那棵树上。其实，在头天晚上，我就梦见了那棵长在天上的树，跟我现在看见的一模一样。那梦中的那棵长在天上的树可能还挂满了金银元宝，还有别的什么。我的梦还是被父母做爱时发出的声音打断了。我在被窝里屏住呼吸倾听着，整个世界的声音都被淹没了。那棵树上还挂了很多东西，我都忘记了。我只记住了姐姐的脸。我很疲惫地睡着了。后来，我在努力地回忆着那树上究竟都挂了些什么，我可能会回忆起来，会的。我相信自己。

　　我看着血滴在小刀上散开，又凝聚在一起，滴落在地上。我的手还是有些颤抖。我扔下手里带血的小刀，抬起头看着天空上姐姐的脸。我从肮脏的窗户跳了出去。天那时已经渐渐地黑了，街道上那些事物已经变得朦胧了。我把小刀上的血用衣服擦干净，又放回我的书包里。

　　我走在黑暗中，眼流着泪，嘴里喊着，姐姐，姐姐，我们回家，我们回家。

　　我就这么哭着，像一个泪孩子，不停地喊着，姐姐……姐姐……

　　路上很多的人看着我，都说这个孩子怎么了？一定是走迷了路了，要不就是他的姐姐死了。还有的说了些很难听的话，我瞪着眼睛看他们，他们就收回目光，匆匆地从我身边走开。我的样子就像一个迷路的孩子，仿佛我丢失了与我相依为命的姐姐。那棵天上的树被黑暗淹没了，伴着而来的是满大街上闪耀的霓虹灯。那些霓虹灯是有毒的眼，飘出毒光。我看不见姐姐的脸了，它被霓虹的灯光淹没了。没有人能看见。

　　我没有回家，就那么在街上走着。在路边的铁栅栏旁，我停了下来。我感觉累了，浑身一点劲儿都没有，就像要散架似的。我坐在那些冰冷的铁栅栏上晃动着两条腿，看着来来往往的车辆，看那些匆匆走动的人，抬头看看天上的星星，并且一颗颗地数着。一颗亮丽的流星从我的头顶飞过，我心里想那是我的姐姐吗？奶奶说过每一颗天上的星星都是地上的一个人，只要人死了，那颗星星就会掉下来，人也就没命了。也许那颗流星真的就是我的姐姐。可是哪颗星星是奶奶呢？哪颗星星是我？我的眼睛在天空上寻找着……

这不是我的城市，不是。

绝对不是。

我跳下栏杆，转身对着栏杆撒了一泡尿，我提上裤子。这时有几条野狗从我的身边穿过，它们在追逐一条美丽的狮子狗。那只美丽的狮子狗被其中的两条野狗按倒在地上，它们疯狂地撕咬起来。我看了一会儿，觉得它们是在干一种龌龊的勾当，我厌恶地躲开。我顺着那条公路慢慢地走出这座城市，向陈村的方向走去。

我心里念叨着，姐姐，我要领着你一起回家，回到陈村，那才是我们的家。我相信在我把刀子捅进李志的肚子里的时候，姐姐一定看见了。她的灵魂一定高高在上，就像我看到的那些长在天上的树。

不过，我真正想说的不是我自己的事，而是姐姐的故事。但在我开始说姐姐的故事之前，还得先说些我的事情，我的童年，反正不会花太多工夫。

我小名叫土豆。我爸或者说我爷爷就给我起了这个名字。我妈说，她是在土豆地里生的我，所以我的小名才叫土豆。或许还有很多原因，比如我长得土里吧唧的，圆不圆扁不扁的，鼻子眼睛都纠在了一起，样子像土豆。如果说，把我的脑袋拿下来，放在土豆堆里，那个最大的土豆就是我的脑袋；那个有鼻子有眼睛的就是我的脑袋；那个可以张口说句人话的就是我的脑袋；如果你还认不出我，你就对着土豆堆喊一句，土豆，那个答应的就是我；那个额头上有一道明亮的疤痕的就是我的脑袋。关于这个疤痕我后面再说，一想到那件事，我的疤痕上就会掠过一丝的凉风，把疤痕刮得很疼。其实我的介绍方法是错误的，我怎么能把自己放在非人的种类里去介绍呢？

哎，错就错了。我是一个不愿意改正错误的孩子。

那时我十五岁。但看上去没有那么大岁数，再加上身材矮小，我看上去顶多十二三岁。

刚从陈村转到蓝城的春明中学上初二。

蓝城在我的记忆里就是那个把我姐姐蓝芽的尸体送回来的城市。那个记忆是我对蓝城唯一的了解，使我对蓝城充满了仇恨。

在这之前，我是在陈村的一所中学里上学。我的母亲是知识青年下乡，在农村找了我爸爸结婚，稀里糊涂地生下了我。他们合作生下我的时候，绝对不会想到，我今天能变成这个样子。也更不会想到，我的姐姐，他们的女儿会死在蓝城。我的姐姐是我父亲的孩子，姐姐原来的母亲跟一个村子里来的铜锅匠跑了。她和奶奶住在一起，奶奶的眼睛不好使，几乎和瞎子一样。奶奶时常透过眼睛的那层白膜坐在阳光下诅咒着那个该死的狐狸精。她还说她看见那个女人就在蓝城，被那个铜锅匠给甩了，在蓝城当了婊子。奶奶总是狠狠地说，老天爷长眼睛，报应啊！然后奶奶就会用她的老手抚摸着姐姐的头说，一个苦命的孩子啊！老天爷是瞎眼了，这么小的孩子从小就让没了娘啊！我时常在奶奶的身边模仿着她的口吻说着她的话，奶奶就会哄开我，就我臭小子混蛋，不能欺负姐姐，姐姐是一个可怜的小人儿，你长大了要护着你姐姐，你是个男子汉！奶奶的话有时把我说得美滋滋的，我就会挺一挺瘦弱的胸脯看着姐姐说，你放心姐姐，我会保护你的，你是我的好姐姐吗？谁要是敢欺负你，我就跟他们拼命，大不了你死我亡的，脑袋掉了碗大个疤。这些都是我在电视里学来的。

没想到，后来我还真的为姐姐杀了人。

那是后来的事情，是我到蓝城后的事情，是姐姐死后的事情。

我的父母要是知道我今天能变成这个样子，一定后悔当初不应该那样做，轻易地就把我怀上了。我甚至怀疑他们是不是在土豆地里播下了孕育我的种子，把我变成了一个城市里的混球。他们在孕育我的时候，把土豆那种腐烂的气味带到我的身体里，所以我才长成这样。后来我的爸爸到城里的一家肉联厂当了杀猪的屠夫，我和妈妈也跟了过来。说妈妈是知识青年，我不相信，她现在认识的字还没有我多。我们来到蓝城后，在肉联厂的周围租了一间房子住下了，那个肉联厂处在一个矿工的居民区，整个居民区都是那些低矮、阴暗、潮湿的棚户，阴天下雨的，我们就只好在屋子里到处都放上瓶瓶罐罐接着屋顶上漏下来的雨水。有一天下大雨，把一个老太太的房子浇塌了，把那个老太太砸死在里面了。我和一些孩子都跑过去看了，还有那些叹气的大人。晴天的时候，我就会和那些孩子满巷子里地疯跑，或者趴在地上弹玻璃球，弄得泥猴似的，每次都挨妈妈的骂。尽管我玩得很快乐，但我还是怀念我的乡村生活。

要是我妈和我爸想到我会变成今天这样，一个少年杀人犯。他们会进城吗？会想把我变成一个城里人吗？这个问题，我不知道。

反正，我开始了我的城市生活，我不能再光着脚丫子在麦田里奔跑了；在草丛中追逐那些美丽的蝴蝶；在山崖上放开嗓子呐喊着；在河边偷看那些女人洗衣服时露出的白净的大腿；我最憎恨的就是，我不能随便地脱下裤子撒尿和拉屎了，那种蹲在草丛里，看着高远的天空，和草丛中那些跳动的昆虫，或者把一根草棍折下来，放在嘴里嚼着，吸着那股特殊气味的草汁。还有蹲在草丛里看火车冒着白烟从远处的麦田里穿过。

我不能再去那个旧的砖窑玩了。

为什么这么说呢？

因为那个旧的砖窑住着一个疯女人。我是在一次打猪草的时候发现的那座破旧的砖窑，我看见那个肮脏的女人赤裸着上身，在晒着太阳，她的两个乳房像两个荞麦面的大馒头在胸前堆着。她的头发像一根根麻花似地拧着，有一些细碎的草棍在那些麻花般的头发上。她的脸就像抹了锅灰似的，油渍麻花的。我看见她的时候吓了我一跳，她也吓了一跳，从坐着的地方跳起来大叫了一声。我手里握着镰刀，胳膊下夹着一把猪草，我停了下来，看着那个疯女人。她急忙拿过衣服披在了身上，盯着我。我发现她的手里还握了一块石头，那么虎视眈眈地看着我。过了很长时间，她突然嘻嘻地笑起来，笑得我浑身起鸡皮疙瘩，我使劲地握了握镰刀。这时候，张小伟在那边的草丛里喊我，我没有答应。但是他还是找了过来，他站在一堵废弃的土墙上，向下面看着我和那个疯女人。

他喊着我说，快上来，土豆，那个疯女人会叫你吃她奶的，快上来。

我看着疯女人。

她的眼睛里没有敌意地看着我说，孩子，过来，妈妈给你吃奶。

她的一只手在揉着她的乳房向我走过来，我脚步往后退着，嘴里喃喃着说，你不是我妈，你不是，我不吃奶。

张小伟在上面喊着，快上来啊！土豆，用石头打她，打她。

我只是向后退着，跌了一跤，那个女人心疼地冲上来要扶起我。

我连忙恐惧地看着她说，你别碰我，你别碰我，你要碰我，我就用镰刀砍你，砍死你。

我挥舞着手里的镰刀。我无意中挥舞的镰刀还是伤到了她的胳膊。她的胳膊淌出了血。她好像根本没有感觉到疼似的一个劲地对我说，孩子，我给你吃奶，我给你吃奶。张小伟还在上面喊个不停。疯女人看了看我，突然呜呜地哭起来，转身钻进了破窑里。我站起来逃出了那个破旧的砖窑。我站在窑上面看着那个蜷缩在一个墙角的疯女人，她抱着一个草人在那里独自地说着什么。

张小伟跟在我的身后对我说，怎么样？那个疯女人叫你吃她的奶了吧，她没叫你操她吗？听人说你要是给她几分钱，她就会叫你操她的，真的，她是一个狐狸精。你别看她住在这破砖窑里，总有男人上来找她困觉的。张小伟淫荡地咧着嘴说。

我没有说话，我清楚地记得那个疯女人的目光，那双眼睛掩藏在她麻花般的头发里，仿佛透过黑暗的草丛盯在我的身上。那是一辈子都无法忘记的眼睛。后来听说张小伟真的带了一些伙伴上来，给她硬币要操她，被那个疯女人打下了山，这些事张小伟没有跟我说过。

如今这一切都成了回忆。

我至今还有一件东西与火车有关，与铁轨有关。或者说就是这件东西，使我变成了今天这样。我开始恨黄海洋和张小伟，要不是他们在我离开村子的时候送给我这件东西，我也许就是另一个活法了。

这件东西是一把小刀，一根钢筋压成的小刀，锋利无比。

那天，我和黄海洋、张小伟时常在铁道上玩。我放着我家的几只羊。我们把羊放在一边，就在铁道上玩，趴在铁轨上听着火车从远处开过来的声音。黄海洋蹲在那些碎石子堆旁看着一窝蚂蚁在搬家。他用一根小草棍破坏着蚂蚁的正常生活。蚂蚁的队伍陆陆续续地爬进那些碎石子中间。黄海洋用手抠着那些石子，他想弄清楚那些蚂蚁到底要搬到什么地方。在他的破坏下，蚂蚁的队伍变得混乱起来。我坐在铁轨上看着一只蝴蝶在一朵花上面不停地扇动着翅膀。那是一只美丽的蝴蝶，它的翅膀在阳光下闪闪发亮。那些斑点像一只只眼睛在蝴蝶的翅膀上睁着。张小伟把头从铁轨上抬起来。他说火车要过来。他说完，看了眼我家的羊，掏出他的小鸡子，站在铁轨上，向两条铁轨中间的枕木上撒着尿。我的屁股坐在铁轨上，我感觉到铁轨的颤动了。可是我还没有动地方，我仍旧在看着那只美丽的蝴蝶，我捡起一个小石子向那朵花扔去，第一下没有打中，我又捡了一个石子扔过去，打中了，我把那只蝴蝶打落在地上。蝴蝶轻轻飘飘地落在地上，像一片枯叶。我跑下铁轨，去捡那只蝴蝶。这时火车开了过来，它发出震耳的声音。一些躲在草丛里的小鸟纷纷惊惶地飞了起来，飞向天空。

黄海洋开始喊起来，像发现了宝藏似的。

黄海洋说你们看我捡到了什么？

他的声音被火车的叫声淹没。我也张大嘴，两手捂着耳朵。我的嘴只是张着，没有发出声音。

一些火车上的乘客的头纷纷伸出车窗看着我们。

火车过去后，我看见黄海洋手里像拿着一根金条似的走到我们的身边。张小伟的身体转向我家的那几只惊慌的羊，一边系着裤带。

你们看我捡到了什么？

什么？张小伟问。

一根白钢棍。

有个屁用。张小伟说着，系完裤带。

他的身体转向火车消失的方向，看着从火车车窗飞出来一个绿色的饮料瓶飞进草丛里。

我弯下腰，捡起了那只被我用石子击落的蝴蝶。它的翅膀已经破碎，流出汁液。我伤感地看着，把它小心翼翼地捧在手心里。

黄海洋说张小伟，你忘了，上次我蓝城的表哥来我家串门，他带了一把小刀，你眼馋得不行。他的那把小刀就是用这种白钢棍压成的，是在铁轨上压的。

黄海洋说，你忘了你当时像一条狗似的几乎天天追在我表哥的屁股后面，要亲手握握那把小刀，你当时的样子恨不得叫我表哥一声爹，你都忘了吗？

是吗？张小伟嘿嘿地笑了，眼睛一亮，夺过黄海洋手里的钢棍看着，他怎么都不会想到黄海洋表哥的那把精致的小刀是用这种钢棍做成的。他把钢棍在他的手里不停地转动着说，是真的吗？是真的吗？

我骗你干什么？黄海洋说。

他夺过张小伟手里的钢棍说你不信拉倒，我做出来你就相信了。他看了看我喊着土豆，你干什么呢？过来。我们很快就会有一把小刀了。

一个拥有一把小刀的男孩是一个英雄。

　　我还在看着那只死亡的蝴蝶。但是，听到小刀这句喊声时，我的身体不禁地耸动了一下，仿佛那把小刀的锋芒已经割在我的身体上似的，一阵凉风飕飕地掠过我的脸庞和脖颈。一个声音在我身体里喊叫着，我想那是血液的声音，是血液燃烧的声音。它摧毁了我对一只死亡的蝴蝶的怜爱和心疼。我变得暴躁起来，浑身血液沸腾，一阵燥热包裹着我。我把蝴蝶使劲地握在手心里。我听见蝴蝶的尸体粉碎的声音，变成碎末，还有一股液体从蝴蝶的尸体里被挤出来，沾了我一手。

　　我伤感地把那只蝴蝶的尸体埋葬在一堆草丛下面。

　　我也看见过黄海洋表哥那把精致的小刀。我记得我还做了一个梦。那把小刀飞到了我的身边。在梦里我用它削铅笔；杀死过一只蝉；还面对一只露着牙齿要咬我的恶狗比画着，把它吓跑了。做过那个梦之后，我时常去村子里的铁匠铺，帮那个老头干些力所能及的事情，希望他能给我打造一把黄海洋表哥那样的小刀。我甚至帮过那个老头给一个寡妇送过一条纱巾。可是，关于那把小刀的梦想在不久后因为老头的突然猝死而破灭。

　　我走过去的时候，张小伟正趴在铁轨上听着是否还有火车开过来。我家的那几只羊不知怎么的，一起跑到了麦田里。张小伟趴在铁轨上，耳朵贴在铁轨上，他的头向一边歪着，他看见了我家的羊跑进了麦田里。他一下子跳了起来说，土豆，你家的羊跑进麦地里了。我一看也着急了，这时，他向麦田跑去，发疯地轰着我家的羊，用脚一阵乱踢。可怜的羊被赶出麦地。我说，张小伟，你轻点踢我家的羊，别踢死了，你脚那么重。张小伟边踢着它们边骂着都是挨千刀的，杀了你们吃羊肉，喝羊汤。那些羊好像能听懂张小伟的话似的，老老实实地走出麦田。还不时地叫上几声，像是在说自己错了似的。

　　张小伟把我家的羊轰出来后，又跑到铁道上来。

　　我看着黄海洋手里的那根闪光的钢棍，仿佛看见了他表哥的那把精致的小刀似的。我说黄海洋叫我摸摸，我感觉到了金属的凉。我试着在手里握了握，像拿刀的姿势挥动了两下，做了几下捅的动作。我的样子俨然一个英雄了。

黄海洋说张小伟你再听听，看看有没有火车开过来，要是有的话，我们很快就会有一把像样的小刀了。黄海洋说得很自信。他拿着那个钢棍在铁轨上比画着，选择一个好的位置，把钢棍放在上面。张小伟又趴下来，耳朵贴着铁轨在听着。

我有些焦急地问，听到了吗？张小伟，火车什么时候开过来？张小伟耳朵贴在铁轨上一声不吭。我也把耳朵贴到了铁轨上，产生的声音从耳朵涌进我的身体里。张小伟突然喊，来了，来了。黄海洋已经把小钢棍放在铁轨上做好了准备。那火车头从远方开过来。

对一把刀子的崇拜使我的血液沸腾，一股燥热从我的心腔里拱出来，在骨子里乱乱钻动。我仿佛听见刀子扎在一些物体上发出"噗"的一声。"噗"，多好听的声音，像美丽的旋律，在我的身体周围回响着。

几只乌鸦鸣叫在麦田的上空。田埂不远的一座新坟上有一束鲜艳的花圈，被风吹动着。那几只乌鸦落在了新坟旁边的一棵枯树上。枯树上，有几条红色的纱巾在风中飘动着。整个村子里的人都知道那新坟里埋的是谁。那是我姐姐——蓝芽。

那天，是一个叫宋涛的男孩和几个民工抬着我姐姐的尸体来到村子的。他们说给村里打了很多次电话，都没有人接，他们只好按着姐姐身上的身份证地址把姐姐的尸体运回来了。这个宋涛竟然是黄海洋的表哥。他以前来过我们陈村。

村子里的人牛群般地围了过来。他们七嘴八舌地说，这孩子真可怜，从小妈就跟人跑了，这刚长大，懂事了，又出了这事。有的妇女也跟着掉下了眼泪瓣子，惺惺作态。还有的人说，这回我们家可要有大钱了，他们一定会赔偿我们家很多钱的。那些人的眼睛里充满了嫉妒的目光。

几个扛着摄像机的人在对着奶奶和群众照着。那天晚上的电视新闻里就看见了我们村里的人和蓝芽躺在那个鲜艳的被单里，还有那几个警察。奶奶几次都哭得昏死了过去的镜头也被他们上了电视。电视里还提到了蓝城里一个酒店的名字：海龙酒店。说的是那个酒店的老板逼女服务员卖淫，致使一个乡下的女孩从七楼上跳下来当场摔死。那个肥胖短粗的老板顶着秃瓢一样的脑袋，戴着手铐，被两个警察带着，在电视里晃了一下。那个女播音员的声音有些悲伤地说，各位观众，你们都看见了这个乡下女孩的家人是多么悲伤吗？我想，如果这个女孩是那个老板的女儿，他会逼自己的女儿这样做吗？法律是公正的，这个伤害女孩的罪犯已经被判处了死刑。

我看着那座新坟，想着我的姐姐，眼泪唰唰地流了下来。想着春天的时候，我和蓝芽，还有张小伟在铁路边上放风筝的情景。蓝芽穿着小花格衣服在追赶着那飞舞的风筝。

一辆牛车从铁路边的土道上走过，一个满脸皱纹的老人赶着牛车。牛车上躺着一个满脸泥土的孩子。那个孩子看见了张小伟手里的风筝喊叫了起来。风筝突然落了下来，落在了牛车上，落在了那个孩子的怀里。蓝芽跑过来。那个孩子瞪着两只大眼睛欣喜地看着落进怀里的风筝。蓝芽想要回她的风筝，可是她看见那个孩子喜悦的目光，她看见那个孩子是一个没有了双腿的孩子。

那个孩子看见蓝芽跑过来说，给你，姐姐，你的风筝。

蓝芽没有伸出手，把张小伟手里的线拐子要了过来，递给了那个孩子。那个孩子高兴地坐在牛车上，看着渐渐飞起的风筝。

几只乌鸦从枯树上飞走了。我家的羊不知道什么时候跑到了坟上，有几只羊跪在坟前，静静地看着远处一望无际的麦田，仿佛在思念着天上的蓝芽，我的姐姐。

张小伟对我说，你看你家的羊跑到你姐姐的坟上去了。

我向那个方向看了看说，叫它们待在那吧，它们可能是想我姐姐了，以前我姐没进城打工的时候，都是她放它们的。我姐姐对它们多好，哪像我这样拳打脚踢的。它们一定是想我姐姐了。羊通人性。

我说得眼泪汪汪的。我说等我长大了有了一把刀，我一定杀了那些害我姐姐的那些驴操的。驴操的。把他们碎尸万段。

我蹲下来哭着，想起了从小和我一起长大的姐姐。

看着我伤心的样子，谁的心里也不好受。张小伟说土豆，到那时我一定帮你杀了那些驴操的。他也蹲下来抱了抱我。

他说我和你一起报仇。

我突然站起来，一脸的泪水，在两条铁轨之间奔跑着。那错综复杂的铁轨向远处的平原上延伸着，在平原的远处是一座座低矮起伏的群山。

那把小刀是在几天后做成的，跟黄海洋表哥的那把一模一样。不知黄海洋从哪弄来的一根红色的胶皮管子套在了刀把上。我们躺在草地上，看着那把小刀在阳光下闪闪发光。我拿着那把小刀轻轻地挥过一片草叶，那片草叶就被切断了，掉在地上。我欣喜地看着掉落在地上被斩断的草叶，一些绿色的草汁从草叶的断面渗透出来。

我说它能杀死人吗？

黄海洋自信地说能，绝对能。

我爱不释手地摆弄着那把小刀。当时我怎么都不会想到，后来我用这把小刀干了那件事。我们拿着那把小刀在田埂上，在铁道上，在小河旁，在村子里游荡着。我们傲慢地游荡着，渴望碰上能检验那把小刀锋利的事情。

我们真的碰到了，我们欣喜若狂。

我们在小河旁走着。

黄海洋说张小伟你是不是放屁了？怎么这么臭啊？

张小伟说你才放屁了呢！

黄海洋说土豆你也闻闻，是不是很臭？

我吸了几下鼻子说真的很臭。

我们四处看着，在缓缓流动的河水中看着。突然，张小伟大叫起来。你们看，那是什么？我们把目光顺着张小伟手指的方向看去。

一只被水泡得发白的死狗崽子咧着牙齿，侧着身子被一块石头阻挡着，停在那里。它的身上盖了几片树叶。它的毛已经被水泡得脱落了，白白的皮肤像一张干净的鼓皮。因为那块石头挡住了它的身体，它才没被水冲走。或者说是那块石头使这只死后的小狗遭遇了我们。这只小狗生前绝不会想到它会突然地死去，会被主人扔进这样的一条小河里，更不会想到它被我们肢解了它的尸体，而且，那宽宽的石头成了它的墓床。一根麦秆顺着水漂了下来。在它尸体旁边的水流形成了一个小小的漩涡，那根麦秆被卷了进来，随着漩涡在转动着，足足有几分钟，它才转出那个漩涡，顺水漂走。几只肥得发亮的绿苍蝇在那白色的尸体上平静地飞舞着，在它两腿之间的地方停了下来。那是生长生殖器的地方，可是我们已经无法分辨出它的性别。因为那个地方已经腐烂了，几条蛆虫从里面伸着头在向外张望着。如果你仔细辨认还是能辨认出来，因为公狗和母狗的生殖器的生长部位不一样。这样仔细辨认后，你会发现这是一只被切除了阴茎和睾丸的小公狗。看来它不是病死或者自杀，而是被割了阴茎和睾丸致死，可见那个主人是一个什么样的人。追究到这个狗的主人，我想只有一个，那就是铁匠铺里的老铁匠，可是现在他已经死了。他是村子里唯一喜欢吃那些动物生殖器和睾丸的人。

河水就那么缓慢地流淌着。没有什么能阻止河水的流淌，就像没有什么能阻止时间的流淌一样。一列火车汽笛长鸣，从麦田中穿过。喷出的蒸汽给湛蓝的天空抹上一道灰白色的痕迹，但又被微风吹散。它呼啸着穿过大地的心脏，向远处行进。一股强烈的臭味刺激着我们的鼻子，可是，我们谁都没有感到恶心。黄海洋晃了晃手里的那把小刀，似乎在说，你就要有用武之地了。我仿佛听见了那把小刀在尖锐地呼喊着，像蛇的舌头，在阳光下燃烧着。

我们解剖那只小狗的经验更多是来自于我们看那些大人在年关里杀猪经验的模仿。我的脑海里突然闪现出年关的时候，父亲带着我去给别的村子里的人家杀猪的情景。

我走过去，低下头看了看，用脚踢了那只死狗。死狗在水面上浮了起来。黄海洋说土豆，你把它拿到那块石头上，控控水，我们再干。我挽了挽袖子拎起那只死狗说你们看，这条死狗的鸡巴和卵子都被人割掉了，看这个地方烂的，都生蛆了。我说着，没有丝毫的厌恶感。但我还是怀疑地看了看黄海洋手中的那把闪着光亮的小刀说，那刀能行吗？黄海洋有些生气地说怎么就不行？不信，掏出你的鸡巴，看能不能割下来？他挥动着手臂，做了一个割的动作，恶狠狠的。他把刀伸到我的鼻尖前面，晃动着，我仿佛听见了那刀子哧哧的叫声蹿上我的鼻尖，在我的脸上撕开我的皮肤。我听见了刀子在刮骨头的声音，钝钝的，带着风声在我的身体里游荡。我笑了笑，用手挡开他的刀，把死狗湿漉漉地放在了那块石头上。我在端详着已经发生的腐烂和那些臭味分子的无比张狂。我有些不知所措，那惨白的肚皮裸露出来，一些白色的蛆在上面爬着或者从光滑的肚皮上滚落到水里，被水冲走。有的蛆虫滚落到我的脚面上，我把脚伸进水里，让水把它们冲走。

这时又一列火车鸣叫着从麦田的中央穿过。几个骑着单车的人在麦田中央的道路上看着飞驰过来的火车。一些乘客的脸从车窗里伸出来，向外看着或者喊叫着。

火车发出瘆人的叫声，突然停了下来。

出事了。

原来火车在经过铁道口时撞上了一个人。

我们没有去理会火车为什么会突然停下来。我们把死狗仰放在石板上，它的四肢像四根木棍似的翘着，牙齿紧闭，从嘴里龇出来。两只眼睛紧闭着。肚皮上的毛被水泡得几乎都掉光了。我的手还是在那光滑的肚皮上拽了两把，湿漉漉的灰色的毛粘在我的手上。我好像很不在乎，转头看了看黄海洋。这时的黄海洋已经准备就绪了，挽起了袖子，小刀在牙齿上咬着，支着两只胳膊，闭着一只眼睛。如果他再戴上一个黑色的眼罩，就一个十足的屠夫或是刽子手。他的样子使我想到电影电视里演的那些强盗，戴着一只黑色的眼罩，眯着另一只邪恶的眼睛，对着绑在柱子上的男人或女人狰狞地笑一笑，然后伸出双手，把那人胸前的衣服扒开或撕开，拿过来一碗酒或者是一碗凉水，喝在嘴里含着，然后"噗"地喷在那个人胸口上，开始晃动起手里的刀子。嘴里说我要拿你的心下酒。我开始闻到了腐臭的气味，是从那死狗被割去睾丸的地方散发出来的，我下意识地捂住了鼻子。我的目光向停下来的火车的方向看了看，我还不知道那里发生了什么。我想，我们干完这件至关重要的事情，我们会跑过去看的，会的。

事情不会那么快就结束的。不会的。

我说你想什么呢，张小伟？我们马上就要开刀问斩了。

张小伟回头看着我说没想什么，只是觉得黄海洋现在就像电影里的一个强盗似的，想挖人的心。我说话的时候有些激动，吐字不清，嘴唇都在颤抖着，还有我的两只手，哆嗦个不停。这种激动来源于哪里呢？也许是对一把刀的崇拜，也许是我们心里的英雄主义在作怪。也许是想起了我姐姐——蓝芽的死。

黄海洋把小刀从嘴里拿下来，握在手里，深深地吸了一口气。他拿刀的手在颤抖着。小刀在他的手里闪闪发光，就像要蹿出来的火焰，呼啸着。黄海洋的颤抖不同于我的激动，他们是有区别的。黄海洋的颤抖是来自内心的恐惧。他有些犹豫地向四周看了看。除了一望无际的麦田和群山，还是一望无际的麦田和群山。

他说我要撒泡尿，你们自己干吧！

我看了看黄海洋说瞧你这熊样，是不是害怕了？一条死狗有什么，要不我来？我鄙夷地看着黄海洋，我心里知道他退却了。

我的眼睛瞪得几乎出血了，眼眶几乎要爆裂开来。我有些贪婪地看着黄海洋手里的那把小刀，我想一下子就捅进那死狗崽子的肚子里，"噗"的一声。那想象的快感在我的胸腔里激荡着，像一头不安分的野兽在里面奔跑着，践踏着我那些柔软的、容易受伤害的内脏。

黄海洋说不是的，我真的叫尿憋得不行了。他说着一只手捂在肚子上，脸憋得通红。

他说着，还是把手里的刀子交给了我，松开裤带，向这条几乎要枯死的河里撒尿。但他又提着裤子跑出了河里，边跑边说往河里撒尿死舅舅，我不能往河里撒尿。

我看着黄海洋的样子撇着嘴笑了笑。我蔑视地看了眼黄海洋。

我接过那把小刀的时候，傲慢地四周看了看，目空一切。我的眼前又晃动着我姐姐的身影，她在麦田里奔跑着，手里挎着一个装满野花的篮子。她在咯咯地笑着，喊着我，弟弟，弟弟，你追不上我，你追不上。

她的声音是朦朦胧胧的，仿佛在梦中似的。

我的眼泪又流了出来。

黄海洋跑出很远，张小伟看着他的身影，穿过了麦田，来到了铁路旁边的一个垃圾场。

我笑了笑说他是害怕了，害怕了。

我的一只手在死狗的肚皮上敲着，像敲一面小皮鼓。那清晰的鼓点仿佛在祭奠着我死去的姐姐。

没有人知道那个垃圾场是什么时候出现的。仿佛村民们一觉醒来，那垃圾场就出现了，像一座小山似的，或者说像一个巨大的坟墓。从那以后，就总有大汽车拉着满满一车的垃圾往那里倒，垃圾山越来越大。村子里的人说那些垃圾是来自蓝城的。每年春天刮大风的时候，那些垃圾里面各色的塑料袋就满天地飞舞起来，挂在树上，像一个个黑色的、红色的、白色的头颅，在风中鼓动着。

黄海洋跑到一棵杨树下，脱下裤子。杨树上一个红色的方便袋像一个动物的内脏在上面挂着。有几只乌鸦落在树上，叫着。

只听"噗"的一声，我手里的那把刀子就狠狠地捅进了那个充满臭味的肚子里，一股臭水蹿了出来，嗤了我一脸。我用手背在脸上抹着，边骂了一句，没有人听清楚。张小伟一看见那死狗肚子里冒出的臭水，就要吐了，呕了几下，还是没有吐出来。因为我的眼睛一直看着我姐姐的坟，不知道什么时候多了一个鲜艳的花圈。我的目光从姐姐的坟上移开。手里的刀在死狗的肚子上豁开了，里面肠子和一些内脏哗啦一下，都露了出来，有的已经淌进了水里。

我看了看张小伟说，你看，我把死狗给开膛破肚了。

我的嘴角挂着一丝狰狞的笑容。张小伟也把脸凑了过来，一只手紧紧地捂住他的嘴和鼻子。

我说，怎么？黄海洋那个熊货怎么还不回来？他一定是害怕了。

我又向垃圾场的方向看了看，没有了他的身影。

我把那把刀子在一些草叶上擦了擦，擦去了上面的污血，又放在裤子上蹭了蹭，刀子又变得白光闪闪，惹人喜爱。

张小伟说，土豆，那刀借我玩一会儿行吗？

我没有犹豫，把刀子递给了他。那真的是一把小巧精致的小刀，放在手心里凉凉的，像握了一小块冰，一直凉到骨头里。

我指着远处的麦田边上说，你看，那不是黄海洋吗？他臭小子怎么跑那去了？还有，那不是他爸吗？那几个人你认识谁？

在黄海洋的身边有几个陌生的人，两女一男，女的岁数较大一些，男的相对年轻一些，看上去是两个女人的晚辈。一个老女人的怀里抱着一个小包。

我冲那边喊着，黄海洋，你个熊货，你过来啊！

黄海洋好像没有听到我们的喊叫，在低着头，跟在那几个人的后面。

张小伟和我从小河里出来，我们回头看了看那个被我们解剖的死狗，它已经被水冲走了，变得无影无踪，小河水还是那么平静地流动着，似乎什么事情都没有发生，没有。

天微微地下起了小雨，雨滴落在河面上，被河水淹没。

一列火车尖叫着，从麦田中穿过，火车轮子发出的声音，碾压铁轨的声音是那么真切，那么使人疼痛，仿佛就压在我们的心上。

我们大声地喊着黄海洋，他就像聋子一样，屁都不吭一声。我转过头去又看见了姐姐坟上的那个鲜艳的花圈，我纳闷地想着，会是谁放在那的呢？前几天我和老师去蓝城参加数学竞赛的时候，路过姐姐坟前的时候还没有这个花圈呢，没有，我记得绝对清楚。我心里还在求姐姐保佑我取得一个好成绩呢，我能不注意那坟上有没有花圈吗？再说了，那么大的一个花圈我会看不见吗？不会。我在想着，会是谁给姐姐送来的呢？这个人一定和姐姐有一定的关系,这个人是谁呢？我百思不得其解。

我不想了。我和张小伟向黄海洋的方向跑去。没想到，真的没想到，我们看见了黄海洋的表哥，但是，已经是一个死人了，一个名字了，或者说是一个盒子里的一把灰了。

黄海洋他们是在一个麦地的边上停了下来，麦地的旁边有一条流动的小河，但不是我们解剖那条死狗的小河，不是，这条小河是一条即将流向一条大河的小河。挨着麦地的旁边有一个小山坡，一些矮小的灌木在生长着。我们气喘吁吁地跑了过去。

我们看着黄海洋，他看了我们一眼，没有说话。我一眼就看见那个陌生的女人手里捧着的骨灰盒。我对骨灰盒的印象为什么如此深刻？因为我的姐姐——蓝芽。

她的尸体虽然被抬了回来，可是后来又被拉走了，变成了一个精致的盒子。

我的姐姐就装在那个盒子里回来的。

我看着爸爸手里捧着一个精致的盒子，我问他，你们把我的姐姐弄哪去了？她现在在哪里？

爸爸两只眼睛红肿地看了看我，脸色有些严肃地说，土豆，你的姐姐就在我手捧着的盒子里。

我看着他说，怎么可能？怎么可能？是谁把我姐姐装在这个好看的盒子里的呢？他们又不是魔术师，再说了我姐姐那么大。

我吃惊的眼睛盯着爸爸手里的盒子。在盒子的前面还镶嵌了一张我姐姐的照片，那是原来在我家镜框里的，怎么跑到了那个盒子上呢？我纳闷地想着。那个照片里的姐姐在对着我笑着，笑得是那么开心。那是姐姐去蓝城拍的第一张照片。她把它寄回来的时候，我奶奶乐得合不拢嘴，还一个劲地说我姐姐好看，说我姐姐要成为城里人了。她乐得哈喇子都从嘴角流了出来。那时奶奶的眼睛还能看清一些东西。我想，也许是奶奶给他们的。

我仍在追问着爸爸，你们到底是怎么把我姐姐装在那个盒子里的？

爸爸没有回答我，眼睛红红的，不说话。

我的奶奶这时候疯疯癫癫地跑过来，嘴里喊着，我的芽芽你回来了，你回来了，你又从蓝城回来了，你怎么不理奶奶了？

奶奶疯疯癫癫地抢过父亲手里的姐姐的骨灰盒，站在周围的人都惊呆了，看着疯疯癫癫的奶奶。奶奶就那么抱着姐姐的骨灰盒，用她的手在抚摸着姐姐的照片，嘴里唠叨个不停。

爸爸走过去在小声地劝着奶奶说，芽芽已经死了，你不能这样，你要让我们的孩子，你的孙女入土为安啊！

奶奶瞪着两只眼睛，死死地抱着姐姐的骨灰盒不放，没有人能从她的手里夺过来，没有。

父亲只好在那里哭着，哀求着，仍旧无济于事。

奶奶还威胁着说，谁要是再敢碰我的芽芽一下，我就和她拼了这条老命。

奶奶就那么抱着姐姐的骨灰盒坐在炕上，眼泪瓣里啪啦地掉落在姐姐的骨灰盒上，流在姐姐的照片上，在那里淤积着。

那个叫宋涛的男孩直到我们家埋葬了姐姐，才离开我们村子。

后来还是奶奶告诉我的，他们把我姐姐变成了灰。

就像炉灶里的灰一样吗？我问。

奶奶说，一样。你姐姐命不济，也就是草灰吧。

奶奶老泪纵横，在她的那些深深的皱纹里流淌着。她神志变得混混沌沌的，又开始唠叨起来说芽芽没有死，没有死，芽芽还在蓝城，她要到蓝城去找回她的芽芽，要找回来，要找回来。她在喃喃着。

我和奶奶在几天后还真的去了蓝城，奶奶说要把姐姐的魂招回来。我们找到了那已经被关掉的海龙大酒店的楼下，奶奶在地面上寻找着姐姐的血迹，她老眼昏花已经看不清了，就叫我看，我也不知道人的血在很长时间后是什么样子的。奶奶就像一只动物，趴在地上用鼻子闻着。她说她能闻到。她像一只鼻子灵敏的老狗趴在地上，闻着姐姐的血迹，她果然闻到了。她指了指那个地方说，这块就是你姐姐的血迹。我跑过去看着，黑的。原来人的血迹是黑色的。奶奶说，土豆，赶快把这块血迹挖出来，带回村里去。没有这块血迹，你姐姐的魂就不是完整的，就会整天在外边游荡。我用手抠着，抠得十个手指都淌血了。后来，奶奶又过来跟我一起抠着，然后奶奶小心地把姐姐的那块血迹包在一个破旧的手绢里，然后小心翼翼地把那个包放到怀里。奶奶拿出她带来的黄钱纸，奶奶边哭着，嘴里边喃喃着什么，点燃那些纸。

在火光中，我仿佛真的看见了姐姐。

四周是茫茫的麦田，我站在田埂上，看着黄海洋的父亲在挖着坑。他喊着我们也过去帮他挖。我没有动，眼睛一动不动地盯着那个骨灰盒上镶着黄海洋表哥的照片看着。这不是那天送姐姐尸体回来的男孩吗？那两个陌生的女人眼睛都是红肿的。黄海洋的表哥仿佛在看着我们，他看上去比以前我们看见他的时候要年轻许多，那就是他那时候来我们村子时的照片，还是一个一脸稚气的孩子的照片。就像我们现在这么大。他的目光里有一种我说不出的东西在看着我，咄咄逼人，仿佛要进到我的身子里似的。

"我表哥死了……"

黄海洋带着哭腔说着，鼻涕眼泪都流了出来。

"怎么死的？他那时来的时候不是还好好的吗？对了，我姐姐死的时候，他不是也来了吗？怎么好端端的人就……"

我有些伤心地问。

黄海洋的父亲看着我们说，别说了，正好你们来了，帮忙挖这个坑吧！

张小伟过去接过黄海洋父亲手里的铁锹。

一阵风刮过，吹动着那些起起伏伏的麦子，摇来晃去。一匹红色的母马和一匹小马在远处的山坡上吃草，小马不时地把头伸向它母亲的两腿之间吃着奶。或者耍欢地蹦跳，扬起蹄子。母马在凝神地看着小马的一举一动。

那个捧着骨灰盒的女人哭了起来，哭得我们的心里也都很不好受，凉飕飕的，像寒冬腊月的风刮在我们的脸上似的，吹出疼痛。那方锥般的哭声落进每个人的胸膛。

黄海洋的父亲看着我，用手指了指我对那个女人说，这个孩子就是那个从海龙酒店楼上跳下来摔死的闺女的弟弟，叫土豆。他叹息了一声说，那个闺女死得真屈啊！就这么死了啊！他的嘴里在念叨着，那是一个苦命的孩子，从小她妈就跟人跑了……他没有再说下去。

我心里一惊，有一把刀子在里面搅动了一下似的，一阵的钝痛，又仿佛疼在我的心里水翻花似的，咕嘟咕嘟的。

我想黄海洋的父亲说到我姐姐干什么？

我看着黄海洋父亲苍老的脸，那脸上的皱纹沟壑般地刻在脸上，还有那皱纹里的黑泥，鬓角的头发已经花白。

他也是一个苦命的人，前不久，本来就穷得叮当响的他家，唯一的一匹种地的老马不知染上什么怪病，死了。我们聚集在他家里等着吃马肉的时候，他老泪纵横地哭着，把那马肉一块块地割给那些来买马肉的村民们。那些买马肉的人都同情地看着他，安慰着他说，老黄啊！也不能这样啊，日子总是要过的啊！那张巨大的马皮被撒了些草灰铺在地上。看着黄海洋父亲的脸，我又想起了那天他给人割马肉时的脸，一样地哭丧着，那每一刀割在马肉上，就像割在他的心上似的，哗啦啦地淌血。记得那次还有黄海洋的表哥从蓝城来，他坐在院子里的一块石头上，看着那些来买马肉的人。他那次来没有带他那把精致的小刀，没有。我们围在他的身边都很失望。

那个女人眼含着泪，那红肿的眼睛看着我，看得我有些紧张，我转移视线，眼睛望着远处一棵前不久因为打雷劈倒的一棵大树，倒折在那边，整个树木变得光秃秃的，一片黑黢黢的，像被烧焦的尸体。我仿佛听见那大树仍在倒折的声音，更加哀楚地顺着阳光划过。那个女人的两只手在抖动着，那个精致的骨灰盒随着她的两只手的抖动而抖动着，像要跳出她的手心似的。她的一滴眼泪滴落在那个骨灰盒上，摔碎，飞溅开来，竟然蹦到了我的脸上，一阵火辣辣的灼痛，引领着我的泪水也流了出来……

姐姐是跟着村子里的一个叫苏丽娟的女孩去蓝城的。苏丽娟从蓝城回来就跑到我家，问我姐姐去不去蓝城打工，她说，蓝城满地都是金子，只等我们弯腰去捡。她还说了女孩子一辈子在农村能有什么出息，最后还不是嫁人，生孩子，孩子也还是种地的。苏丽娟把姐姐的未来都摆出来了。苏丽娟还说我姐姐长得漂亮，到蓝城一年就能挣个万元户，等有了钱，我们就买一个蓝城的户口，我们一下子就变成城里人了，以后一辈子都不用再爬地垄沟，受那份罪了，你说这些农民一天汗珠子掉地摔八瓣，又能怎样，还不是刚刚吃饱，而不是吃好，想改善一顿都很难，咱就说这些人能吃到龙虾吗？他们看见过龙虾是什么样的吗？

苏丽娟说得情绪激昂，唾液翻飞。她那残存在眉毛和嘴唇上的化妆品几乎可以说明她已经被蓝城异化了或者说她已经被蓝城给强奸了。那说话时的样子俨然一个臃肿、疲倦的中年妇女。眉眼里早没有了女孩子纯洁的目光和稚气。她甚至还从她的小皮包里拿出一盒香烟盒，一个精致的打火机，从烟盒里掏出一根烟点燃，夹在两根细长的手指间，慢慢地吸着，吐出一个个淡蓝的烟圈。那烟雾呛得我姐姐咳嗽起来。

我姐姐说，苏丽娟，你怎么学会抽烟了啊？

我姐姐诧异地看着苏丽娟熟练地吐着烟圈，皱起眉头。

苏丽娟还是有些尴尬地把烟从嘴里拿下来说，没事情干的时候，就学会了。

可是，姐姐对苏丽娟说的挣钱和变成城里人并不太感兴趣，她显得很平静地看了眼苏丽娟，一副满怀心事的样子。她心里有一个小的算盘，就是去蓝城找一找她的母亲，那个狠心的女人。那个在奶奶嘴里被称为婊子的女人。

姐姐不知道苏丽娟在蓝城已经做了妓女。

苏丽娟很快就要吸完一根烟了，这时她的手机（那个时候我不知道那是手机）响了。那手机的叫声吓了我和姐姐一跳。苏丽娟从皮包里拿出那个小东西，看了看，站起来到屋外去。我透过窗户看着苏丽娟在对着那个小东西在说话。

苏丽娟的声音：谁呀？谁呀？你大点声，我听不见……

电话里的声音：是苏丽娟吗？你干什么呢？这边的生意都忙不过来，你怎么还在乡下呢？

苏丽娟的声音：是红姐啊！我刚回来，想歇几天，过几天我带一个姐妹一起回蓝城。

电话里细腻的声音：回来给我打电话呀？

苏丽娟贱里贱气的声音：会的呀，以后还要宋姐多多照顾呢。

苏丽娟关了她手里的那个东西，又回到屋里。

苏丽娟对我姐姐说，你看，我回陈村这几天，她们还催我回去挣钱，你看生意多好啊！你到底跟我去不去啊？蓝芽，你说个痛快话，我觉得我们是姐妹，我才叫上你的，邻村的刘三妹死皮赖脸地要跟我去，我看不上她，就她长得一脸的疙瘩，别说挣钱了，就是叫人看了都会吐三天的。

姐姐一声不吭地听着苏丽娟说着，手里在忙着缝补奶奶的一件破衣服。

奶奶的一个破收音机在窗台上呜噜呜噜地充满杂音地响着，听不出里面说什么，但奶奶还在那里专心地听着，不时地用手拍打收音机，拍打几下，那声音就会清晰一会儿。

苏丽娟有些不耐烦地对奶奶说，奶奶，你就闭了那破收音机吧，听着多闹心啊！

奶奶没有理会苏丽娟的话，仍旧用手在拍打着她的收音机。

姐姐把缝好的衣服拿到奶奶的身上比画了几下，顺手在收音机上拨了几下那几个黑色的按钮，收音机里面的声音变得清晰了。奶奶看着姐姐眯着眼睛，咧着嘴嘿嘿地笑着。

苏丽娟有些烦躁，眼睛不时地向窗外看着。

一列火车从远处的山冈上开过。

苏丽娟看着姐姐说，蓝芽，我在蓝城还看见过一个人。

姐姐听着苏丽娟这么说，心里一动，连忙问，你看见谁了？我认识吗？

苏丽娟沉默了一会儿，好像在思索着说还是不说，但她还是说了出来。

苏丽娟说，我看见你妈……

姐姐的表情一下变了，脸一阵红一阵白的。她转过身向着苏丽娟有些急促地问，是真的吗？你看见她干什么呢？

她说话的声音有些断断续续。

苏丽娟的眉毛扬了起来，在看着她银色蔻丹的指甲说，有一次我去一个发廊做头发，我们闲聊起来，我说我是陈村的，她就提到了你，她说是你妈。她就在那家发廊给人做头发……

姐姐看上去很紧张，又很激动。两只眼睛紧盯着苏丽娟的嘴。苏丽娟翻着她的十个手指看过来看过去，银色的蔻丹闪闪发亮，像碎玻璃。

姐姐几乎扑在苏丽娟身上，几乎要哭出声来地问着苏丽娟，你真看见了吗？你真看见了吗？

她的声音灰暗而凝重，像漏出袋子的沙粒。

奶奶在那边听见了，她唠叨着，一个婊子。

苏丽娟看着姐姐扬起嘴角得意地一笑说，真的，我真的看见了。你要是去了蓝城，你一定会见到她的，我完全可以领你去。

姐姐不说话了，目光有些呆滞。眼睛里水汪汪的。那照进屋子里的阳光，照在姐姐的脸上，没有一丝表情。一道道灰尘的光束，像格子网般罩住了姐姐的身体，姐姐站在地中央，一动不动，两只脚几乎是长在了地面上似的，僵立着，有些失魂落魄。

她的眼泪还是流到了脸上。

她已经记不清楚她妈的模样了，模模糊糊地有一个声音从多年前传过来。那还是她妈离开陈村的时候。有一次她和全家人去邻村看电影，被人群挤散了，她哭喊着，后来她还是在她妈喑哑的喊声中，找到了他们。

奶奶衰老沉重的身体在炕上移动了一下，她的手还在那里拍着她充满杂音的收音机，瞪着两只鱼似的眼睛在盯着收音机看着。

过了很长时间，姐姐面对着窗外的一根电线杆子，电线杆子上落了一只麻雀，她的眼睛盯着那上下跳跃的麻雀，用手擦了擦脸上的泪水说，那好吧，我明天就跟你去蓝城打工去。

姐姐没有直接说她要去看看她的妈妈。

我坐在地上玩着几个五颜六色的玻璃球，听到姐姐答应了苏丽娟要去蓝城打工，我手里的玻璃球一下子散落在地上，像一只只奇怪的眼睛在地面上滚动着,接着那一个个玻璃球变成了一个个无比荒诞的哈哈镜,里面呈现出我们变形的脸孔。我憎恨地看着苏丽娟,还有她那十个闪着光亮的手指头。一个玻璃球跑到了苏丽娟的脚边,我过去捡,我从苏丽娟的身上闻到了一个我厌恶的香味。那香味绝对不是花草的香味,那也许是蓝城的香味。我捡起玻璃球的同时,在苏丽娟那光亮皮鞋上狠狠地踩了一脚。

苏丽娟惊叫着喊,你踩我干什么?

我没有回答她,揣着我的玻璃球,走出屋去,找张小伟他们玩去了。当我和张小伟在街道上弹着玻璃球时,我看见苏丽娟傲慢得像一只公鸡似的从我家走出来,经过我身边的时候,我冲着她骂着,我操你妈苏丽娟,我操死你苏丽娟,你为什么要叫我姐姐去蓝城。苏丽娟瞪着滚圆的眼珠惊愕地看着我,看着我也虎视眈眈地看着她,没说什么,快步从我的身边跑过。她身上那两个奶牛般的乳房在她的胸前跳动着。我又闻到了那股厌恶的香味在空气里飘荡着。我向着她的身后扔过去一个玻璃球,企图能击中她。没想到那玻璃球跟在她的身后滚动着,越来越大地滚到了路边的一条小河里。

那天晚上,我做了一个梦,梦见姐姐是从麦田的上空走过去的,阳光照耀,麦芒金光闪闪,发出咻咻的叫声,她就是踩着那旋转的金光慢慢地走向蓝城的。那金光是麦子的血,在麦子沉浆的过程中涌动着。麦田的远处是一栋栋林立的高楼大厦,宛如魔鬼猛兽般地矗立着。我在梦里想那就是蓝城吗?姐姐的身影降落在那些高楼大厦的屋顶上。对了,还有苏丽娟的身影,不过我一直都没看见苏丽娟,苏丽娟是一朵黑色的云跟在姐姐的身后,她是在姐姐落在那些屋顶的时候,突然变成了苏丽娟的。苏丽娟高兴地大叫着,蓝城到了,蓝城到了。而我的姐姐站在屋顶上,突然眩晕起来,一头扎了下去……那林立的高楼大厦一下子变成了悬崖,从中裂开一道红色的缝隙……

姐姐那天走的时候是初秋。

她没有跟我们的父亲，我的母亲打招呼。她只是告诉了奶奶。奶奶一个人摆弄着她的破收音机坐在院子里，不说话。

姐姐穿得很土气。一件碎花的上衣。一条灰白的裤子。一双布鞋。头上扎着两个羊角小辫。

在今天，我认为，那真是土得掉渣。

她好像还背了一个破旧的花布包裹，里面是什么，我不知道。而苏丽娟穿得就洋气多了。一件吊带背心，露出肚脐眼。下面是一件超短裙，露出两条大腿。脚上是一个高跟的水晶凉鞋。背着一个漂亮的皮包。

她们就站在乡路上，等着开往蓝城的大客车。

在乡路两侧是一片片麦田。

我和张小伟就坐在小学的屋顶上看着她们两个人，在等着开往蓝城的大客车。

张小伟说苏丽娟是一个婊子。

我看着姐姐，心里很不好受。

一辆大客车装得满满的从远处开过来，带起一片巨大的灰土，铺天盖地。在她们的身边停下来。我看见无数的鸡鸭在大客车上面，还有一些包裹高高悠悠的，看上去几乎大客车一启动就会掉下来似的。一只公鸡竟然奇迹般地打起了鸣，声音抻得很长，还算嘹亮。还有几个男人下来对着麦地在撒尿。一个中年妇女从车窗伸出头来催促着那几个撒尿的男人。男人们抖了抖他们的家伙，提上裤子，慌忙地上车。

大客车开走了。

我只看见大客车后面腾起的灰土几乎淹没了那辆晃晃悠悠的大客车。

张小伟还说，你的姐姐要是就这样跟着苏丽娟，你的姐姐也会变成婊子的。

232

我看了看张小伟，我说，我操你妈，你姐才会变成婊子呢。

我气冲冲地从小学校的屋顶上下来，一个人眼含着泪，孤孤单单地钻进了麦田里。

张小伟在小学校的屋顶上喊着我，我没有搭理他，在麦田里穿行着，几近疯狂。

后来我跑累了，躺在麦田里睡着了。我梦见我赢了张小伟他们的玻璃球，装了满满一瓶子，我晃动着玻璃瓶子，听着那些玻璃球在瓶子里的响声。突然，那个玻璃瓶子碎了，所有的玻璃球都掉在地上，五颜六色地滚动着。我弯腰一个个地捡着，我突然看见了一双脚，我抬起头来，竟然是姐姐，她满脸鲜血地站在那里……

下　篇

下面的这些事情我想应该是这样的，就在我要写下第一个字的时候，我看见了姐姐，我喊着，姐姐，姐姐。可是姐姐没有回答我，连一个声音都没有。她只是一个恍惚的身影，在前面引领着我。我跟着她走进一个幽暗的世界……

苏丽娟将姐姐带到蓝城后，并没有急着带姐姐去找姐姐的母亲，而是把她带到了苏丽娟的住处。

一个偏僻街道的一间阴暗潮湿的小房子里。

姐姐跟着苏丽娟在那迷宫般的巷道里走着。两侧是斑驳的土墙，有的土墙已经裸露出里面的石头和砖头。巷道里还堆满了各种各样的杂物。破竹筐里的炉灰、垃圾、破三轮车竖立在墙根、煤堆、黄土堆，使本来狭小的巷道更加狭小。她们左拐右拐，再右拐右拐，再左拐左拐，在肠子般的狭长的巷道里走着，才到了苏丽娟的住处。这是一条肮脏的巷道，四周都是一些低矮的棚子屋，散发着城市的恶臭味。

姐姐不禁用手捂住了鼻子说，苏丽娟，这里怎么这么臭啊？

苏丽娟说，城里的夏天都这样，适应几天，你就闻不到臭了。我刚来的时候也闻着到处都是臭味，现在我就闻不到了，我只闻到了到处都是钱的味。苏丽娟还对姐姐说，她一回到蓝城，一闭上眼睛，就梦见满天的钱票子羽毛般从天上落下来，落在她的身上，那绿汪汪的钱票子啊！蓝芽，你要记住，在城里钱就是一个人的命根子，没有钱，你就什么都不是，连狗都不惜搭理你。

苏丽娟这样说着，眼睛放光，嘴里把那个"钱"字咬得很重。

这时一个中年男人看了看苏丽娟和苏丽娟领着的姐姐，他的目光里充满了内容。他目光更多地放在了姐姐的胸脯上。这个中年男人是苏丽娟租房的房东。他淫亵地看着苏丽娟说，回来了，苏丽娟，怎么还领回来一个啊？他说话的语气瓮声瓮气的，喉咙处一动一动的，像喉咙里有一只老鼠似的。

苏丽娟有些厌恶地看了眼那个中年男人说，啊！回来了，韩哥。苏丽娟对着姐姐介绍说，这是韩哥，我的房东。

我姐姐羞涩地点了点头。没敢正眼去看那个男人。她觉得男人的眼睛里有刀子。

苏丽娟说完领着我姐姐从那个男人的身边溜了过去。离开那个男人一段距离后，苏丽娟对姐姐说，他是一个讨厌的男人，是一个叫人恶心的城里人，一天什么也不干，就靠着几个房租活着。有时还向我们借钱喝酒，他还欠我五百块钱呢。你看他瘦得像猴似的，他暗地里吸毒呢。苏丽娟轻声地说，你以后要是挣了钱，可别借他。

那个男人的目光看着苏丽娟和姐姐的背影喊着，苏丽娟，你离开这几天，有好几个男人找上门来啊！男人说完后，淫荡地笑了笑。

从男人的目光和笑声里，显然他是知道苏丽娟是干什么的，而我的姐姐不知道。

男人的声音还说，苏丽娟，晚上玩麻将不？

苏丽娟回过头说，刚回来，有些累，今天不玩了。

男人"哦"了一声，顺着巷子里走着。他一瘸一拐的，是一个瘸子。

苏丽娟回过头，对姐姐说，你看，他是一个瘸子。

姐姐也回过头，看见男人一瘸一拐地走着，仿佛整条巷子都变得一晃一晃的。苏丽娟窃笑着对姐姐说，听说是跟人打架，叫人家把他脚上的大筋给挑了。

她们边走边说，姐姐四周看着，看着这条肮脏的巷子。

她们来到了苏丽娟的住处。

姐姐怎么也没有想到，苏丽娟的住处竟然连农村的狗窝都不如。一扇破门，几乎要从门框上掉下来，门上挂了一个破旧的印花门帘，看不见里面。

苏丽娟敲了敲门，过了很长时间，从里面走出来一个男人，男人一脸疲惫地看了看苏丽娟，一边在系着裤带。男人的身后是一个头发凌乱的女孩子，看样子和苏丽娟一般的年龄。嘴唇上抹得红红的，像突出脸部的肿胀的伤口。男人系完裤带，用手理了理头发，转身从兜里掏出一张一百块钱的纸币，递给那个女孩。那个女孩的一只乳房从吊带裙子里探出头来张望着，女孩没有去管它，伸出一只手接过那一百块钱，眉毛倒立着，贼啦啦厉害地说，怎么少了五十？不是说好了，一百五吗？

男人的脸拉了下来说，才几分钟啊！我还没……就有人敲门，那五十不给了，下次舒服了再给吧。

女孩的鼻子哼了两下，看了看苏丽娟和姐姐，充满责备的目光。男人晃晃悠悠，一身酒气地从她们的身边走过去。

姐姐的身体向后躲了躲。

女孩把那钱塞在了胸罩里，瞪着两只还算明亮的眼睛看着姐姐。

苏丽娟连忙以道歉的口吻对那个女孩说，艳艳，我不知道你有客人，我还以为你在睡觉呢。

女孩的脸色有些缓和地说，不就五十块钱嘛！

女孩看着我姐姐，看得我姐姐一阵的不舒服，她感到那个女孩的目光就像毛毛虫在她身上爬似的。

苏丽娟连忙介绍说，这是蓝芽，我们村的，也是来打工的。

女孩连忙伸手过来拉住姐姐的手说，真是一个俊俏的美人。

她的目光和苏丽娟的目光简单地交流了一下说，那就进屋吧。

苏丽娟对姐姐说，这是艳艳，哈尔滨的，你叫姐姐吧。

女孩连忙说，别这么说，都是出来混的，都是姐妹。

拉着我姐姐的手就往屋子里进。

姐姐的鼻子闻到一个特殊的气味，腥腥的，像海鲜。

只见屋子里摆着两张木床，上面是两床肮脏的被子。床下面是两个褪色的脸盆，一个脸盆里装着水，但是红色的，像一盆血水。一个掉了漆皮的暖瓶摆在一个发黑的茶几上，在那发黑的茶几上姐姐发现了一个白色的套子，里面装着白色的液体。那白色的液体从套子口流了出来。姐姐见过这种套子，是我从母亲那偷出来当气球的套子。在套子上还有一丝丝的红色，瘪下去的套子像一块肉皮扔在那里。那个女孩发现姐姐看见了那个套子，连忙用手拿过去，扔进了一个油漆桶做的垃圾桶里。

打破阴暗、潮湿的空气的是苏丽娟的尖叫声。

苏丽娟也看见了那床下面的一盆血水，失声尖叫着说，怎么艳艳，你来了那事你也做啊？你不想活命了啊？

艳艳有些脸红，低下了头说，你知道吗？这几天警察查得厉害，没有活干，我刚在日月广场招了这么一个男人，你说我能不干吗？再说了，你知道吗？我妈又来信了，说我爸的病一天天的严重了，要再不做手术，恐怕就难活过这个月底了，那手术需要很大一笔钱⋯⋯

艳艳说着，眼睛红红的，噙满了泪水。

姐姐同情地看着艳艳，没有说什么。

那天晚上，苏丽娟领着姐姐，还有艳艳去了巷子口的一家小吃部吃了一顿很丰盛的饭菜。巷子口紧挨着大街，充满喧闹和汽车的喇叭声。

马路两边的烧烤摊上，冒着呛人的烟雾和烤肉的臭味。

苏丽娟和艳艳都喝了点啤酒，在包间里说了很多醉话。

苏丽娟说，她挣够十万块钱，就先买一个蓝城的户口，变成城里人，再挣够五十万，就买一栋大房子，再挣够一百万就找一个爱自己的男人……

苏丽娟说得很激动，充满了幻想。

艳艳说，她挣够给父亲治病的钱后，就回哈尔滨去，不干了，和她的男朋友结婚生孩子，好好地做个女人。

艳艳说着说着，哭了起来，眼泪淌了一脸，又发疯地说，我还能做一个好女人吗？苏丽娟，你说，我们还能做一个好女人吗？她一遍遍地重复着，咄咄逼人地追问着苏丽娟。

苏丽娟也陷入了忧郁之中，过了很长一段时间，她才说，我想，我们能，一定能……她也很迷茫地说，我们不说这些了，多悲观啊！

苏丽娟和艳艳大口地喝着啤酒，淌在桌面上的啤酒映出了艳艳痛苦的脸。她的一根细长的手指轻轻地把啤酒里的自己的脸破坏了。

苏丽娟看姐姐不说话，就说，蓝芽说说你的打算，你打算怎么样？

姐姐低着头，犹豫着，一只手捋了捋从头上耷拉在脸上的一缕头发伤心地说，我只想看看我妈。说到"妈妈"的字眼时，她的眼泪不禁地流了下来。

苏丽娟看着姐姐哭了说，哭什么呀？我明天就领你去找你的妈妈，也许会找到的，也不知道她还在不在那个发廊干了。

姐姐的心听了苏丽娟说的话又悬在了嗓子眼，一脸沮丧。

艳艳安慰着姐姐说，你会找到你妈妈的，会的。

姐姐感激地看着艳艳，没有说话。

那天晚上苏丽娟接了一个电话出去了，很晚才回来。

姐姐几乎一夜都没有睡。她在想着她母亲现在会是什么样子。母亲的样子在她的脑子里已经很模糊了，没有一副具体的模样。

她想到那次全家人在外村看电影，电影演完后，她走散的情景。

　　那晚上的夜雨，有些凄冷。她一个小女孩在雨中哭喊着妈妈。她像一个迷路的孩子，不是像，她就是一个迷路的孩子。在雨中，在人群中穿行着，慌张地寻找着。眼泪、雨水使她变得湿漉漉的。茫茫的雨中，那些各顾各的人群在逃避着被淋湿，没有一个人注意这么一个幼小的孩子的哭喊。

　　后来她还是睡着了。

　　她是在哭喊中醒的，发现苏丽娟回来了。

　　苏丽娟一副鼻青脸肿的样子。

　　姐姐说，苏丽娟你怎么了？

　　苏丽娟说，喝了点酒，不小心摔的。

　　苏丽娟没有说她是被人打的。

　　苏丽娟疲惫地连衣服都没有脱就睡下了。

　　姐姐那天晚上梦见一只巨大的黑猫在她的嘴边喘息着，那喘息声和鼻子里喷出来的气体吹着她的头发贴在脸上，痒痒的。姐姐的心一阵寒战，醒过来，发现苏丽娟的一只胳膊搭在她的胸上，压得她喘不过气来。

　　苏丽娟在说着梦话，骂骂咧咧的，像在与一个人吵架。

　　姐姐和苏丽娟是在第二天中午出去的。

　　苏丽娟领着姐姐走进一个叫"夜来香"的发廊。看来苏丽娟和那个有些妖艳的女老板很熟。苏丽娟叫那个女人马姐。苏丽娟指着姐姐向马姐介绍说，这是我的老乡，叫蓝芽。马姐用她的目光上下打量着姐姐，笑了笑指着身边的一把椅子说坐吧。因为是中午，店里面没有客人。苏丽娟和马姐说着话，还不时地哈哈大笑。姐姐有些陌生地打量着店里面的那些美丽的明星照片，她把目光从那些照片上移开，看了看马姐，她想说什么，但没有开口。

　　这时苏丽娟仿佛看出姐姐的意思就说，马姐，我向你打听一个人，就是我上个月来你这里做头发的时候，那个给我做头发的女人哪去了？她没来吗？

马姐说你说那个女人啊！她上个星期就走了，不干了，她是跟一个男人走的。你打听她干什么？

苏丽娟说她走啦？她是蓝芽的母亲。

马姐的目光又一次落到姐姐身上，看得姐姐浑身不舒服。姐姐低着头，有些失望，她怯怯地说，你知道她去哪了吗？

马姐说不知道，她走时候没跟我说去哪了，我想她不会离开蓝城吧。

苏丽娟多嘴多舌地说起姐姐的母亲的事情。

马姐同情地看着姐姐说你会找到她的，会的，我再帮你打听打听。

姐姐低声地说谢谢你马姐。

马姐有些喜欢姐姐了。她的手不禁抓住姐姐的手说多标志的女孩子啊！你妈也真是的……她没有再说下去，她知道那样姐姐会很伤心。

马姐说苏丽娟，你也打算叫她跟你干吗？

苏丽娟说你看她的样子能干那个吗？哪个客人会喜欢她这样的，不会笑，板着一张脸。

马姐看了看姐姐说正好我这里也缺人手，你如果愿意的话，你可以在我这里帮帮忙，你一边干活，一边找你妈妈。

姐姐看了看苏丽娟。

苏丽娟连忙说，蓝芽，还不赶快谢谢马姐。马姐可是个大好人啊！

姐姐还有些犹豫着。她对能否找到母亲希望渺茫。

苏丽娟说你怎么的，蓝芽？说话呀？马姐这是帮你呢。

姐姐只好说好吧！

苏丽娟的手机响了。她和电话里的人说了几句，看了看马姐说蓝芽就交给你了，我要去干活了。对了，蓝芽，你要是下班了，你就一个人回我们的住处去吧。

马姐说我看还是叫她住我这里吧，我一个人挺寂寞的，也有个人唠唠嗑，陪我说说话。

苏丽娟说那好吧，真的谢谢你了，马姐。对了，蓝芽，你晚上回去收拾你的东西住到马姐这里吧。再说了，你在我那里住真的影响我的生意。

苏丽娟说着走出发廊，拦了辆出租车走了。

姐姐站在发廊门口看着苏丽娟消失的方向，她心里有一种说不出的感觉，就像又一次被母亲遗弃似的。周围的一切都是陌生的了。

姐姐站在发廊门口呆呆地看着，眼含着泪水。

这时，两个男孩摇摇晃晃地走过来。其中一个男孩，脸很白，样子瘦瘦的，看上去就像一个猴子。他跟在一个染了红头发的男孩后面，那一头红发，很扎眼，像一团火在烧着。他们径直向发廊走过来，同时也看见了发廊门口站立的蓝芽。红头发男孩眯着两只小眼睛上下打量着蓝芽。他两只眼睛呆住了，他可能从来没看见过这么不同的女孩，没有城市女孩的那种俗气和飞扬跋扈，干净、光鲜，就像泡在水里面的萝卜。

他觉得嗓子痒痒的，有些干燥地喊着，嘿，姐，哪来的？

他说着来到姐姐的身边。那个猴子般瘦弱的男孩跟在他的身后。

红头发回头对猴子般的男孩说，猴子，你看，一个新鲜的姐！弄回去老板一定能给我好多钱……

他用手指了指站在发廊门口的姐姐。

被称作猴子的男孩也眼睛一亮。但他还是收回了目光，而不是像那个红发男孩那样用赤裸裸的目光盯着那个女孩看，仿佛要把女孩吃了似的。

姐姐感觉到那两个男孩在看她，她不好意思，害羞地收回目光，她转身进了发廊。那两个男孩也跟了进来。那个红发男孩的目光紧紧地盯着她看，叫她很不舒服。姐姐感到一种孤单，偌大的蓝城，她没有一个认识的人了，现在也许只有那个马姐，还算她认识的吧。她从那个男孩的目光上感觉到一种危险。她进了发廊，来到马姐的身边。

那两个男孩也跟着进了发廊。他们看着姐姐对马姐说:"怎么？马姐，店里来新人了啊？"

　　马姐看他们满脸堆笑地说:"是的。"她指了指姐姐，"就是这个，叫蓝芽，是跟着苏丽娟到城里来的，以前她母亲在我这发廊干活，这几天不知道上哪去了，突然就消失了。"

　　马姐说到姐姐的生母的时候，姐姐眼含着泪水怔怔地站立着。马姐拉着姐姐说:"过来，蓝芽，这两个是海龙饭店的马仔，一个是你宋哥，一个是你川哥。"姐姐目光怯怯地看着他们两个人，她记住了那个瘦子姓"宋"，那个红头发的姓"川"。她微微地冲他们点头，脸红得像火炭似的。红头发的看着姐姐说:"别害羞啊！都是在城里混的，以后有事吱一声。"那个白脸瘦子只是盯着姐姐，没有说话。马姐连忙说:"这两个人可都是蓝城有名气的人，只有他们跺一跺脚，半个蓝城都会颤上三颤。"红头发咧着嘴笑着说:"马姐，你过奖了，既然这个妹妹刚来，一定是一个雏了，就让我们尝个新鲜的吧？"马姐有些尴尬地看着他们说:"川哥，你开玩笑哪？你们海龙饭店有那么多好看的姑娘，你还稀罕这个农村来的啊？"红头发说:"那些，切，都是烂货，我可是很长时间没看过这样新鲜的了。你开个价吧！只要你有价。"马姐说:"人家根本是孩子，刚从农村来，不是干那个的，你们还是高抬贵手，以后再来新人一定叫你们。"红头发一脸的不高兴。瘦子用手打了红头发一下说:"操，你就不能寻思点别的什么吗？"红头发缩了一下脖子，看了眼瘦子，没敢说话。他透过瘦子的身体，目光像刀子一样落在马姐的身上。瘦子说:"马姐，你别听他胡咧咧，我们走了，还有事要做。"红头发还赖在椅子上不走。白脸瘦子立棱了一下眼睛。只见红头发连忙从椅子上跳起来，两个人走出发廊。

　　"常来啊！宋哥，川哥……"马姐送出发廊，站在门口说着。

　　姐姐站在发廊里，透过门看着那两个男孩渐渐地走远。

　　这时候，马姐转身进了发廊，嘴里骂骂咧咧的:"都是些什么东西……妈的，要欺负到马姐身上了……"

姐姐没有听懂马姐的话，两只手握在一起不知道干什么好。姐姐看着马姐生气地坐在椅子上抽烟。她悄悄地走过去小声地说："马姐，我妈妈还会回来吗？"马姐回头看了看可怜的姐姐说："不知道，前不久，她跟一个男人在青衣巷租了一个房子，也不知道还在不在那了。一会儿我领你去看看……"姐姐说："谢谢你，马姐。""谢我干什么？不是我多说话啊，那样的母亲你还找她干什么呢？她几岁就把你撇下的？"姐姐回忆着说："三岁。其实我对她也没有什么印象了，就是现在站在我的面前，我也不一定能认出来，我就是想见她一面，我毕竟是她身上的肉啊！我就想看看这个狠心的母亲是一个什么样的女人。"马姐没有说话，狠狠地吸了一口烟，然后喷吐出来，把姐姐呛得直咳嗽。

　　一上午都没有什么生意，在中午的时候，马姐领着姐姐去了青衣巷，却没有看到姐姐母亲的身影。马姐问了房东，房东说："那个女人和那个男人走了，好像去南方了。"马姐看看姐姐说："找不到了，我也没有办法了。"姐姐眼含着热泪说："那就不找了。"姐姐哭了，哭得很可怜。马姐领着姐姐在街上吃了一碗炸酱面，就回到了店里。姐姐那一天都神情恍惚，表情悲戚戚的。马姐看着姐姐的样子说："要不你留下来，做我的干女儿吧？"姐姐没有说话。

　　姐姐是在那一天傍晚离开发廊的，回到苏丽娟的出租屋。当她打开门的时候，看见苏丽娟躺在床上，一动不动。她还以为苏丽娟睡着了，就没喊她。她怔怔地坐在窗前，看着街上的行人。她再一次哭了，眼泪汪汪的。她想起了奶奶，想起了陈村。也许姐姐还想到了我。这时候，外面下雨了。苏丽娟的一件衣服还晾在外面，她连忙跑出去，把苏丽娟的衣服收进来。天渐渐地黑了，她找到灯开关，把等打着。苏丽娟还是躺在床上，一动不动。她仍坐在窗前，听着外面的雨声。苏丽娟的手机响了，吓了姐姐一跳。她开始喊苏丽娟，可是苏丽娟仍旧一声不吭。她推了推苏丽娟，苏丽娟的身上冰凉。她把苏丽娟的身体翻过去，惊骇地看见了苏丽娟身上的血窟窿。她妈呀一声，跳了起来。苏丽娟死了。姐姐害怕地冲出那间出租屋，在雨中的街道上惶恐地奔跑着。她吓坏了。她不知道跑了多久，也不知道自己在这座城市的哪个地方。她迷路了。或者说她根本就不知道路在哪。她想去马姐的发廊度过这个夜晚，把苏丽娟死的事情告诉马姐，可是她找不到马姐的发廊。她就这样沿街走着，看着那些霓虹灯下的广告牌。她竟然走到了长途汽车站。还有几辆汽车停在凄冷的雨中，但是看不见乘客。只看见一个脖子上挂着票兜子的女人和司机在说笑着什么。她走过去问那个女人："阿姨，请问去陈村的车还有吗？"那个女人看了眼姐姐。姐姐全身已经淋湿了，雨水顺着衣襟滴落到地上。可能是姐姐的突然出现打扰了她和司机的调情，她有些生气地说："没有了。"姐姐又问："那什么时候有啊？"那个女人气哼哼地说："明天，明天九点二十。"姐姐说："谢谢。"那个女人转过身去继续跟那个司机说笑着。姐姐离开那辆汽车，茫然地站在雨中。她不知道要到哪里去，她只能在这里等明天的汽车。她的目光在寻找一个可以避雨的地方。她看到一个破旧的铁皮岗亭，她走了过去，两只胳膊抱着潮湿的身体，蜷缩着站在那里。她听到肚子咕噜噜地响起来。她吞咽了几口唾沫。浸湿在雨中的夜色是湿漉漉的，是沉重的。姐姐站了很长时间，感觉累了，就蹲了下来。她盼望天快点亮起来。就这样，不知不觉，姐姐竟然睡着了。她的身体不时地哆嗦，两只胳膊紧紧地搂在胸前。

破旧的铁亭子外，雨瓣里啪啦地砸在地上，像有人在哭。姐姐蜷缩着身体，看着慢慢涌过来的黑夜，几乎要扑进她疲惫的身体里。她紧紧地抱着自己，在抵抗着，保护自己。她能感觉到身体里的那只小兽在恐惧地颤抖。是的，颤抖。

这时候，只见两个男孩从一家酒馆里走出来，他们发现天还在下雨。其中的一个大声地诅咒着这个鬼天气。他们就是白天在马姐发廊的那两个男孩。那个红头发和那个白脸瘦子。

"我们避避雨再回去吧？这两天没拉到人，老板一定很生气，回去早了，还不挨一顿臭骂啊！"红头发对白脸瘦子说。

白脸瘦子没有说话。他们两个人明显喝了很多酒，身子摇摇晃晃的。红头发突然喊叫起来，你看那铁亭子下面是谁？红头发看上去非常地兴奋。他向铁亭子跑过去，踩得雨水发出啪啪的声音。白脸的瘦子也看见姐姐了。姐姐蜷缩着身子，看上去有些可怜。他走得很慢。他喊着红头发说，我们还是回去吧……

红头发没有回答。

只见红头发先是和姐姐搭讪着，后来动起手把姐姐从地上抓起来。姐姐挣扎着，还在红头发的胳膊上狠狠地咬了一口。就这样，红头发也没有放手。他恨恨地说，等回去狠狠地收拾你个狗日的……他几乎把姐姐扛在肩上。雨越下越大，疯了一般。红头发喊着白脸瘦子说，你倒是帮帮我啊。白脸瘦子不说话，跟在后面。疯狂的雨夜，淹没了姐姐的呼喊。她羸弱的身体在红头发的肩上扭动着。一辆出租车开过来。红头发把姐姐塞进出租车。他对白脸瘦子说，回去，我告诉老大，你这个月的提成没了。白脸瘦子阴沉着脸，还是没说话。他从姐姐的眼神里看出了求援的目光。可是他……

红头发不知什么时候，从兜里掏出一块手绢，堵在了姐姐的嘴上。

世界在那一刻变得暗哑。雨声包裹着这个世界。

出租车在海龙饭店门口停下来。

姐姐再一次被扛起来，从海龙饭店的侧门，走进去。那是一个阴暗的走廊……通常的，看不到光，像一个黑暗的迷宫。

不知道走了多长时间，红头发踹开一扇门。把姐姐扔在床上。红头发气喘吁吁地对白脸瘦子说，扒光她的衣服，让她敢跑。白脸瘦子没有动。红头发说，宋涛，你今天到底怎么了？你是不是不想干了？红头发冲上要扒姐姐的衣服。白脸瘦子说，还是我来吧！姐姐仇恨的目光看着他像一把刀，好像在说，你们谁敢靠近我，我就杀了你们。但这把刀子一点儿都不坚硬和锋利，很快就变得软塌塌的，像一把纸做的刀子。红头发点了根烟，色迷迷地看着姐姐说，宋涛，这回老板应该给我们大价钱了，这可是我们弄来的一个雏啊。他有些淫荡地笑着，接着说，要不我们先把她给破了……白脸瘦子宋涛说，还是别……别……要是我们坏了规矩，老板还不要了我们的小命啊。红头发说，这些年我们给老板弄来多少女人，给他挣了多少钱，他一天宝马车坐着……我们不还是狗屁没有……我早就不想干了……干脆我们……

红头发说着，就扑向姐姐。

白脸瘦子宋涛先是木讷的，突然，抄起一个酒瓶子砸在红头发的脑袋上，流出来的血比他的头发还红。

这时候，只听门口有人咳嗽了一声。

一个大肚子的中年人走了进来，怒吼着，宋涛你干什么？来人，把他给我绑下去……

姐姐吓坏了，在床上瑟瑟地发抖。她体内微小的炸弹随时都可能爆炸。她在攒聚着力量，那碎片的、坚硬的、锋利的。在适当的时机，统统射击出去。

被扒光了衣服，饿了三天三夜的姐姐被拉了出去……又被抬了回来……伤痕累累……像一只被射杀过的小动物……

姐姐蜷缩在床上，昏昏沉沉地睡了。她梦见她的母亲的尸体，在一条河上漂浮着。

直到有一天，姐姐从楼上跳下来……

姐姐用她的死，救了二十几个被囚禁在海龙饭店的姐妹。

……

姐姐的身影消失了。

我陷入了迷茫的阵痛之中。我的笔停了下来。那一刻，我的心脏就像有无数根针扎在上面，扎出一个个小的孔洞，从里面往外渗着血珠子。

星星在窗外的天空上眨着眼睛。万籁俱寂，阵阵的虫鸣，衬托着世界的安静。我的内心却满藏着悲恸，从漆黑的内心隧道走出来，我看见天空变得晴朗。我看到了姐姐。姐姐回到了陈村，在麦田里疯跑着，或躲在稻草人的背后，微笑着。她的笑声像银铃般响亮在麦田的上空。她的远处是一棵树，看上去就像长在天上似的……

尾　声

所有的故事都会有一个结尾，但这个结尾不是关于姐姐，而是关于我的。多年后，我从监狱出来，这个世界让我感觉到陌生而熟悉。我踉跄着，坐上长途汽车，赶回到陈村。

一只老鹰贴近地面盘旋，从容地舒展翅膀，忽然停在空中，然后抖动翅膀，翱翔在陈村的上空。山上的庄稼已收割完毕，堆放成垛，而山下的庄稼却正在收割，几个割麦人弯腰站成一排，挥舞镰刀。他们没有在意我，我想他们要是抬头看见我的话，一定还认识我。我继续往山上走着，远远地就看见了姐姐的坟。我坐在姐姐的坟前，抽了一根烟，躺在毛茸茸的杂草上，看着白云朵朵的天空……

一朵云先是由灰暗，慢慢地变得洁白起来。那形状看上去像姐姐的笑脸，安静而祥和地在天上，是的，在天上……我嘴里喃喃着，姐姐，姐姐。我不知道那移动的云朵将走向哪里，还是永远存在于天空之上，俯瞰着这个满目疮痍的世界。还是她会像天使一样降落到这个世界……

我相信，姐姐是天使。

我们的世界可有安放姐姐灵魂的地方？

我躺在草地上，梦见了蒲公英。它慢慢地飞舞着，向上，渐渐地进入天空之中，长成一棵树……我知道，它会比我活得更久。

跋：未完的旅行

郑润良

　　应中国文史出版社全秋生之邀，主编了这套"锐势力"中国当代作家小说集 ，其中收录了六位青年作家近期创作的中短篇小说。随着数字化图书时代的横空出世，纸质图书的市场挑战和萎缩与日俱增，小说集的出版发行更是门可罗雀，全秋生于小说集编辑出版的执着与坚持令我感动。

　　就文学而言，借用陈思和先生的说法，这是一个无名的时代。或者说，这是一个总体性图景破碎的时代。我们无法像八十年代那样以一个个文学命名归纳和推进文学潮流。有心的读者也会注意到这套丛书的地域特色。这套书的作者中除了个别是北方作家，大多都是南方作家。评论家曾镇南先生认为这种偏向在当下文坛有其特殊意义，出版这样一套丛书，说明中国文坛并不只是几位主流评论家眼中的有限几位，说明眼下有这样一批实力作家正在成长。地域和文化资源的影响客观存在，也因此，我们的确应该对文化中心以外区域的作家的创作予以更多的关注，才能对当代文学的总体图景有更明晰的判断。

　　这套丛书共六部：陈集益的《吴村野人》、樊健军的《穿白衬衫的抹香鲸》、陈再见的《保护色》、陈然的《犹在镜中》、鬼金的《长在天上的树》、马拉的《生与十二月》。作者都是近年来活跃在主流刊物上的优秀代表，丛书中的作品在各大文学刊物发表后，有不少被各种选刊转载，入选多种选本：其中陈集益的作品曾入选中国作协"21世纪文学之星丛书"2010年卷，获浙江省青年文学之星等奖项；樊健军曾获江西省优秀长篇小说奖、第二届《飞天》十年文学奖、第二届林语堂文学奖（小说）、首届《星火》优秀小说奖，其短篇小说《穿白衬衫的抹香鲸》同莫言一起获得2017汪曾祺华语小说奖，可以说是当下小说创作中的一个典型事件；鬼金先后获得第九届《上海文学》奖、辽宁省文学奖、辽宁青年作家奖；马拉曾获《人民文学》长篇小说新人奖、广东省鲁迅文学艺术奖、《上海文学》短篇小说新人奖、广东省青年文学奖、孙中山文化艺术奖等奖项；陈再见的小说入选2015/2016年度《小说选刊》年度排行榜、2016年度《收获》年度排行榜，并斩获《小说选刊》年度新人奖、广东省短篇小说奖、深圳青年文学奖等；陈然的作品曾入选中国作协"21世纪文学之星丛书"2004年卷，获江西谷雨文学奖等奖项，被媒体称为"江西小说界的短篇王"。

六位作家的创作有一个共通点，就是能够将个体的深刻体验与作家对时代的深广观察有效融合，当然在个体风格上会有各种差异：比如陈集益、鬼金作品的现代主义色彩更显浓厚，他们的小说更像是作者的精神自传，故事里的每个人物都是作者的精神碎片；樊健军、陈然的作品，从现实主义出发，试图打通现实与隐喻的界限，勘探与透视时代精神状况，以复杂反抗简化，激活了丰富多义的阐释空间；陈再见与马拉的小说，则立足于南方改革开放最早的那片土地上，都市化的现代时髦与农村本土的落后愚昧在融合过程中的人性撕裂与伤痕，是他们致力思考与探索的汩汩源泉。他们对小说文本不断的思考与探索，对精神向度的孜孜以求，成就了一场文字的饕餮盛宴。这套丛书的出版发行能够表明，他们的写作正在迈向日益宽广而厚实的境地。

文学想象时代，与时代同行，这是永远无法终结的旅行。我们能够投身其中，一起见证、参与这个过程，幸莫大焉！

作者简介：郑润良，厦门大学文学博士后，《中篇小说选刊》特约评论员，《神剑》《贵州民族报》、博客中国专栏评论家，鲁迅文学院第二十六届文学评论高研班学员，中国文艺评论家协会会员。《中篇小说选刊》2014－2015年度优秀作品奖评委、汪曾祺文学奖评委；《青年文学》90后专栏主持、《名作欣赏》90后作家专栏主持、《贵州民族报》中国文坛精英盘点专栏主持、原乡书院90后作家专栏主持。曾获钟惦棐电影评论奖、《安徽文学》年度评论奖、《橄榄绿》年度作品奖等奖项。

图书在版编目（ＣＩＰ）数据

长在天上的树 / 鬼金著. -- 北京 ： 中国文史出版
社，2018.4
（"锐势力"中国当代作家小说集 / 郑润良主编）
ISBN 978-7-5205-0165-1

Ⅰ．①长… Ⅱ．①鬼… Ⅲ．①中篇小说－小说集－中
国－当代②短篇小说－小说集－中国－当代 Ⅳ．
①I247.7

中国版本图书馆 CIP 数据核字(2018)第 052611 号

责任编辑：全秋生
封面设计：徐　晴

出版发行：中国文史出版社
地　　址：北京市西城区太平桥大街 23 号　　邮编：100811
电　　话：010－66173572　　66168268　　66192736（发行部）
传　　真：010－66192703
印　　装：北京温林源印刷有限公司
经　　销：全国新华书店
开　　本：787×1092　　1/16
印　　张：16　字数：248 千字
版　　次：2018 年 5 月北京第 1 版
印　　次：2018 年 5 月第 1 次印刷
定　　价：49.80 元

文史版图书，版权所有，侵权必究。
文史版图书，印装有错误可与发行部联系退换。